跨度小说文库
Kuadu Fiction Series

跨度小说文库
Kuadu Fiction Series

镇江
1937

王 玥 著

中国文史出版社

目 录

第一章　旧忆（一）

金绮梅愣愣地立在堂前，父亲的棺木就在那儿，家里被一片白色笼罩，四周空荡得可怕。

前来吊唁的宾客已经离去，超度念经的和尚聚在一间屋子里休息，整个金家，似只剩下十三岁的哥哥金亦恭和五岁的自己。她能听到野风从扬州城外不知名的地方遥遥赶来，肆无忌惮地破墙过壁，吹到她的身上、脸上，渗进她的心里。

"哥、哥哥，我害怕。"她牙齿打着战，仰头向金亦恭求救。

金亦恭两眼空洞。

"哥哥，哥哥，你说话啊。"金绮梅急了，晃动金亦恭的手臂，再一次喊他。

金亦恭像被灼了一下，猛地回过神，见妹妹正紧张地拽着自己，巴掌大的小脸吓得比素服还白，忙弯下腰抱起她，用自己尚未完全成熟的脸蹭蹭她那稚嫩的脸，低声安慰："不怕，哥哥在。"

于是金绮梅伏到金亦恭的肩膀上，哥哥的心跳温柔而有节奏，如一剂良药抚慰着她惊恐的心灵。

"绮梅，你看！"金亦恭对金绮梅说。

一朵洁白的鹅毛从天上飘落，被风一吹，斜斜地打在金亦恭白色的袍子上，转瞬间躲进去，踪影全无。

接着，是两朵、三朵、四朵……

竟下起大雪来。

"下雪了。"金绮梅哼哼着鼻子说。

"不，不是雪！"金亦恭用手指了指。

"哦，是那些花儿！"金绮梅顺着金亦恭手指所指的方向看去，惊喜地叫出了声。

原来金亦恭叫她看的，不是这纷纷的雪，而是此刻庭前傲雪独立、灼灼盛开的一株红梅。

不知是金家哪位先人所栽，从金亦恭和金绮梅记事起，这株红梅就牢牢地长在这里。漫长岁月里，它数开数落，无人在意，日久年深，它的根茎牢牢拽住每一寸土地，枝干更比人高。现在，缤纷花朵簇拥在一起，红到发紫，在这寒冷的天气里，在这了无生气的时间里，如团团烈火肆意盛放，驱走兄妹心中的恐惧。

"好看，真好看！"金绮梅幼小的脑袋渐渐向金亦恭拢去，两人的头碰在了一起。过了一会儿，金绮梅才悄悄地问："哥哥，爹真的不会再醒了吗？"

"不会了。"金亦恭往棺木的方向看了看，咬咬唇。

"可昨儿个，他还好好的。"金绮梅小声说。

金亦恭不说话。

前一天，喝得醉醺醺的父亲金承恩于夜半归来，带着七分醉意，与母亲怒吵一架，动静大得全家都听到了。

"那个姓马的冷面冷心，为何你每日与他有说不完的话？"父亲积聚了多时的不满在这个夜晚爆发。

"不过是商量家中事。"母亲垂头轻答，她不想直面此刻的丈夫，在酒精的作用下，他的脸红一块白一块，似生旦净末丑的"丑"。

"嗝。"父亲在喷出一口酒气后，甩甩头，如一只狗抖落身上的水，感觉脑袋灵光了一点儿，方清清嗓子提高声音，"什么家中事，需要找一个掌柜商量？"

"难道与终日流连烟榻的你商量？"母亲忍无可忍，回敬。

"你，等着……"父亲用食指点点母亲，要说什么，忽然嘴里"突突"两声，整个人如泄了气的皮球，朝床上一倒。

鼾声大作。

次日一早，金家十分热闹，因为父亲命用人将自己绑在书房的紫檀木椅上，并大声嚷嚷着："不够，不够!"他说的"不够"是绳子。刚刚，当着众人的面，父亲发下毒誓，不能戒烟绝不出门，很有气魄。不过由于绳子的粗细始终不能合他心意，用人来来回回跑了许多次，最后从灶间翻出了一捆比拇指还粗的麻绳，父亲方才点头。

这份闹腾并没有吸引母亲，毕竟，这已经是父亲不知第多少次戒烟了。

在将父亲绑定后，众人各自散去。

直到正午时分，书房仍静悄悄的，母亲心中一慌，忽觉有异，冲了进去。

为时已晚。

父亲脸朝地，连着椅子摔在地上，额上磕了一个黑窟窿，眼睛睁得大大的。血染红了紫檀木的椅子，椅子吃了人一般妖艳明媚。

应该是烟瘾发作时连人带椅子滚了下来，绳子太粗，绑得又紧，父亲被憋住了气，连求救的声音都没发出来，就这样不明不白地送了命。

按理，身材高大的父亲和木质厚重的椅子同时跌落，多少会有响动，不过由于大家各忙各的，书房周围无人值守，这事就没法子说得清。最后，作为妻子的母亲，成为不可推卸责任的人。

父亲一生中从没有言必信行必果的时候，唯独这最后一次，只用了一天，就履行了诺言，把烟彻底"戒"了——以生命的终结为代价，书写了一个凄惨的笑话。

母亲一身白衣，小心翼翼地跪到祖母房间。

祖母呼吸沉重，在太师椅上半闭着眼睛。

"娘，我跟马掌柜商量过了，承恩虽然不在了，但是玉器生意我们继续做……"

"啪!"

母亲话没说完，祖母一个巴掌狠狠打在她脸上。

"娘?"母亲捂着火辣辣的脸，不知所措。

"贱人，你害死了承恩，不去给他陪葬，还有脸在这儿左一个马掌

3

柜右一个马掌柜?"祖母破口大骂。

"娘……"母亲正要开口分辩,终于没有,因为马掌柜已经站到她们面前。

"老夫人、夫人,你们别吵了。老爷尸骨未寒,你们这样,他在天上看着会难过的。"马掌柜一脸悲愤。他对金家一片赤诚,任劳任怨,而立之年也顾不上成家,这样的牺牲不但没有得到认可,反而惹出瓜田李下的闲话,今天,是时候做一个了断。

马掌柜本名志恒,与父亲金承恩同龄,因出身穷苦,不满十岁就到金家玉器行做了学徒,在祖父老金老爷的青眼加提携下,一路学一路做,最终成了金家玉器行的掌柜——也是整个扬州玉器行业最年轻的掌柜。

祖父的目光每每停留在马掌柜忙碌的身影上,总会无声喟叹:若我那不肖子有你一半上进,金家玉器不知发扬光大到何种程度!

只可惜,祖父别无他选。

除祖母这位正妻外,祖父还有两房姨太,分别是小他八岁的何姨太和小他十七岁的黄姨太。这两房姨太虽曾诞下过男丁,但均先后夭折,只存活了三个女儿,最大的已经出嫁,最小的比金亦恭大不了许多。因为再没有第二个儿子,所以不管祖父愿不愿意,金家唯一的继承人,仍是父亲金承恩。

祖母斜了马掌柜一眼,从鼻子里发出一声鄙夷的冷笑。

母亲看到马掌柜背上的包袱,忘记脸上的疼痛,一声惊呼,站起身来:"马掌柜,你要走?"

"是的。老夫人、夫人,我是来向你们辞行的。"马掌柜避开母亲的目光。

"千万别走!马掌柜,你走了,金家可怎么办啊?"母亲的身体里仿佛有一样东西被抽离,渐趋麻木,半晌终于回过味来,痛哭失声。

马掌柜无奈地叹了口气。

这些年,只要他马志恒点头,扬州城随时都有开出双倍薪酬的新东家,可他从未动过离开的念头,因他始终感恩,在他连饭都吃不上的时候，是老金老爷收留了他。

老金老爷死后，金家真正的当家人，并不是只会花天酒地的老爷——曾经的少爷金承恩，而是眼前这位外形纤细、弱不禁风的金夫人。他在前台，金夫人在幕后，在两人默契的合作之下，金家方能维持体面的吃穿用度，他一走，金夫人将独自面对一个大字也不识、每日要当祖宗一般供着的老夫人，以及只会搬弄是非盘算如何争夺更多遗产的何、黄两位姨太。

他对金家实在太熟悉了，故能预测未来可能发生的点点滴滴，他不忍，他不愿，但事已至此，他毫无办法，她是金家的夫人，生是金家的人，死是金家的鬼，他管不了。

"娘，您劝劝马掌柜。"母亲见势不妙，转而祈求祖母。

"呸！"祖母直接唾在母亲脸上，"没出息的东西，告诉你，你的相好要走便走，金家有他没他一个样……"

她这话是说给母亲听的，更是说给马掌柜听的。在祖母看来，马掌柜，恰如其姓，跟金家的一匹马或者一头骡子差不多，为金家付出，是它们天经地义的本分。她所料不到的是，儿子前脚走，这个畜生后脚就要翻天。所以，无视他是她能想出的唯一的报复方法。

"娘，您可不能这样……"母亲膝行而前，抱住祖母的腿哀求。

"滚！"祖母踢开母亲的手，"你若舍不得他，就跟他一起滚！"祖母唾液横飞，情绪激动，忽然"噗"一声，吐出一口鲜血，身体摇摇欲坠。

"娘，娘，您保重。"母亲傻了眼，呆在当场。

"快来人啊，老夫人不好了！"祖母房中的丫鬟吓得大叫，几个用人一拥而上，七手八脚扶住祖母。

"哎哟，老夫人这是怎么了？"一分钟内，何、黄两位姨太双双从自己的住处跑到祖母房中。因父亲的晚辈身份，两位姨太用不着戴孝，现在，黄姨太穿着水绿裙袄，双手叉腰，捏着嗓子说话。

"莫不是被谁气的吧？"何姨太着了一身鹅黄，抱臂站着，阴阳怪气地附和。

5

两人对祖母的状况心照不宣，喜胜过节，谁都没有帮忙的意思，共同欣赏这出好戏。这个压她们一头的老货，进门时还大了老老爷三岁，现如今却比她的丈夫和儿子都活得久，不但掌握着金家的财产，还管着她们，她若能立刻断气，真是老天开眼。

　　金亦恭与金绮梅站在屋门口，看着满身血迹的祖母，看着茫然无助的母亲，看着居心叵测的姨太们，心惊肉跳，不敢往前迈出一步。黄姨太犀利的红唇饱满多汁，像《西游记》里的妖精那样一张一合，随时会长出尖牙利齿，咬断孩童的脖子吮吸。这个形象膨胀且放大，幻化为兄妹俩童年挥之不去的噩梦。

　　马掌柜闭上眼睛，挣扎良久，最终又用力睁开。他下决心不理会这一切，决然地道别："老夫人、夫人，保重。"说完，他头也不回地走了。他知道，金家气数已尽，今日一别，永世不会相见。

　　祖母的葬礼比父亲的晚不了几天。

　　从这一刻开始，扬州城上流社会的人无一不对母亲退避三舍。他们害怕这个女人，她不守妇道，又大不祥，谁也不想和她沾边。

　　妇道守不守，是捕风捉影的事，但母亲先克死了丈夫，后克死了婆婆，则是有目共睹的。当然，金家不是母亲一个人的，这笔烂账算到母亲头上，自然是有人放出的消息。父亲固然一无是处，好歹在时能保全母亲和一双儿女，如今，正是财产继承者们扫除劲敌的良机。

　　终究是待不下去了。

　　一天，母亲挽起金绮梅的小手，对她说："我们走吧。"

　　"去哪里？"

　　"外婆家。"

　　"还回来吗？"

　　"不回来了。"

　　"太好了。"

　　金绮梅很高兴，她早就不愿意继续待在这个宅子里。祖母死后，原来一同嬉戏的小伙伴都躲着她，二奶奶三奶奶则每天摆着一副臭脸，她唯一的朋友，只有哥哥。

"哥哥去吗？"这是金绮梅唯一关心的问题。

"去，还有张妈，我们永远在一起。"母亲搂住金绮梅，泪流了下来。金绮梅不懂母亲为什么哭，她用小小的手指拭干了母亲的眼泪。

从扬州到镇江，一叶轻舟的距离，却是截然不同的风情：扬州是烟花三月，是春风十里，是一朵隋炀帝能为之开凿运河的盛放的琼花；镇江也是江南，却有辛弃疾的醉卧沙场，有梁红玉的雷雷战鼓，唯独少了江南的影子。所以，这是一个最不像江南的城市。

镇江最喧嚣的地方当属大西路，从银山门到薛家巷，撇开中华园之类的高档酒楼不说，还有采芝斋、稻香村、福禄全等十几家吃食作坊，是富饶的商业区。

在市井纷繁的婆娑世界里，沿着蜿蜒的小巷走，冷不丁会看到一所大宅子，这就是柳家的深宅，也是金亦恭和金绮梅的外祖母家之所在。

百年之前的柳家，是读书做官的高门大户，随着清朝式微，柳家渐衰，除了房子大点儿，与平民无异。

柳家人丁单薄，除外祖母外，还有母亲的两个弟弟——金家兄妹的两位舅舅柳慈航、柳慈海。

母亲出嫁的时候，两个舅舅尚在读书。现在，大舅舅柳慈航已经成家，娶妻周氏。周氏是个温润善良的女子，尚未生育，家里由柳慈航说了算。

看到领着金亦恭、金绮梅回家的母亲，外祖母垂泪："当年金老爷带着重聘来我们家提亲，我想着金家玉器家大业大，承恩又一表人才，满以为给你找了个好人家，没想到……"

众人缄默。

张妈也陪着流泪，她跟着母亲从柳家小姐成为金家夫人，最终又变回柳家小姐。

母亲强颜欢笑："娘，您不是常说人各有命吗，承恩去得早是我的命，但是亦恭和绮梅很懂事。"

金绮梅听了，赶忙绽开如花笑颜，去讨外祖母欢心，而哥哥金亦恭，一张脸绷得紧紧的，像什么都没有听到。

外祖母是虔诚的佛教徒，深信因果，听母亲这样说，伤心了一会儿也就释然："亦恭成稳，绮梅可爱，这都是你的福分。不过既回来柳家，可不能耽误他们，尤其是亦恭，得好好培养。"

母亲点头称是，外祖母的话正合她意，既决意将金姓的儿女带在身边，再苦再难也要让他们成人。

"御医马英之曾孙马泽仁，目前恰在镇江，我有位朋友与他相熟，同吃过几次饭，酒桌上也叫他一声哥哥，不如找个机会带亦恭给他看看。"提到培养这一节，舅舅柳慈航有了提议。

"若能找到名师带他，当然是一条好出路。"母亲殷殷期盼。

"马大夫素有盛名，托付的人一定多，你赶紧帮姐姐去办。"周氏催促丈夫。

母亲感激地看了看弟弟、弟媳。

遥想当年，柳慈航和柳慈海本都是只会读书的小公子，外祖父亡故后，清高的家世敌不过现实的柴米油盐，柳慈航开始在外头东奔西走做事养家，其间结识了不少朋友，学会了与人称兄道弟，也逐渐有了自己的门路。

将金亦恭引荐给马泽仁的话说了几天后，柳慈航在一个傍晚兴冲冲地回来，咕嘟咕嘟喝尽一大杯水，这才开口对母亲说："姐姐，约好了，明天一早带亦恭与马大夫见个面。"

外祖母、周氏恰好都在，她们同时看向母亲，听她意见。

"太好了，弟弟辛苦。"母亲当然不会推辞。

"娘，我也要去！"金绮梅听闻哥哥明日外出，雀跃不已。

"你一个小女娃，好好地待在家里，凑什么热闹。"母亲爱怜地点了点金绮梅的小脑袋。

金绮梅委屈极了，小嘴巴一撇，就开始吧嗒吧嗒掉眼泪。

"娘，带妹妹一起去吧，让她见见我未来的师父。"金亦恭为金绮梅请求。

这样，金绮梅与哥哥金亦恭同时见到一代名医马泽仁。

马泽仁是一个个子不高、身材结实的中年男子，宽脸庞，浓眉毛，穿一身灰色布袍子，腰身笔直，双眸炯炯有神。

"亦恭，这位是你马伯伯。"柳慈航将金亦恭领到马泽仁面前。

"马伯伯好。"金亦恭朝马泽仁鞠躬，身子压得很低。

"贤侄好。"马泽仁微笑着看着他。

这个十三岁的孩子，眉清目秀，骨骼精巧，浑身上下透着一股灵劲，更奇妙的是，今天金亦恭穿了一身灰色的小袍子，跟马泽仁身上的袍子样式一模一样，一大一小，就像约好了似的。

"马大夫，初次见面，聊表心意。"母亲奉上一个墨色木盒，里面装有一柄白玉如意，这是她离开金家时带走的屈指可数的器物之一。

"多谢夫人。"马泽仁看不到里面的东西，但是顺手接下，道谢。

"哥哥，我这个外甥您还合意？"柳慈航问。

马泽仁笑而不答。

他对金亦恭的第一印象极好，但印象是一回事，是不是学医的料，又是另一回事。除此而外，他也大概耳闻柳氏携儿带女，从扬州投奔娘家之事，他在思忖，虽说金家家道中落，但金亦恭到底是公子出身，学徒的种种苦处，这小东西未必受得了。

正思虑间，一个稚嫩的声音出现了："你怎么总盯着我哥哥看呀，都看了好久了。娘跟我说过，不要老盯着别人看，这样是不礼貌的。"

"这孩子，怎么这么没规矩。"母亲见金绮梅乱插话，连忙喝止。

马泽仁闻声寻找，看到一个梳着两支小辫的精致女娃，一双无辜的大眼睛眨巴眨巴望着他。

马泽仁哈哈大笑："你说得对，是不该盯着别人看这么久。不过你的哥哥想拜我为师，师父收徒弟，是不是得好好看一看呀。"

金绮梅歪着脑袋思量了一会儿，点头表示赞成，却又附加条件："看可以，你要对哥哥好一点儿，不能太凶。"

"好，好，我保证不凶。"马泽仁笑得更厉害了。

众人都跟着笑了，好一会儿，马泽仁才正色对母亲说："我年事渐高，准备回江阴老家颐养天年，若这孩子真心要学，就得随我去江阴，归期无可定，您得考虑好。"

母亲一呆，她没想过学医需要母子分离，正犹豫着去或者不去，金亦恭清晰的声音传入耳朵："师父，我跟您去。"

金亦恭的一声"师父"，让马泽仁在心里暗暗竖起了大拇指，他理想中的关门弟子，理应有这样的机敏和决断，关键时刻的稳、准、狠，既是做人的魄力，亦是中医问诊、药到病除的关键。

不过他的心里活动不能让金亦恭看出来，所以他在面上并不流露情绪，而是严肃地摆摆手，说："喊师父为时尚早。我这里有一本书，你拿回去看，五日之后再来找我，若能答对我的问题，我就收下你；若不能，这本书赠予你，算是你我的一个缘分。"

说罢，马泽仁递给金亦恭一本草药集。

金亦恭遵命而回。

回到家里，金亦恭迫不及待将书翻开，才发现马泽仁所赠，乃是他亲手所绘的《百草图》。

当时，马泽仁并不确定能否收金亦恭为徒，但是他接过母亲手中的盒子时，掂出了里面的分量。由于不便当面拒绝，他拿出这本书送给金亦恭，即使金亦恭不符合他的收徒条件，也绝不至于占柳家便宜。这是许多年后，马泽仁告诉金亦恭的。

所谓《百草图》，是马泽仁亲手制作的一本图册，记载了一百种基础草药的采集、制作、特性，还附有手绘插图，相当于中医学的初始教材。比起《本草纲目》之类的圣典，这是一本入门级读物。他让没有一星半点儿医学知识的金亦恭在五天内攻下此书，除了考验金亦恭的记忆力外，还考验他的医学天赋。

五天。

对于缺乏定性和天赋的孩子来说，这个时间必然是不够的，而对于那些有恒心、命运钦定的中医料子，五天，则是绰绰有余。

于是，即使在同一个家里，金绮梅再也没有见过哥哥，饭菜都是由用人端进屋子，草草吃完又端出来。

"娘，哥哥这是怎么了？都不理我了。"金绮梅抱怨。

"哥哥想去当马大夫的徒弟，在发奋读书。"母亲告诉她。

"等他当上马伯伯的徒弟，就能陪我玩儿吗？"

"能，到时候，让哥哥好好陪陪我们绮梅。"母亲应允，心里却阵阵发酸，她固然希望金亦恭能通过马泽仁的考核，但是一旦通过，就意味着母子分离，也意味着无穷无尽的牵挂。

金绮梅不知真相，但她等不了那么久，在第五天晚饭后，趁着家人不备，偷偷溜进金亦恭的房间。

"绮梅，你怎么进来了？"金亦恭看到妹妹，放下手中的书。

"哥哥，你整天用功，在看些什么？"金绮梅盯着金亦恭手上的书。

金亦恭将书拿到金绮梅面前，带着疲倦的笑意，解释说："这本书是马伯伯亲笔撰写的草药集，我需要将它背完，再到马伯伯那里去考试。"

"哦。"金绮梅半懂不懂地点点头。

金亦恭想着金绮梅有可能不能理解，遂将书合起来，柔声劝她："你现在太小，说了也不懂，等你长大，哥哥一样一样告诉你。快出去玩吧。"他想打发掉金绮梅。

"我不要出去。"金绮梅耍赖，"我不懂，你就讲给我听听呗，我好几天都没见到你了。"挖空心思进了哥哥房间，金绮梅岂肯善罢甘休。

"我好几天都没见到你了。"金亦恭听到这句话，心顿时软下来。

其实这本书，金亦恭已经记得差不多了，原想这最后一晚再整个儿温习一遍。但又一想，如若明天有幸被马泽仁收为弟子，不知何年何月才能回来继续陪伴母亲和妹妹。此刻，他的心里装满惆怅与柔情。他将书一页一页翻开，讲给金绮梅听："这书上的东西，从炎帝那时候起就有了记载，一直传到马伯伯这一辈。比如，这叫党参。"他指着一张图告诉金绮梅，接着又指着旁边一张图说，"这叫牛膝。"

"看上去差不多嘛。"金绮梅发表感想。

"对，这两者外形相近，若切片则更难辨别，但是功效却大不相同，牛膝，能逐瘀通经，补肝肾，强筋骨，利尿通淋，引血下行。而党参能生津止渴和降血压。"

看了几天医书的金亦恭说得头头是道，金绮梅则听得似懂非懂，毕

11

竟她的年纪还不足以理解这些复杂的问题。

"那么哥哥给你换一个说，比如姜，姜你知道吗？"

"知道。"金绮梅这次很兴奋，因为张妈烧菜常用到它，"那个辣东西。"

"对。新鲜的生姜能让你出很多汗，但若晒成干姜，就不能。"

"啧啧，这么厉害。"金绮梅对哥哥的深奥学问表示赞叹。

"我原先也不懂，这几天看了马伯伯的书才略窥一二。"

"哥哥再给我说说别的。"金绮梅迸发了兴致。

"好，我接着给你讲。"

在这个夜，兄妹俩有一搭没一搭地说到很晚。

金亦恭此刻并不能预料到，他的一生，都将与中医结下不解之缘。

次日，母亲怕金绮梅再次乱说话，便将她留在家里，所以她并没有亲眼目睹马泽仁对金亦恭的考查，但是她得知了这场考试的结果。

马泽仁在听完金亦恭几乎是熟练地背下了整本《百草图》后，无比严肃地说："医者仁心，悬壶济世，想要成为一个好医生，首先得学会吃苦，尝尽百草之苦方能治百病之人。你是我马泽仁唯一的关门弟子，我不但不会特意照顾你，还会对你严加训练，望你不惧艰险，好好继承我的衣钵。"

"是，师父。"金亦恭响亮地回答。这声"师父"，已经名正言顺。

马泽仁又对母亲说："亦恭跟着我，最初的工钱只是供他吃饭。因为他上过私塾，能写能记，所以一年后，他可以熟练地给我打下手，我每个月付给他一块钱。三年后，涨到三块钱，这个工钱将一直持续到他能自己开方子。那个时候，他可以继续跟着我，也可以自行挂牌。"

母亲连应"好好好"。而实际上，马泽仁的话她根本没有听进去，她只想着，儿子即将远行。

金亦恭就这样成了马泽仁的人，三月里的一个良辰，柳家为师徒二人举行了一场钱行宴。

觥筹交错间，柳慈航向马泽仁道："哥哥，亦恭去江阴之后，若有忤您意的地方，该打打，该罚罚，只是……"

他的本意是想代替父亲的角色，在金亦恭有不到之处时，请马泽仁手下留情，但他一眼看到寡姐，喉咙一哽，再也说不下去了。

马泽仁心思玲珑，读懂了柳慈航的顾虑，当着母亲的面，慨然允诺："贤弟毋用担心。既是贤弟之甥，必当以我之甥待之。"说罢连饮三杯，又大胆预测，"我敢断言，这孩子，今日是我的门生，十年后，将是我的得意门生！"

一桌人都愉快地笑了。

母亲也似高兴极了，破天荒地主动举杯，向马泽仁频频敬酒，还絮絮叨叨说了很多话，她的脸红红的，异常美丽。

金绮梅得知哥哥金亦恭要去江阴的消息，躺到地上大哭大闹："哥哥不要走，不要走。"

张妈怕惹马泽仁不悦，小跑上来："绮梅乖，快起来，我带你出去玩。"

"不行，不行。"金绮梅双脚乱蹬乱踢，"我要哥哥留在镇江陪着我和娘。"

金亦恭也很想哭，但是他忍住了。

没有哪个十三岁的少年愿意离开家人，到一个完全陌生的环境里去闯荡。但是他没有选择权，他是金家唯一的男丁，是母亲和妹妹唯一的希望，他要急急地长成一个大人，他要有一技傍身，才能撑起这个在父亲手上滑落的家。拜入马泽仁门下，不过是漫漫征途的第一步。

他离席走到金绮梅身边，把她抱到怀里："绮梅不哭，哥哥很快就会回来。到时候，我在镇江开个医馆，买个大宅子，天天陪着你和娘。"

"真的吗，哥哥？你没有骗我，很快就会回来吗？"金绮梅停止了抽泣，半信半疑。

"真的，哥哥很快就会回来与我们团聚。"母亲也过来安抚，她微笑着告诉金绮梅。

在母亲和哥哥的合力劝说下，金绮梅终于破涕为笑。

"娘和哥哥不会骗我的。"小小的金绮梅笃定地想。

第二章 祭 祀

金绮梅提着一口气，蹑手蹑脚地开开门，"吱嘎"，在冰与木的摩擦之下，还是发出了微小的响动，她立刻转身。

果然，张妈匆匆出现，绾着头发几步路走到她的面前，问："小姐，你要上哪儿？"

"我……出去走走。"金绮梅心虚地解释。连日大雪，崇实女中已经停课，这样的天实在找不到出门的好理由。

金绮梅的手上提着一个竹篮，竹篮上面覆着一层深蓝花布，张妈猜到里面装的是什么，她用肥硕的躯体堵住门口："出去走走？小姐，这种天你不该出门，尤其是今天。"张妈有意将"今天"两个字说得分外重。

张妈大母亲三岁，是镇江江心洲人，因为家里穷，从十二岁上就在母亲身边，后来又在母亲十六岁时作为陪嫁丫鬟到了扬州，再后来，又跟着母亲回到镇江。这几十年间，她照顾过母亲，照顾过哥哥亦恭和自己，现在，又照顾着哥哥的儿子、小侄子许仁。

金绮梅垂下头，迎接张妈的碎碎念。

然而张妈什么都没有说，她只是皱起了眉。

金绮梅长得越来越像她的父亲金承恩了，除去她身材匀称、皮肤白皙不说，单单是一双飞扬至眉梢、自带风流神韵的丹凤眼，就足以让无数男子心摇神曳。

今天，她的脚上穿了一双崭新的绣花棉鞋——黑色绒面上，红黄白梅朵朵怒放，金丝银线嵌成的蕊，如随时会随风摆动般逼真。

14

中女实崇江镇

1834

崇实

镇江市第以开学校

鸣湿及 1/7.

金绮梅独一无二的绣花手艺归功于母亲，母亲生命最后的那些年，常伴青灯古佛，对于一个花儿一样年纪的女孩子来讲，色彩斑斓的针线活，是既能陪伴母亲，又能打发时间的最好消遣。

张妈不能想象，金绮梅穿着这样一双鞋，迈着细碎的小步，踏过待渡亭、观音洞，穿过韶关石塔、救生会，走下五十三坡，蜿蜒至宝盖山，最终来到崇实女中，这一路惊心动魄的美，将吸引多少目光？

"不可以，不可以。"张妈自言自语，她不能接受这样的思绪。她换上温柔的口气哄金绮梅："小姐，外头的雪厚得很，会生冻疮的。你安生待在家里，我去给你灌个汤婆子，暖和和的，不好吗？"

这话，如十年前对五岁的金绮梅说的一样。

"不行，我要出去！"十五岁的金绮梅不再吃这一套，她的声音低沉而坚定，"我要走。"

"小姐，少爷会罚你的。"张妈提醒。

"任哥哥打罚，回来再说。"

这孩子，哄不住吓不了。

"咳。"

后院的主房里，传来金亦恭起床前习惯性的一声轻咳。

"张妈，求你了……"金绮梅急红了眼圈。

金绮梅知道，张妈也知道，趁金亦恭和徐璐瑶还未起身，趁两岁的许仁还未发出第一声啼，现在是这个特殊的日子里唯一的机会。

"唉。"张妈重重一叹，扭头拿竹扫帚扫院子里的雪。

金绮梅领会这意味着张妈不再管她，便小心翼翼从暗沉沉的木头门跑出来。门楣上端正的小楷写着"金宅"二字，在第一束阳光的照射下，折出碎金子一般的光。

这里，是省会镇江的西津渡，这房子，是三年前才建成的新的金宅。

西津渡本是渡口，北面长江，南靠云台，西有小码头，东临伯先路，不远处还是京杭大运河与长江的交汇点。关于它的繁华，有迹可循的文字记载可以追溯到六朝时期。

浮云往事，沧海桑田，随着历史变迁、江滩淤涨，几百年下来，西津渡逐渐蜕变为一个人群聚居的临江区域。

第二次鸦片战争以后，镇江开放为通商口岸。天朝趾高气扬的斑斓跌落于野马尘埃，不知有他的梦幻粉碎于坚船利炮，无措的里长乡绅们不得不再次审视这个世界。终于，植根于血液中、儒释道混合的世界观被打破、重塑，表达在建筑上，则形成黑与灰的单调主色——既是暮气沉沉的时代中依旧高傲的审美，亦是将喜怒哀乐都封闭于内院式住宅的思维习惯。

现在的金家，延续着这一构成。

如果从天上俯视这里，就会看到一个大大的"口"字，换个角度，从"口"的内部仰视，目及之天空并不寥廓，除了头顶的一片湛蓝，无法触及多么宽广的内容。

"口"的内部是朱红色的花雕木楼，"口"的外部则连向庭院。打开它，就打开了通向外界的大门。这些"口"集封闭与开放于一体，一而十、十而百、百而千地"口口"相传、延展、扩张，形成居住群。

待金发碧眼的外国人纷拥而至，粗暴地冲击了黑白灰加四合院的乏味模式，随性地添加彩色玻璃、橘红油漆等元素，并用多层小楼替换"口"形结构，西津渡遂成为镇江建筑中西合璧的典范。

雪的厚度远超金绮梅的意料，一脚踩下去，"咯吱"，鞋被没头没脑整个吞没。

这场雪下了三天，三天里，她每每在半睡半醒之间，于幽冥一般冰凉的梦境里，瞧见一个熟悉的身影，悄无声息地唤醒一波又一波陈年旧事——那些被岁月的尘埃所遮盖、漂泊在记忆中的真相碎片，少时遗漏的或是刻意遗忘的蛛丝马迹，在不知不觉间被修复、弥补，起、承、转、合，翛然整合为一条完整的锁链，比现实更加清晰。

"哎呀。"金绮梅脚下一滑，险些摔进一个雪坑，她慌忙往鞋子上看，好在是干雪，并不湿，拍拍胸口连呼"阿弥陀佛！"舒了一口气。

抬头时，已经到了韶关石塔。

金绮梅清晰地记得与母亲第一次来这石塔时的情形。

那是一年的农历二月十九，观音菩萨的生辰。

母亲将她收拾得干干净净，一手提着祭品，一手挽着她，往观音洞方向去。

观音洞就在西津渡，因洞内有数尊形态各异的观音像而得名，是镇江妇女的祈福圣地，终年香火鼎盛，人来人往络绎不绝，非常有烟火气。

进洞之前，每个人必经的一段路程，是韶关石塔前蜿蜒的街巷。

"娘，这塔上刻的什么字呀？"

"韶关。"

"它看上去真硬。"

"嗯，是一整块大石头雕的。"

"可它看起来并不像石头，像个瓶子。"

母亲笑了起来："绮梅说得对，这塔取材自佛教宝瓶，用青石雕成瓶子的形状，人从塔下进进出出，寓意永保平安。"

她第一次发现女儿的小脑袋这么聪慧，索性向她解释到底。

不料金绮梅略一思忖，又产生了新的问题："娘不是说带我去拜祭观音菩萨吗，怎么拜菩萨前要走这么多弯弯曲曲的路？"

"你看，我们刚才走过来的地方，叫五十三坡，延伸到这里，是韶关石塔，石塔的南边是观音洞，观音洞的对面是救生会。每个前来祭拜的人，都要经过五十三级台阶，再从长长的巷子走过来，就好比佛祖从天上降临人间，总得体味一遭尘世的辛苦，方能体恤众生，也显示了祭拜者的恭敬之情。"

金绮梅顺着母亲手指的方向往东边看去，的确，不断有人沿着狭小的石阶缓缓而上，再慢慢地向石塔走来，即将如她和母亲一样，再往观音洞的方向去。

石阶还是那个石阶，巷子还是那条巷子，隔着逝去的时空，金绮梅似能于耳边听到童年时与母亲的对话，母亲旧时的身影叠加在空荡的长巷内，在金绮梅的记忆中再一次复活。

往事历历在目，然斯人已去。金绮梅不由抬头佯装望天，以防噙在

18

眼中的泪水滑落。这条街上有很多邻居，她怕被人撞见惹出议论。

快走，走出西津渡，走出五十三坡，就可以一个人痛快地哭一场。

金绮梅走到五十三级台阶的最后一级，回望西津渡的街上，那一长串的脚印都只是她一个人的。

太阳渐渐露出了脸，雪后的晴朗干燥爽利，空气凛冽清新，金绮梅不知不觉加快了步伐。

天空辽阔，山青云高，当一个立于山顶、四角微翘的小亭进入她的眼帘时，金绮梅的脸上浮现出一丝微笑。

这就是她的目的地——北固山。

北固山，是镇江三山之一。它北临长江，形势险固，故名"北固"。由于地理位置险要，历来为兵家必争之地，三国时刘备招亲的故事就发生在这里。三天的大雪，让此刻的北固山茫茫一片，金绮梅无心观赏，只顾往半山腰爬。

半山腰处，有一座祠堂，大门紧闭。

神祠外，立一鼎被熏得发黑的铜制大香炉。紧临着香炉，有两株缠绕而生的枇杷树。虽连日降雪，然枝叶并未落尽，簌簌地随风微颤，星点儿白色，更显风霜。这两株树扎根在神祠前，一公一母，枝繁叶茂，自带吉祥，于是善男信女们将心愿写在红色丝带上，又系在树上，用以祈福，这两株枇杷树就这样成了祈福神树。

这种祈福风俗非镇江一地，但是福德神祠前的双生枇杷祈福树，天然地相互纠缠相伴相依，在整个中国的祈福神树中也属凤毛麟角。

寒风一起，满树的红色祈福丝带翩翩起舞，在北固山枯燥的冬景中格外醒目。

按照规矩，丝带一旦挂到树上，是不可以人为取下来的，除非自然脱落，所以祈福树上的丝带被缠得密密麻麻，一年比一年多。纵如此，金绮梅仍能于须臾间，在千千万万根丝带中，找到母亲亲笔所写的那一根——"金亦恭、徐璐瑶，永结同心，早生贵子——柳伶儿。"

三年前，哥哥自马泽仁处出师，从江阴回到镇江，母亲给他定下现任嫂嫂徐璐瑶，激动之余，带着金绮梅前来祈福。

19

金绮梅看到的祈福带，只有上半句，但不知什么时候，祈福丝带上又加了一行娟秀的蝇头小字："愿，爱女金绮梅，早觅良婿。"

这一行字，是母亲过世以后，金绮梅无意间发现的。想当初，定是母亲怕她害臊，在某一刻背着她加上去的。世人或许看中男丁，但是在母亲这里，金绮梅与哥哥的待遇从未有过不同，就连一句祝福的话，母亲也会捎上她，一如离开扬州的那一日，母亲说的那句，"我们永远在一起"。

再看一次，金绮梅忍不住失声恸哭。

"噗"，一撮雪从树上落下，几只隐藏在茂密阴影中的乌鸦受惊，从枝头跃起，呱呱呱冲向天际，在湛蓝色的背景里留给金绮梅一个黑色的剪影。

"嘎"一声，神祠紧闭的拱形门打开。

"金小姐！"

一位个子娇小、身着海青服的女子站了出来。

"朱姑姑。"金绮梅赶紧拭拭眼泪。

这个人的眉眼长得极淡，淡到一下子让人记不住，但是五官凑起来，又是画中人的标致模样。她就是福德神祠当下的主人——朱怜。

朱怜是一名弃婴。而福德神祠，本来是朱氏的家族祠堂。

三十多年前，朱家祠堂的老居士朱维星在祠堂门口捡到一个尚未满月的女婴，因这女婴吃祠堂饭，自然要跟朱家姓，又因无父无母，故取单名一个"怜"字。后来朱维星归天，朱怜立誓终身不嫁，留守祠堂至今。

"快进来，别冻坏了。"朱怜握着金绮梅的手进了祠堂，"我听到外面乌鸦呱呱叫，估计你来了，特地出来看一下。"

"谢谢朱姑姑。"金绮梅道谢，又将小竹篮里的东西一一取出交给朱怜，"帮我看看，这些行不行？"

"按我之前讲的，只要单数就成。祭祀这事哪有什么行不行的说法。"朱怜接过金绮梅带来的祭品，并不细看，"随我一起把东西放到供桌上去吧。"她对金绮梅说。

金绮梅按照吩咐，把包裹着油薄牛皮纸的祭品一一打开并逐样取出，分别是三个六角京江脐、三把麻油馓子、三只蛤蟆酥。

朱怜拿了碟子，将这些东西一一装好，摆到供桌上：京江脐棱角分明，麻油馓子油亮金灿，蛤蟆酥香气扑鼻，都是令人食欲大增的镇江小吃。

朱怜不由想笑，金家小姐到底是孩子心性，祭祀也记挂祖宗的胃口。

整个屋子都弥漫着香火和美食混杂的气味，对门供着一个佛龛，奉的是观世音菩萨，两边点着蜡烛，朱怜就着蜡烛点了三炷香，持了站在一边，命令说："请小姐报上先人名讳、生辰。"

金绮梅敞开了嗓子，报："家父金承恩，生于清光绪十七年……"

朱怜一怔，金绮梅只约了她今天做一场佛事，却未料到，会是金家老爷的忌日。这么重大的日子，怎么只有金小姐一个人来？

实际上，今天的日子远比普通忌日重要得多，是金承恩逝世十周年的大日子。

"朱姑姑……"金绮梅发现朱怜在失神。

朱怜赶紧收敛游思，专心祷告："如是我闻。一时，佛在舍卫国祇树给孤独园，与大比丘众千二百五十人俱……"

金绮梅鼻子一酸。

这段文字，她太熟悉了。

哥哥金亦恭离开镇江的那天晚上，发生了一件奇怪的事情——母亲"失踪"了几个时辰。

因为背着坏名声逃回娘家，母亲到镇江后极为注意言行，大门不出二门不迈，找不到人这种事情，是从来没有过的。

最着急的是张妈，丢了自家小姐，她觉得自己简直该千刀万剐。

总之，柳家上下乱了套，也没能找到母亲。

直到深夜，母亲自个儿回来了。

外祖母忍不住出言责备："伶儿，你一个人乱跑到哪里去了？可急死我们了。绮梅找不到你，哭得昏天黑地。"

"我只是出去散散心。"母亲面有愧色，话语间却透着一股轻松。

"回来就好。"柳慈航忙充当和事佬，"只是姐姐，你今后出去得带一个下人，安全要紧。"

"姐姐也可以叫上我，反正我是家里最闲的。"小弟弟柳慈海的爱护方式更加直接。

"好，好，我以后会注意的。"母亲连连答应。

母亲不肯说出自己去了哪里，不过看上去心情不错，一家人皆放下心来。说到底，她婚后一直不如意，现在金亦恭有个好的前途，出去做点儿喜欢的事也是应该的。

只有金绮梅，总觉得母亲有哪里不一样，对着母亲的脸左看右看，最后找出了问题所在——母亲脸上闪过几道亮晶晶的痕迹，像是哭过，又像是被雨水淋过。

"娘，你的脸上？"

刚要戳破，母亲的食指在嘴唇边轻划一下，仿佛在说"嘘"。

金绮梅缄口。

晚间，金绮梅环住母亲的脖子，嬉笑着问："娘，你告诉我，今天上哪儿玩了？玩得连脸上都沾了水。"

母亲微笑："娘去看一个老朋友了。"

"娘的老朋友，住在水边吗？"

"她在水里。"

"哦？是叔叔还是阿姨？"

"阿姨，一个非常非常漂亮的阿姨。"

"你们玩的什么啊？"

"娘听她唱歌呀，这个阿姨唱的歌可好听了。"

"那娘把她唱的歌唱给我听听。"金绮梅在被窝里撒娇。

"嗯？我唱？"母亲怔了怔，自从成了寡妇，成了金家罪人，她甚至忘记自己也有一副不错的嗓子。

"娘唱歌也好听呢。"

当今世间，只有不懂事的女儿才会这样夸奖自己。母亲的心中涌动

22

着一股热流，那是从眼睛里淌到心里去的。

"劝——君——莫——惜——金缕衣……"母亲艰难地开腔，真是久违了的，字句颇有生涩。

"劝君——惜取——少年时……"母亲恍然回到了少年的时候。

"花开堪折直须折，莫待无花空折枝……"

母亲的身上有一股特别的香气，金绮梅偎依在母亲的身边，于歌声中沉沉睡去。

孩子的模仿能力很强，金绮梅晚上刚听了歌，白天就会哼哼了。

"绮梅啊，你唱的什么？"外祖母听到金绮梅咿咿呀呀的似乎是一个熟悉的曲调。

"好听的歌啊。"

"到我面前来，唱清楚一点儿。"外祖母坐在椅子上招招手。

金绮梅蹦蹦跳跳地来到外祖母面前，她的头发不久之前刚修剪过，还未及肩，乌黑亮丽，配上糯米团子般的圆圆脸，更显得稚嫩可爱。她站定，认真地唱起来："劝君莫惜金绿衣，劝君爱惜少年时……"

金绮梅其实并不能完全记住歌词，只是外祖母叫她表演，她心中逞强，歌词被篡改不少。

外祖母凝神良久，问："绮梅，这歌你是从哪里学来的？"

"听娘唱的。"

"娘教你的吗？"

"不是，是我听娘唱的。"金绮梅重申，在她看来，因为娘没有正式教，所以她唱得不够好，原则问题上，不能丢娘的脸，于是特别补充，"晚上睡觉的时候，听娘唱过两次。娘说，她也是听昨天的阿姨唱的，她还说，那个阿姨在水里。"

"昨天的阿姨？阿姨在水里？"小孩子不会想到这些意象中传达的不合理，外祖母听得却不是味儿，咂嘴皱眉。

"是的，娘告诉我的。娘说，昨天她和一个非常漂亮的阿姨在一起，那个阿姨在水里，还唱这首歌给她听。"

小舅舅柳慈海恰在屋内，略略思量，便如醍醐灌顶，对外祖母说：

"娘，姐姐昨天肯定是到秋娘像那头去了。绮梅小，姐姐跟她说不清，就告诉她是漂亮阿姨在水里。"

秋娘者，唐代京江女杜秋娘也。

西津渡的蒜山脚下、小木亭旁、清水池中，长久地站着一位面容娇柔、身姿绰约的仙子——杜秋娘。

史载，她美貌无比，聪慧过人，却一生坎坷。十五岁时，杜秋娘成为歌伎，因一首《金缕衣》，她跃身为镇海节度使李锜的侍妾之列。后来，李锜因反叛被杀，杜秋娘入宫为奴，为唐宪宗所恋，被封为秋妃。再后来，唐宪宗暴死，杜秋娘又历经唐穆宗、唐敬宗两任君王，最终削籍为民，返回乡里。

而这个"乡里"，即江苏镇江。

纵是才情万千，敌不过命数天定。

杜牧晚年经过西津渡，叹其身世，写下《杜秋娘诗》一百一十二句，艳压唐诗。镇江百姓为了纪念这个女人，就在西津渡建了京江亭，又在亭旁碧水池立了杜秋娘像。

这一点拨，却让外祖母伤心透了："送走亦恭，她看上去欢喜，背地里却孤零零一个人跑到石头像那里去……"

原来，她是如此舍不得她的儿子。

柳慈海跟着长吁短叹了一阵，说："娘，姐姐是不想我们为她担心。但是说实话，亦恭这一去，少则三载五载，多则十年八年，若任由姐姐如此下去，身体不一天天垮了才怪。"

"那你说，以后让她跟着我吃斋念佛，打发点儿时光可好？"外祖母想不出更好的救赎女儿的办法。

"姐姐这么年轻，能愿意吗？"柳慈海疑虑。

"我看先择日请朱师父过来试试。"外祖母说，"朱师父那个女徒弟善解人意，若能常常与伶儿说说话，即使不念佛，也能是好的。"

在镇江，最有名的佛教圣地无疑是太沧住持领导的金山寺，不过金山寺寺庙大僧人牌子也大，寻常百姓请不动他们到家里讲经说法。相形之下，福德神祠更为亲民。

福德神祠原是明清年间一位镇江籍朱氏官员出资建造、专属于朱氏家族的祠堂，除祭祀外，还操办家族的婚、丧、寿、喜，祠堂由族内选定的老居士看管，并不对外。

时迁事易，皇帝成了过眼云烟，仅供朱氏一族专享的福德神祠也渐渐成为开放式的场所，并不拘泥于族人本身。此时的祠堂看管人，叫朱维星。

朱维星通晓佛经教义，小气点儿说，花销亦不算巨，平头百姓也能请得动。最近这一年，与他同行的还有一位样貌细小的女徒弟朱怜，很受主家女眷的喜爱。

外祖母的言下之意是，柳伶儿足不出户，若朱怜常来，也算找了一个伴儿。

听外祖母已经想到这一层，柳慈海频频点头。

不久，朱维星带着朱怜，应邀上门给柳家母女讲经。

不出外祖母所料，朱怜和母亲很是投缘，母亲还让金绮梅唤她"朱姑姑"。

这一年，金绮梅六岁，朱怜二十岁。

二十岁的朱怜，本来可以过自己的生活。救命恩人朱维星曾让她自由去留，但是这个弃婴感念朱维星这个孤寡老人给了她一条命，毅然决定将这一生奉献给神祠。

"小姐，该行礼了。"

朱怜的低声细语将金绮梅拉回现实。

"哦。"金绮梅似梦初觉，应了一声。

她重重地跪在蒲垫上，一磕头。

"爹，您跟娘，在那边还好吗？"金绮梅闭起眼睛，默念。

"唔……"

若有若无间，好像有了一声回应。哎呀，那是父亲的声音吗？

金绮梅心里发颤，若非，这是来自"那边"的声音？

是"那边"吗？她不知道，也许吧，因为朱怜告诉过她，只要足够心诚，就能听到先祖的回响。现在，是父亲在回答她？

她并不确定，他走的时候，她还那么小，她已经不记得他的声音到底是什么样子了。

二磕头。

"爹，您不在的这些年，娘为哥哥娶了嫂子，后来，嫂子又给您生了孙子。唉……我为什么说这些呢，娘已经跟您在一处了，这些，她肯定都说给您听了。爹，娘这一辈子太苦，您要好好对她。爹，您要记得啊。"

金绮梅想象着父亲就站在自己的身边。

"唉，唉。"

"那边"似乎又有回应了，像应承，像啜泣，什么都像，又什么都不像。金绮梅不晓得这声音是从哪里来的，她想睁眼偷看，又不敢，因为朱怜告诫过她，一旦睁眼，神明就会逃之夭夭。

三磕头。

"爹，哥哥现在可有名气了，您在天上要保佑他，今天他很忙，来不了，我代他向您赔罪。"金绮梅努力为哥哥分辩，她不想哥哥被降罪。

朱怜刻意与金绮梅保持着一定的距离，这是一名巫者的自觉。金家，如很多大户人家一样，会有自身秘而不宣的隐事，她不应当从金绮梅嘴里听到半个字。

也不知道过了多久，金绮梅倾诉够了，缓缓睁开眼睛，她慢慢站起来，烛光闪烁，照着佛龛，照着古旧的木祭台，照着祭台上的供品，一样一样扫过去，最后照到朱怜的脸上，朱怜明明一动未动，脸却像蝴蝶的双翅那样忽明忽暗地扑闪着，变幻无穷。

金绮梅再也听不到刚才的声音了，近在咫尺的气息也统统消散，世界空空荡荡，寂寥如初，她的眼前如有一层雾，忽地一黑，一阵头晕目眩，晕了过去。

再次睁开眼睛的时候，她正躺在一张木头床上，朱怜关切地看着她："阿弥陀佛，小姐，你终于醒了。"说罢双手合十而拜。

"我……刚刚是怎么了？"金绮梅已经断片。

"你伤心过度，晕了过去，吓死我了。"朱怜轻拍胸脯。

"惹朱姑姑担心了。"看到朱怜发白的脸，金绮梅无限歉意。

"我疑心你起太早，没吃东西，煮了小米粥给你。"朱怜说。

朱怜猜得没错，金绮梅确实饿，很想来一碗粥，只是这时候，墙上的挂钟"咚咚"连响数声。

金绮梅心里一个咯噔："朱姑姑，几点了？"

"八点。"

"不妙。"金绮梅从床上跳到地上，穿了鞋就要出门。

"小姐，粥快好了。"

"辛苦姑姑，我得回去，不喝了。"

"那你稍等。"朱怜看到金绮梅风风火火，赶紧把她带来的竹篮、花布等物收拾好塞给她，叮嘱，"下山雪滑，路上小心。"

第三章　商　会

　　金绮梅提着空竹篮，急匆匆往山下赶，太阳出来了，照在身上有了一丝暖意。雪初融，山比平时更美，然而金绮梅什么都顾不上，连滚带爬地下了山。

　　金宅。

　　嫂子徐璐瑶在院子里弯着腰给许仁梳头，许仁刚两岁，正是走路不利索、说话不清楚的年纪，看到金绮梅，磕磕绊绊靠过来，扯着她冬袍一角，问："姑，姑，你……去哪儿了？拿——了什么？"

　　年纪小，眼睛却尖。

　　"没拿，什么都没拿。"金绮梅将空竹篮朝身后背。今天是哥哥金亦恭刻意"忘记"的日子，她如何敢当着嫂子的面，明目张胆地说去祭拜了父亲。

　　"娘，姑——骗人，明明——藏——后面。"

　　"不许乱动。"眼见许仁就要过来抢，半路却被徐璐瑶拧住耳朵拽回来，"张妈还在灶上，快去吧。"

　　后一句话是对金绮梅说的，她说话的时候只顾着许仁，没有看见金绮梅手里的篮子。

　　金绮梅应了一声，往灶间走。

　　"小姐，你回来啦！"张妈见金绮梅归来，哼着小调将一撮面条扔进热水沸腾的铁锅，再压上一个木头锅盖。水多盖小，锅盖漂浮在锅里，煮面的同时，也连着咕嘟咕嘟一块儿煮了。五六分钟后，面条表面泛起一层白沫，张妈用一块抹布将滚烫的锅盖拿开，倒进业已准备好的

28

肉丝和雪里蕻，烫一烫，即用漏勺和筷子将掺着菜的面一并捞起。

没被责问，还有现成的早饭吃，金绮梅喜出望外："张妈，你怎么等我到现在？哥哥呢？"

"少爷出门了。"说话的工夫，张妈已将一份色香味俱全的面条端到金绮梅的面前。

要说张妈的手艺，丝毫不逊色于中华路的老王面摊，可惜的是，始终不能养胖母亲。

"他没有问起我？"金绮梅迫不及待地拿起筷子，哧溜吸了一口。

"怎么可能不问。你出门不久，少爷就起来了，问我你去了哪里。"

"你怎么说的？"金绮梅边吃边问。

"我？我当然说你还没起床……"

"哥哥怎么会信。"听到如此敷衍的借口，金绮梅抛给张妈一个恨铁不成钢的眼神。

"所以，少爷又问了我一次你去哪儿了。"张妈老老实实交代。

"嗯，我去哪儿了？"金绮梅停住嘴巴，也跟着打趣张妈。

"你这死丫头。"张妈呸了一声，"都是为了你，才让我这么大年纪还向少爷撒谎。"骂了两句，又捡起话头，"当时，我急得不知道怎么答才好，多亏了少奶奶，她跟少爷说你喜欢风雅，肯定是到五十三坡那儿找梅花树采雪水煮茶了。"

金绮梅的嘴巴圈了个大大的"○"，嫂子就是嫂子，谎话都能编造得如此机敏。

"听少奶奶这样说，少爷从鼻子里哼了一声，出门办事去了。"张妈禁不住要笑出来。

金绮梅脑海里浮现出哥哥从小正经到大的严肃脸，这张脸明知柔弱娇妻满嘴胡说却无可奈何，只能一声"哼"，叫她如何不想笑。

在母亲过世后，哥哥更兼具了慈父和严母的双重权威，虽然只大了她八岁而已。

心潮起落，感慨万千。

"快吃。"张妈催她，"吃完了赶紧去向少奶奶道谢。今天少奶奶不但帮你圆了场，还特意自己带着小少爷，让我等着给你做口热的。"

"啊？"金绮梅猛然想起回家的时候，徐璐瑶一副完全没有注意到自己的样子，回味起来，不是自己掩饰得好瞒过了嫂子，而是嫂子有意遮掩不让她尴尬。

金绮梅的眼睛都涩了，不自觉地拿手揉了揉。

张妈看到金绮梅的举动，也是触景生情，轻叹一口气，说："这些年，少爷幸亏娶了少奶奶，有亲家老爷的扶持。"

张妈口中的亲家老爷，是徐璐瑶的父亲徐贤仁，他既是金亦恭的岳父，也是镇江赫赫有名的慈仁堂药店的老板。

当金绮梅与张妈在家中感叹的时候，一袭青色长袍、戴着金边眼镜的金亦恭正搀着久病缠绵、身体虚弱的徐贤仁缓慢地走在伯先路上，他们的目的地是伯先路 73 号——镇江商会。

这是一条历史悠久又代表镇江富庶程度的马路：脚底下的石头比道路两边的树木老，树木又比四周的房子老，而南来北往的路人，不管多大年岁，相较于石头、树木、房子，都算是年轻人。

路的两边，繁华现代的建筑与郁郁葱葱的古树融为一体，商会、银行、药材店、古董铺……应有尽有，虽不是公园名胜，然入眼皆是画。

也只有在这条路上开会，徐贤仁才愿意走一走，看看雪景。

"亦恭，这是你第一次参加冬赈会议吧？"徐贤仁站着喘口气的工夫问女婿。

"对，爹，以前一直是大哥陪您来的……"金亦恭低声说，他尽量不提及老丈人的伤心事。十年，除了身高的增长和鼻梁上多出来的眼镜，金亦恭几乎没有任何变化，少时冷峻沉着的气质一直延续到今天。

"是啊，往年都是爱仁陪着我。"徐贤仁无限感伤。

在金亦恭与徐璐瑶婚后的这三年里，徐贤仁虽然对金亦恭处处提携，但带着他与商会诸多名人商议冬赈事项，还是首次。这并不是因为他不看重金亦恭，而是因为他的大女婿蒋爱仁。

镇江人都知道，伯先路 8 号有一座外形像欧洲花园、宫殿般的房子。这并不是普通的住家，而是德珍诊所。

會廟江鎮

鴻港民 3/7

德珍诊所建于 1907 年，由镇江人蒋德珍所创。这是一位有着留洋背景的西医医生，会治疗不少中医不擅长的急性病，甚至还进行了令封闭几千年的国人瞠目结舌的开肠手术，在这个省会城市掀起惊涛骇浪。

三十年的运营，让德珍诊所集专业和豪华于一体，但这并不是蒋德珍最引以为傲的，他最大的圆满，在于自己繁盛的子嗣：他有三个儿子、一个女儿，其中最值得一提的是大儿子蒋爱仁，此子长相俊美，健康阳光，跟父亲蒋德珍一样留学西洋且成绩不俗，是人见人爱的好青年，德珍诊所的未来就掌握在他的手上。

五年前，徐贤仁的长女徐珊珊就嫁给了这样一位完美的夫婿。

蒋、徐两家的联姻，促成了德珍诊所和慈仁堂，这一中一西两股势力的大融合，更使蒋爱仁成为镇江商会炙手可热的人物。他不但年轻，而且既是德珍诊所已对外明确的继承人，也是慈仁堂店铺潜在的实际控制者——徐贤仁没有儿子。虽然社会风气逐渐文明，女人一样继承家业，但是抛头露面参会议政仍属鲜见，大家都明白徐贤仁百年之后，真正掌握慈仁堂的将是女婿蒋爱仁。

"亦恭啊，往年我带着爱仁，并不是因为我偏心他，毕竟爱仁与珊珊结婚在先。"徐贤仁有解释的意味。

蒋爱仁在这一年年初染上风寒，本以为吃点儿药休息休息就能转好，并未重视。谁知半个多月后，情况急转直下，拖成重症肺炎，蒋德珍急了，用了比黄金还珍贵的盘尼西林，也没保住他。

蒋爱仁去了以后，蒋德珍受到重创，一病不起，短时间内满头华发，直至现在都不愿见人，更不参加任何活动。

徐贤仁同样深受打击，他老来得女，寻寻觅觅帮女儿找到一个不错的归宿，却在应该颐养天年的岁数遭此打击，越发觉得力不从心，慢性咳嗽、腰腿酸疼等老年病统统袭来，稍稍累一点儿，就上气不接下气。

好在还有金亦恭。

虽说金亦恭独立经营着精诚医馆，但就当前的形势来看，慈仁堂最终是要交到他的手上。

"爹，什么都别说了，我懂。"金亦恭真挚地表达自己的理解。

其实，徐贤仁比谁都袒护他，这既是一种翁婿之情，也是上了年纪的老辈对年幼失怙的晚辈不能自已的偏袒。但是这些年，德珍诊所风头无二，蒋爱仁早入徐家又是不争的事实，很多事情，徐贤仁是不可能跳过蒋爱仁的。

徐贤仁笑了，他很宽慰，这个笑容包含了千言万语。他决定结束这个悲伤的话题，问出了另一个问题："亦恭，你知不知道商会有多大，有多少间屋子？"

"这个……我倒没有数过。"不纠结于旧事，金亦恭舒坦了很多，畅快发言，"我只听闻，商会的房子是七八年前用北伐军归还镇江商界的借款造的。"

那时候，金亦恭正跟着马泽仁在江阴学医。

"用了四万元，买了三亩地，建了七十八间半的屋子。"徐贤仁颇为自豪。想当年，他也是参与商会决策的一员。

"七十八间半，这个数字倒是有趣。"金亦恭有所保留地说。七这一数字，在中国人眼里并不讨喜，烧七做七，大抵涉及白事，生意场上避之不及，他奇怪商会竟不忌讳。

"你肯定在想，要图好彩头，为什么不建八十八间。"徐贤仁看透金亦恭所思。

"是。商会是什么地方，又不缺十间房子的钱。"金亦恭道。

"问得好啊，商会是什么地方？商会是咱们商人云集之所。世人眼中之商人本性，'利'字当头，每日算盘珠七上八下，但求满赚。可自古而今，斤斤计较终是小贾，算计太过、利益太满，都会坏了荫福。大商应有大情怀、大气魄，'利'字之前，更应该守一个'德'字。所谓七八之间空半分，做人做事留一步。别处的商会不用这个'七'，我们镇江商会还偏偏就用了！我们就要顶着这个'七'，做出一番比'八'更好的名堂！"徐贤仁骄傲地说，脸上透出一阵绯红。

金亦恭没想到，镇江商会的房屋数目，还有这样意蕴深刻的价值理念。这岂止是为商之道，根本是放之四海皆准的为人之道。

"这几年，你在镇江已开辟了一片天地，以后更会大展宏图，但是我希望你无论何时何地，切莫忘记万事留德，唯德生财。"徐贤仁语重心长地说，"我老了，没用了。以后，金家和徐家的担子，都压在你一个人肩上。"

金亦恭心潮激荡，半晌无语。

不多时，翁婿俩进了商会大门。商会有三进，第一进为中式，有走廊、天井，中为大厅，房屋三间。第二进为两层，走廊、天花板等内部装饰是西洋式的。从1931年起，这个两层楼就成为中央银行镇江支行。第三进为一座三层楼房，后有一门，是为商会东门，从五十三坡顺路而下可以径直至此。

徐贤仁又一次休息，他在为接下来的爬楼做准备，方才的谈话，耗费了他太多力气。

金亦恭一直搀扶着徐贤仁，唯恐徐贤仁有个闪失。这个举动是天然的、发自内心的，他是医生，却无法挽救一个人急速的衰老，譬如岳父，譬如三年前过世的母亲。他们的病都在心而不在肉体，他这个凡人无能为力。

在这个特殊的日子想到母亲，金亦恭的心像被锥了一下，疼到骨头里。

第三进小楼的第二层会议室，内勤人员进进出出往炉子里加炭，往茶缸里加水。火烧炭燃哔哔剥剥地响，坐在主座的人不由自主缩了缩脖子。

这个人一身黑袄，体格壮实，头发不多，脸上戴一副玳瑁眼镜，方口阔鼻的面相，有吞吐山河的气势，属于天生的招财类型。很少有人注意到他那两片厚厚的圆形镜片下的慈善眉眼，以及眉目之下看不见的、对家国付出不计回报的拳拳赤子之心。

他，就是镇江商会会长陆小波。

十五岁时，陆小波到镇江源同钱庄做学徒，待奋斗到三十岁，履历上已有慎康钱庄经理、中央银行镇江支行经理、镇江水电公司总经理、茅麓公司董事长、京江中学董事长等职务，这丰富的履历，让他在镇江乃至江苏商界，无人能出其右。

今冬的这场大雪，与其说是落在多事的江苏镇江，不如说是落在他沧桑的心间。内忧外患的动荡时局、积贫积弱的国家民众，无一不让这个往五十迈进的老人忧心如焚。

"陆会长，雪刚停您就把我们叫过来了，一个晚觉也不给我们睡，明天可就腊八啦，您是要提前请我们喝八宝粥?"一个圆圆脸的人还没踏进会议室，声音就先到了。这位是镇江中华园酒楼的李长友，作为这个城市最大最豪华饭店的老板，李长友三句不离"吃"，因为伙食好，长得像个肉团，穿着上他倒不考究，就一件普通的粗布袄。

"李老板你不晓得，陆会长通知你们八点来，他七点不到就坐到这里，一根接一根地抽着烟等你们了，到这会子，七八根总有了。"负责内勤的是银行的职员毛小兵，中华园酒楼生意好，李长友常去存钱，毛小兵跟他熟得很。

李长友听了，咧嘴大笑："陆主席是怕我们小气不肯掏钱，才喊过来当面化缘。"

"哪是我喊你来，是城里那些贫苦人家喊你来。今年的天这样冷，我为城中那些穷人着急，只好有请李老板大驾了。"陆小波诚恳地说，没有半点儿商会会长的架子。

他眼前闪现出数不清的矮小房子，房顶被大雪压得折了腰，拇指粗的冰铃铛从屋檐直直垂下来，里面的住户家徒四壁，在这个冬季苟延残喘。

这些真实的幻象让陆小波难受，他猛吸了两口手中的香烟。

毛小兵数得没错，这已经是陆小波的第八根烟了，当他燃上第九根烟的时候，一阵熟悉的脚步声传来，很轻很缓慢，他果断将烟一掐。

"贤仁兄，您来了。"陆小波快步上前，在金亦恭的另一侧虚扶住徐贤仁，饱含歉意地说，"这么冷的天气，您还亲自跑，真是过意不去。"

"陆会长，您千万别这样说，冬赈是整个商会的大事，每个人都应该出一份力，我要替镇江的老百姓谢谢您!"徐贤仁说。

几个月没见，徐贤仁衰老得极快。蒋爱仁死后，徐珊珊殉情未果，徐家老两口已经将她接回娘家居住，二十四小时看管。

所幸徐家还有一个二女婿金亦恭，虽不是什么名门望族，但是十三岁就拜入马泽仁门下，二十岁就在镇江挂牌行医，前途无量。

"亦恭，你得费些心思，帮你爹调理调理身体。"陆小波对金亦恭说。

"陆会长，我一定尽我全力。"金亦恭激动异常。

这是他第一次这么近距离地接触陆小波。对于这个传奇人物，金亦恭是相当钦佩的。1913年，张勋辫子军兵过镇江，以大炮洗城为要挟勒索四万元，陆小波慷慨出资保住全城；1927年，北伐战争胜利，陆小波亲率商团接管英租界，结束了英国在镇江近七十年的殖民统治；1929年，因江中锅炉爆破，发生奔牛惨案，遇害者后事无人料理，最终也由陆小波接下了这一烫手山芋。

少时，扬州的私塾先生教金亦恭读《战国策》，书中曾有这样一段：所贵于天下之士者，为人排患、释难、解纷乱而无所取也。即有所取者，是商贾之人也。

在中国漫长的封建统治年代，商人的地位一直不高，只因先贤认为，这是一帮充斥着铜臭味、唯利是图的低等人群，与庙堂之高格格不入，不可能怀揣家国之责。但是以陆小波为代表的新一代商人，在贫瘠的大环境下，有思想，有格局，有担当，有作为，自觉地将自己的命运与国家的命运紧密相连，用实际行动证明了商人也是可以拥有大义的，可谓后世爱国企业家的典范。

"陆主席、徐老。"

"徐老，好久不见。"

来人渐多，先跟陆小波招呼后，见到徐贤仁，也问候几句，毕竟这是大半年以来徐贤仁第一次回归商会。

一盏茶工夫，会议室坐满大半。

"亦恭，你也来了？"姗姗来迟的柳慈航见到金亦恭，满脸欣喜，这两年他与柳慈海贩售镇江香醋，赚头不错，今年第一年接到商会邀请，没想到碰到外甥。

"舅舅！我是跟爹一起来的。"金亦恭看到家人，很是开心。

"徐老，谢谢您。"柳慈航向徐贤仁道谢。自从为金亦恭牵线成为马泽仁的徒弟之后，他就无力再对金亦恭的前途做什么实质性的帮助，好在有金亦恭的丈人徐贤仁。

"一家人，何必说两家话。"徐贤仁客气地回答。

正寒暄，陆小波冲众人压一压手，大家立刻各就各位，会场顿时鸦雀无声。

一场关于冬赈的重要会议即将开始。

徐贤仁在商会虽无头衔，却因为年龄能压得住阵，坐在陆小波身边，金亦恭不声不响坐在徐贤仁一旁，柳慈航、柳慈海则拣了一个角落坐。

所有人的目光都投向金亦恭。

镇江商会，既是一个人才辈出的地方，也是一个相对封闭、论资排辈的地方。往年跟着徐贤仁出席会议的都是蒋爱仁，现如今，换成金亦恭，这个人将成为徐家乃至慈仁堂兴衰成败的关键，责任重，年纪又轻，大家的目光当然都朝他聚集。

金亦恭如坐针毡，他努力控制着自己的气息，他告诉自己，今天只是一个开头，往后的岁月，还会经受更多更持久的考验。

很快，有人发现，除了金亦恭外，还多出了另外一张新面孔：这是一位十八九岁的小伙子，长得浓眉大眼，穿着时下最廉价的杏色麻布冬衫，头发黑而密，虽然已经不能再短，还是根根蜷曲，是打娘胎里带出来的卷毛。

他起先并不在会议室，临近开会才匆匆赶来。陆小波示意他坐在自己的下首。他按照陆小波的示意坐下后，将一叠印有"镇江商会启事笺"字样的纸铺平在面前，又从衣袋里掏出一支自来水笔，准备做会议记录。

这是一个重要的位置，非商会的老资历不能坐。整个会场都被他这一举动震惊了，众人的目光一齐从金亦恭身上转移到这个年轻人身上，大家用目光相互询问着同一个问题：他是谁？

窃窃私语声随之而起。

说来奇怪，这个年轻人虽然打扮得规规矩矩，看上去跟普通少年没什么不一样，可周身却散发出一种勃勃生机，像春天里的第一缕风，不受这个晦暗的时间晦暗的国度之影响。这种由内而外的气质，让金亦恭不由自主地多看了他几眼。

"我久不来，人都认不周全了。这位是陆会长收的新徒弟？"

谁都没想到，第一个发问的，是徐贤仁。

"陆会长介绍介绍，这位小伙子是谁，我们也是第一次见。"有人附和。

"是啊，从没见过呢。"

在众人你一言我一语间，金亦恭才听出来，少年也是第一次露面，只是他来得晚，陆小波又没介绍，其他人就不好意思问。倒是徐贤仁以为是自己长时间未到商会人头不熟，才会心直口快地袒露好奇之心。

"他叫王富，银行的朱先生体弱抱恙，自行请辞，空了个位置，我看他灵巧勤快，准备让他试试。"陆小波微笑着跟大家解释，又对少年说，"王富，来跟各位前辈打个招呼。"

王富毫不怯场，陆小波介绍完毕，他就倏地站起来，朝众人鞠躬："我是王富，初来乍到，还请各位前辈多多指教。"说罢，一双黑漆漆的大眼睛肆无忌惮地打量着周围。

金亦恭强忍着没笑出声。要说这王富，真是初生牛犊不怕虎，在这么多商界前辈的注视下，看不出半点儿压力。哪像他，战战兢兢如履薄冰。他很好奇，从王富的衣着看，不是富贵人家孩子，这样一个没有根基的人，能有这份自信，倒是很有意思。

巧合的是，金亦恭看王富的时候，王富的目光也恰好投向他，因为金亦恭是这个会场上与王富年纪最相近的人。两个年轻人目光相交，王富咧开嘴嘻嘻一笑，左边脸显出一个浅浅的酒窝，眼睛又黑又亮。

"真是一表人才。"

"后生可畏，我们老啰。"

众人交口夸赞，虽然不清楚王富的底细，但是陆小波将他带在身边，又预留银行职员的位置，栽培的意思已经很明显。

陆小波假装咳嗽两声，会场又一次安静下来，会议进入正题。

"当下局势动荡，实业凋敝，本来老百姓的日子就不好过。现在大雪连降三天，明儿又赶上腊八，总不能让满城的穷苦人忍饥挨饿过这个节，故请诸位来商议冬赈一事。"陆小波叹一口气，看了看窗外的雪，"这种天，太容易出人命了，分分钟也拖不起。"

"陆会长，话多不说，我愿意出资四百元，聊尽绵薄之力。"一位面容俊朗的中年商人简短利索地带了头，此人一股子军人做派，正是无敌牌镇江工厂经理张怿伯。

张怿伯是镇江商会陆小波之外的另一个传奇：他二十七岁时就策划并参与了海军起义，辛亥革命成功后，又破釜沉舟走上实业救国之路，创办了无敌牌镇江工厂，这个厂生产的无敌牌蛤油，被誉为中国四大名牌蛤油之一。

"鄙人出资两百元。"李长友收起了说笑的面孔，紧紧追随。酒楼的赚头不好跟工厂比，都是一菜一汤挣出来的，但是他体谅陆小波心里着急，毫不犹豫地慷慨解囊。

"我家小本生意，捐助八十，杯水车薪，表个心意。"棉纺厂的吴老板也积极配合。跟其余几个老板相比，老吴实在挣的不算多，可这不妨碍他在家乡人民受难时伸出援手。

"我也跟八十。"

"那……我也出八十。"柳慈海第一次参加捐款，不懂行情，只能跟在大家后面。

　　……………

王富一边听，一边有条不紊地记录下会议内容和各位商家捐款数额，很快，他将便笺纸递到陆小波的手上："陆会长，算好了，这是总额。"

因为间隔近，金亦恭清晰地看到王富大而遒劲的字，笔画都透到了纸的背面。

"两千一百二十元。"陆小波点点头，对王富的记载和筹得的款项

39

表示双重满意，继而说，"这笔款项用于购买时衣、时食、时药，下午就去办好，明天施粥时一并发放冬衣。粥千万不能单薄，需加入黄米小米等物，至于义诊这一块……"陆小波看了看徐贤仁。

对于冬赈而言，食物衣服固然不可少，伤风感冒的医治也是一项重要任务。

"陆会长放心，这个天气，主要容易诱发伤寒，慈仁堂已经备了充足的柴胡、陈皮、防风、甘草、赤芍、生姜等药材。我看，义诊可与施药一并进行。"

"这个贤仁兄是行家，最有经验。只是您的身体……"陆小波微微迟疑。

"如果陆会长放心，今年慈仁堂义诊施药一事我希望交给亦恭。"徐贤仁对陆小波说。

"父亲年事已高，如各位前辈信得过，义诊施药，请交给我做。"金亦恭赶紧表态。

按惯例，每年冬赈，慈仁堂负责义诊兼施药，在这一时间段内，灾民接踵而来，药房多天不能正常营业，是一份出钱出力的差事。往年，都是徐贤仁坐镇，蒋爱仁襄助。而今年，以他的身体状况，势必不再合适主持大局。

"大家有没有意见？"陆小波环顾会场。

没有人反对。金亦恭既是医生，又是徐贤仁的女婿，一肩挑也算顺其自然。

"明日开始，冬赈局巷一日两施，每位灾民可领冬袍一件，由王富负责记录，不得重复领取；义诊施药地点定为慈仁堂，由金亦恭负责。"陆小波最后宣布。

第四章　旧忆（二）

金亦恭走在回家的路上，夜色里，街巷如此静谧。

西津渡的店铺有个特色，一半营业，一半居住，即所谓连家店。这种模式的便利在于，即使再晚，店家也不会着急打烊——毕竟几步路就可以回自己的屋子休憩了。但是今天，因为冷，一路走来，金亦恭只看到景阳茶馆前残存一盏微弱的红灯笼，茶馆的门已用木板挡了起来。夜幕里，这一抹红如飘荡的绸带，让西津渡充满了别样风情。

金亦恭知晓灯笼里的蜡烛不会燃烧多久，只因那最后一小截蜡烛实在太短，拔下已不值当，主人才让它继续燃着。

空气里充斥着各种腌制品的咸味，伴着冷冰冰的水珠子在四处飘荡。

镇江老话说："小雪腌菜，大雪腌肉。"小雪后，人们开始腌制各种蔬菜，主要是白菜、萝卜，家家户户门口晾出一串串片儿状萝卜，竹杠上系着一根根大菜。窗前，时不时能见到用铁钩子钩住、形状离奇固定的鸡、鸭、鱼，还有被主人留在屋外过夜的酱色泡菜坛子。

年味悄然弥散。

"啪、啪、啪"，谁家顽皮的小孩儿，在准备迎新年用的一串爆竹上拆几个点燃，哔哔剥剥扔到人家家里。

"哪家的小炮子儿，这么晚不睡觉活闹鬼，看我不起来揍你！"男主人恼火，高吼着就要从床上跳起来穿衣服。

"干什么呢？小题大做。肯定是小把戏溜出来瞎玩的，哎，随他，等下子家里就有人来逮他了。"女主人一把拽住男人，拖回床上。

41

男主人骂骂咧咧，重新睡好，安静下来。

不远处，有个蹲在墙角的矮小影子捂着嘴笑，身体一颤一颤。

更远处，一个高大的黑影子正在向小影子靠近。

金亦恭对刚才说话的那个不曾谋面的女人佩服得五体投地。

"大影子"猛然弯腰，揪住"小影子"的耳朵："小痨伢，这么晚偷跑出来瞎皮，害我死找。"

"哟哟！爹爹你放手！疼死我了！""小影子"吃痛，捂着耳朵叫起来。

"回去，吃我一顿揍！""大影子"怒气冲冲。

"不要揍，不要揍，爹爹，我回去自己跪搓板。""小影子"一边求饶一边讨价还价。

"想得美，我要拿尺条子打烂你的屁股。""大影子"一边骂一边拖。

两个影子遂朝金亦恭相反的方向走去，终于再也看不见了。

一抹笑意还未到达金亦恭的嘴角就已消失，整条街上，又只剩下他一个人。

万籁俱寂，是孤独的一刻，也是珍贵的一刻，他不用是整个金家的顶梁柱，不用是慈仁堂唯一的希望，不用是一个完美的丈夫、女婿、父亲和哥哥，褪去一切外壳，他，金亦恭，不过是一个二十三岁平凡的年轻人。

他还得继续前行，前行在回家的路上，这一路，他走得异常辛苦。

三年前，他终于从江阴出师。

马泽仁很欣赏他，希望这个最后的弟子留在身边，但是金亦恭婉言谢绝，因为在镇江，有两个比马泽仁更重要的人——母亲和妹妹。

在跟着马泽仁的七年里，他了解到中华医学的博大精深，这种集天地人于一体的复杂理论，使得许多传承者终其一生，也无法尽窥其中的玄妙。所以，金亦恭认为，他必须像受着太阳恩泽的草木那样对世界满怀谦卑，同时又要像初生的兽类那样对未知敢于尝试和探索，他的医术才能不断精进。这种认知后来伴随了他的一生。

临行前，马泽仁亲手写了八个大字赠予金亦恭：大医精诚，悬壶济世。

这也是他对金亦恭最后的要求。

金亦恭意气风发地回到镇江，未来似一张白纸，等着他泼墨挥毫，他并不曾设想，一场变故悄然来临。

经过七年的繁衍增长，柳家多了大舅舅与大舅母新生的小侄子，以及后进柳家的小舅母。外祖母安排了酒宴为外孙金亦恭接风洗尘，迎接他的是一大家子人，却独独缺了母亲和张妈。

"娘呢？"金亦恭坐定，遍寻不着母亲。

"姐姐出去有事。亦恭，你吃菜，辛苦了七年才回家，这些都是特意为你准备的。"柳慈航岔开话题，将一块镇江肴肉夹进金亦恭的碗里。

摆不坏的肴肉是著名的镇江三怪之一，它肉红皮白，光滑晶莹，卤冻透明，入口即化，一直是金亦恭的心头好。像柳家这样的小康人家，也只在逢年过节才摆上饭桌。舅舅的接风宴，可见是下了血本的。只是看不到母亲，金亦恭完全没有心思吃。

对母亲来说，有什么事能比他这个儿子回来还重要？

金亦恭放下筷子说："我去看看娘。"

"你不用去，她不在家。"外祖母料到会有这一刻，语气平静。

"娘在哪儿？我现在就去找她。"金亦恭隐隐感到不对。

祖母不作声，其他人也不作声，倒是长成少女的金绮梅，眼泪断珠子似的一粒粒掉进碗里。

难道娘？金亦恭心中一寒，随即否定了自己的想法，不可能，若是娘不在了，家里不会摆上大鱼大肉。

那么是什么原因？

"绮梅，你说！"在座的都是长辈，金亦恭吼不得，只好冲妹妹凶。

"哥哥……"金绮梅一脸无助。

七年前，在扬州那个古老的金家，在父亲的棺木前，金绮梅也是这样的神色。金亦恭忽然自责，他不该这样对待妹妹。

"亦恭，别为难绮梅，安心吃饭。你娘真的出去了，过一会儿她就

43

会回来的。"外祖母很平静，她相信，该来的总归会来。

金亦恭问不出所以然了，急得抓耳挠腮。

一直隐忍不语的小舅舅柳慈海看不下去了，说："亦恭，你别瞎猜，姐姐其实也没什么事，只是最近喜欢往外面跑，我们怕有什么闪失，才让张妈陪着。"

"娘要跑去哪里？"

"西津渡、秋娘像。"

"去做什么？"

柳慈航沉默。

"娘要去和杜秋娘说话，听杜秋娘唱歌……"金绮梅"哇"的一声哭出来。

听金绮梅这样一说，身为大夫的金亦恭彻底明白了。

"从什么时候开始的？"纵是心内波涛汹涌，金亦恭还是强作镇定，切换到医生的角色。

"七年前，你离开的那天。"金绮梅双唇颤动，不堪回忆。

金亦恭的心揪作一团。

"哥哥，你怪我吧。那天娘回来对我说，她去见了一个很漂亮的阿姨，阿姨在水里，唱很好听的歌，我信以为真，想都没想过这是病。要是我早一点儿意识到……"金绮梅将积压了七年的痛苦倒出来，难过地用手帕捂住了双眼。

"这事不怨绮梅。"外祖母像一只护崽的母鸡，"那时绮梅刚六岁，什么也不懂。她第二天就把这件事告诉我了，是我没有重视。我以为，你娘是一时舍不得你走，过阵子就会好转，还想着引导她吃斋念佛豁达心境，没料到是染了这个毛病。"

"亦恭，你别难过，姐姐平时挺正常的，只是最近犯起来了……张妈寸步不离跟着她，你放心。"柳慈航说。

金亦恭相信大舅舅的话。这七年里，他也曾数次回家，并没有发觉母亲的异样，可见发作频率不高。抑或，身为儿子，他才是唯一能医治母亲的心药。

"亦恭!"胡思乱想间,母亲回来了。

张妈紧随其后。

"娘。"金亦恭看着母亲,像在梦境里:母亲的发髻绾得高高的,浑身干净整洁,没有任何一个病患能像母亲这样美丽体面,她怎么会是个疯子呢?

"你回来,怎么都不告诉我呢?"母亲扑到金亦恭跟前,牢牢抓住他的手,高兴得像个孩子,把之前柳慈航曾经告知她金亦恭今日归来的话忘得一干二净。

幻想的泡泡"啵"一声,粉碎在空中。

早在一个月之前,金亦恭就抑制不住兴奋,往家里捎了信,现在家人聚集得整整齐齐,母亲却说她并不知道。

心碎无痕。

金亦恭把伤口放在心里,脸上的表情还是那样自然。"娘,怪我不好,急匆匆回来,都没提前告诉您。"他说。

好像一切真是他的失误。

"什么话,我高兴还来不及。"母亲露出天真的笑容,不过转瞬又皱起了眉毛,"你这次能待几天,是不是很快又要走了?"

"娘,我不走了。"

"不走了?"

"不走了。娘,我要在镇江开一个医馆,永远陪着您和妹妹。"金亦恭向母亲奉上他最为灿烂的笑容。

"真的啊?"母亲潸然泪下,她转向女儿金绮梅,"绮梅,你听到没有,亦恭以后会一直陪着我们,我们三个人又在一起了。"

"听到了。"金绮梅强忍眼泪。

"娘、弟弟、弟媳妇,你们听到没有,亦恭不走了!"母亲对每一个人重复这个喜讯。

大家都努力点头。

母亲说着说着,却又哭起来:"秋娘,一定是秋娘在帮我,我和你说的话,你都听到了。"母亲说到动情处,一仰头,毫无征兆地往后

45

栽去。

"娘，娘。"金亦恭抱起母亲就往内屋奔，金绮梅则跑到前面指路："哥哥，这边，这边。"

在妹妹的指引下，金亦恭才知道，母亲的卧室换到了紧挨着佛堂的厢房。

外祖母、舅舅等一行人也紧张地跟了过来。

金亦恭将母亲安放在床上，紧紧握住母亲的手，他已经不记得前一次这样亲近母亲是什么时候的事了。他感受着母亲的脉搏，才切实了解事情有多糟糕——从医生的角度讲，对母亲而言，精神方面的问题并不主要，最棘手的事情是，四十岁不到的母亲，身体虚弱得堪比行将入土的老人。

他原以为这次回到镇江是与母亲和妹妹长远地团聚，没有想到竟是一场永久的别离。

柳慈航预感到事情不妙，朝金亦恭解释："我们也想过找大夫医治姐姐，可她固执得很，说自己的儿子就是大夫，要看也是儿子给她看。又自行换到佛堂这边来住，说睡得安稳。我们也没有办法。"

金亦恭听得肝肠寸断。

过去七年，他起早贪黑，拼了命地学，只想尽早学成，回镇江开一间医馆，购置一处属于自己和母亲、妹妹的房子，让她们有所依靠。他如何想得到，等目标慢慢接近的时候，第一个出问题的，是母亲。

"亦恭。"母亲悠悠转醒。

"娘。"金亦恭的手丝毫不敢松动。

"亦恭，我刚才，没做什么丢脸的事吧?"母亲悄声问。

"没有，娘，没有。"金亦恭赶紧说。

那个清醒的母亲回来了。

"那就好。"母亲对儿子的话深信不疑，"最近不知怎的，我的脑子空空的，什么都记不住，身体却像要飘起来，自己做不了主。"

"娘，没事，您只是太累了，多多休息。"金亦恭强忍痛楚。

所有的症状，都不是什么好兆头。

"累什么累，看你回来，我浑身都是劲儿。"母亲喜气洋洋地看着儿子，心里无比踏实，她的后半生有了依靠。

"还是得休息的，我给您抓点儿药。"

两个小时后，母亲喝下了儿子开的药，药中的镇定成分，让母亲足足睡了一天一夜。

母亲醒来的时候已是第三天，她容光焕发，如涅槃重生，受了蒙蔽的灵魂在一夜之间苏醒，现在，她的眼睛是整个柳家最明亮的。

她似乎预感到自己时日无多，将金亦恭叫到面前。

"亦恭，你这次回来，有几桩要紧的事情。"

"娘，您吩咐。"

"第一，你得赶紧把诊所开起来，不需要太大的地方，但事情得尽早做，毕竟你是马大夫的传人，满师了，得让镇江人知道。"

"是。"金亦恭答。

母亲不是高调的人，但是中国医生不打广告，口碑都是病患口口相传建立起来的，这个过程需要时间的积累，母亲想在她有生之年见证这一刻。

"第二，你年纪不小了，成家立业，先成家后立业，该考虑婚嫁之事了。"

这点，金亦恭有点儿哭笑不得，他刚回镇江，结婚生子又不是能一蹴而就的事情。不过，母亲提出的要求，他都不会违拗。

"这事，娘您看着办吧。"金亦恭回复。

"最后一桩。"母亲沉吟半晌，才说，"一直在外婆家借住也不是个事，你已经回来了，我们得设法买个新宅。"

金亦恭当然想有一个真正属于自己的家，可是这些年，马泽仁虽不曾亏他，他的积蓄仍是有限的。

"钱的方面，你不用担心。"母亲站起来，在衣柜里摸索了一会儿，摸出一个不大的包裹，递给金亦恭，"之前从扬州带过来的那几枚白玉，我已变卖，这些钱，不但够买个普通的小宅子，还够你租赁一间屋子开医馆。"

"娘，是我没用。"金亦恭哽咽着朝母亲跪下去。

卖掉的那些白玉，是父亲在时，挑了行里最好的羊脂料子，让能工巧匠做出时兴的款式送给母亲的，母亲嫁入金家后，每年一块，共计一十四块。

除去羊脂白玉本身的珍贵不说，它们还是母亲离开扬州，从金家带走的唯一念想，而今为了他，母亲失去了它们。

"亦恭，别这样，卖掉它们，我们能有新家，你能有医馆，这可是我一直期盼的一天啊。"母亲真情流露。

金亦恭将全部的感动藏在心里，他要行动起来，他要以最快的速度逐个完成母亲的心愿，他没有把握母亲还能在这个世上陪他多久，所以必须争分夺秒。

赶巧的是，与拜师一样，大舅舅柳慈航再一次给他带来了好消息。

"亦恭，中华路上有一家两间的铺子，本来是租出去给一个牙医的，结果生意不好，现在重新招租，一个月只收五块钱，你要不要去看看?"

柳慈航早就想到外甥需要自立门户，留心物色，才能这么高效。

金亦恭当然要去看。

铺子的门头不大，但是南北通透，且交通便利，四通八达，兼之租金低廉，手头的资金不会吃紧，少于预算的那点儿钱，还可以用于店堂内的简单装潢。

"舅舅，太合适了。"金亦恭高兴地转圈。这小小地方，在外人看来陈设全无，简陋不堪，但对于他这个刚刚起步的医生，则近乎是量身定做的。"以后，这里就是我的医馆!"金亦恭振臂而呼。

实质上，这家旺铺的租金是一个月十块钱，柳慈航怕金亦恭嫌贵，暗地里垫出一半。

柳慈航笑问："医馆起个什么名字好?"

"就用师父写给我的那八个字里的两个——精诚。"金亦恭不假思索地说，他在梦里不知道想过多少次了。

"精诚医馆。不错，不错。"柳慈航读来也觉朗朗上口。

梦想就这样起航。

店铺粉刷之时，金绮梅偷偷告诉金亦恭："今天我随娘去西津渡，看中一栋小二楼，单门独户，足够我们一家人住。"

"这孩子，藏不住事。"母亲半嗔半怒。

金绮梅吐吐舌头，继续兴高采烈地说："娘还说，这样大的房子，即使你以后娶了嫂子，再生两个小侄子也不会挤……"

"绮梅，真是大嘴巴。"母亲白了金绮梅一眼，眼角眉梢皆是笑意。

那些琐碎而温暖的片段，一清二楚。

金亦恭站立在佛堂里。

佛堂是三年前买下这座房子的时候翻新的。虽然是一座旧宅，但是经过简单的修葺，也是一个新的家了。

母亲万事皆简，唯一的执着，是找了镇江最有名的工匠，定制了佛堂顶部的瓦当。瓦当上的图案，是母亲从古书上拓下的葵纹，图案独特，中心一个圆，各面长出枝蔓，像爪子但不是爪子，那寓意太阳的光华万丈。

"咱们的新家，一定要顺顺利利。"当所有的瓦当尽数铺上房顶，母亲对着上苍发愿，接着又在佛堂里，第一个供奉了父亲——先夫金承恩之位。

"这么多年，都没让你有个家。"母亲对着牌位喃喃自语，"现在终于有了。我走之后，就在你身边歇着。"

这话像一句谶言，金亦恭顿然一惊。

母亲死在徐璐瑶怀上许仁的那个月，如她所愿，金亦恭让她长久地安眠在父亲身边。金亦恭没想到，他用了七年的时光奋力成长，总以为短暂的离别是为了更加久远的相聚，待他终于飞奔至母亲的怀抱时，得到的，却是永久的别离。

民间有一种说法，长辈为了迎接晚辈的到来，把自己剩余的寿限让渡给他，此谓"让寿"。被"让寿"的孩子，注定富贵长寿，是一件可喜可贺的事情。

金亦恭想，这是母亲飞升上天，护佑新的金家了。

说也奇怪，打那起，金家真的顺风顺水起来。

"娘。"眼泪沿着金亦恭瘦削的脸颊悄然淌下。

在佛堂的墙壁上，挂着一幅一尺见方的黑白相片，那是初来镇江的那个礼拜，外祖母领着他们去刚开业的人人照相馆拍摄的。相片里，母亲端坐在一张鸡翅木的太师椅上——这是照相馆里的拍摄道具。金亦恭立于左侧，金绮梅立于右侧，宛然一对金童玉女，而处于主位的母亲美丽、大气、贵气，像菩萨那样端庄慈祥。

这是相依为命的三个人第一次，也是唯一一次合影。他们的世界，没有父亲。

父亲，一个多么遥远又多么陌生的词汇。

他怎么可能忘记，今天是父亲金承恩过世十周年的忌日。而他，痛恨这个日子。

在金亦恭的少年时光中，父亲这个原本亲切的称呼是一个暗沉沉的黑色印记，遮挡了生命应有的阳光，在他没有丝毫准备的时候，吃喝玩乐又短命的父亲不负责任地将这个家甩到他稚嫩的肩膀上。所以这些年，他只好拼命长大，长成一个喜怒不形于色的大人。他必须保持远超同龄人的冷静和世故，纵然内心惊惶恐惧，也要若无其事，因为，没有人可以依靠。

他对父亲没有爱，只有恨，这种恨意经过十年漫长岁月的涤荡也未能削减分毫。

不知从哪里透了风，金亦恭打了一个寒战，注意看时，朝北的窗户开了一条缝，他杂乱混沌的头脑被吹醒。

看来是张妈疏忽了检查，临睡前竟没有把佛堂的窗户关紧。

金亦恭走过去关窗户，遽然，一股母亲身上才有的香气向他逼近。

黑地里，金亦恭脊背发凉，冷汗从身上冒出来，而脚像被施了咒，不能挪动一步。

"娘?"他定了定神，壮着胆子叫了一声。

"亦恭，是我。"

蜡烛被点燃，一个熟悉的人站在他面前。

"瑶瑶。"金亦恭狂跳不止的心尘埃落定，真是糊涂了，竟会忘记

50

妻子身上总是带着与母亲一样的气息，甚至性格上的温柔和包容，也如出一辙。

这是一个奇迹。

母亲最后的时间，精力好得超乎寻常，她不再是那个畏首畏尾、步步小心、寄居娘家的寡妇，而是镇江最年轻最有前途的医生——金亦恭的母亲。

她一直忙碌，仿佛要为儿子打点好今后的人生。

"亦恭，我要到慈仁堂去买点儿东西，你陪我。"一天，母亲要求金亦恭。

"娘，您有哪儿不舒服，怎么不告诉我？别乱抓药。"金亦恭紧张地看着母亲。

"不用担心，我去挑补品。"

金亦恭虽然是医生，精诚医馆却不售药，慈仁堂除了草药外，还兼卖各种补品，母亲的要求在情理之中。

接待母亲这位客人的"店员"有点儿隆重，是五十多岁的老板徐贤仁，他笑眯眯地从慈仁堂迎出来，像是专程等着。

"夫人儿女双全，好有福气！"徐贤仁捻着山羊胡子赞叹，目光却落在金亦恭身上，他满意地点头。

"我一个妇道人家，孩子教得粗浅，您不要见笑。"母亲笑容满面，完全不像来挑补品的。

金亦恭意识到，母亲是把他骗来的。

"孩子，今年几岁啦？"徐贤仁问金亦恭。他面目和善，声音温和，所以金亦恭一点儿也不反感。

"二十。"金亦恭像对待考题那样认真作答。

"爹，您叫我。"

一个娇俏的声音传了出来。

出于礼节而视线朝下的金亦恭，看到了一双蹬着黑色圆头小皮鞋的脚，脚上套着黑色的长筒袜，然后，是一条墨绿色的学生半裙、黑布上衣，最后是一张娇嫩的脸。这张脸说不出有几多美丽，可是微微昂头时那份清爽与透亮，胜过任何国色天香。

金亦恭像被太阳光刺到，眼前明亮到发晃。

女孩子看到生人，愣了愣，随即抿嘴一笑，跑开了。

再然后，在母亲、徐贤仁、金绮梅，以及越来越多的祝福的人的笑声中，女孩子变戏法似的成了他的妻子。

"我都不知道蜡烛什么时候灭了。"徐璐瑶很不好意思的样子。

"怎么还不睡？"金亦恭赶紧用袖口拭了拭眼睛，他不想让妻子看到自己软弱的一面。

"我想等你回来。"徐璐瑶说着，咳了一小串。她只穿了一件素色衣服，巴掌大的脸上写满疲倦。

金亦恭心中抱歉，握住她的手，满手冰凉。

"手这么冷，还不关窗户。"

徐璐瑶也不回答，打了个哈欠，自顾自地关窗去了。

金亦恭明白过来，那一道窗户的缝隙，是徐璐瑶特意开了提神的，她怕睡过去。

"瑶瑶。"金亦恭又感激又感动，把徐璐瑶紧紧拥在怀里。

有妻如此，夫复何求。

"亦恭，咱们给爹上炷香吧。"冷不防，徐璐瑶低切地提了个建议。

"都这个时候了……"金亦恭婉拒。

"嫌现在晚，那早上你怎么不跟绮梅一起去拜祭呢？"徐璐瑶不屈不挠，"今天理应请人来给爹做法事的。"

金亦恭微微有了怒意："原来你知道她出去做什么，还骗我说她去采梅花树上的雪水？"

徐璐瑶轻叹："我不想当着张妈的面跟你吵才这样说。娘过世这三年里，第一年，你说许仁小，祭拜爹的事情从简，结果干脆省了；第二年，你说慈仁堂的坐诊医生请假，要去帮忙，也没祭拜；今年是第三年。"

她一面说，一面走到神龛前，点燃三炷香。

金亦恭蒙了，他不记得曾经找过这么多借口，辩解道："今天我真

52

的是跟爹参加商会冬赈的筹备会议，确实抽不出时间。"

"冬赈是大事情，但是爹的十年忌日也是大事情……"

"这件事，你不用管。"金亦恭不耐烦地打断。

"怎么能不管，要是娘在，你敢不拜？"徐璐瑶毫不退让，顺势将点好的香递到金亦恭手上。

金亦恭气恼极了，他觉得徐璐瑶一点儿都不理解他，爆发起来："你知道什么？你什么都不知道！都是爹，才害娘这样辛苦。若不是他抽大烟，就不会死。他不死，娘就不会背负克夫的罪名，我和绮梅也就不会连家都没有，娘也不会这么早累死……"

一阵狂风骤雨般的发泄后，两人陷入短暂的沉默，只听得到金亦恭"呼哧呼哧"的喘息声。

待金亦恭的脾气缓下来，徐璐瑶方悠悠问："亦恭，我明白，你'忘记'公公的祭日，其实是向公公报复，为娘，也是为你和绮梅不快乐的童年报复。可是，你有没有想，娘恨爹吗？"

这一问，金亦恭哑口无言。

"亦恭，过来。"

金亦恭老老实实走到父亲的牌位前。

"书读得怎么样了？功课可有长进？"

金亦恭回想起父亲在时，每见必问的两句话。

"回父亲话……"

母亲抱着金绮梅，笑盈盈地站在一旁看着他，他于是仔仔细细地回答。金绮梅的头发不久之前刚被修剪过，还未及肩，乌黑亮丽，梳起小辫，配上糯米团子般的圆圆脸，更显得稚嫩可爱，眼珠子滴溜转着注视着金亦恭。

金亦恭的泪又一次不自禁地落下来。

他想到母亲呕心沥血将他与妹妹这两颗金家的种子拉扯大，并且在佛堂建好后，第一个立了父亲的牌位。光凭这一点，就能说明很多事。

他一直主观地以为，母亲是恨父亲的，但其实不对。父亲纵有万般缺点，纵没有尽到父亲的责任，仍旧是母亲唯一的丈夫。这一点，始终不变。

母亲既然如此，那身为儿子，又有什么理由去恨？

一段香灰掉在金亦恭的食指上，烫，他的手猛然一缩。

徐璐瑶看在眼里，淡然一笑，说："快向父亲上香、磕头。我炖了汤，热给你喝。"

她其实是找个借口暂避。

"下次不要这样了，为一碗汤等这么晚。"

"我乐意。"徐璐瑶飘然而去。

爱，饱含在妻子对他这一碗汤的等待里。

在腊月初七、数九寒冬的这个夜晚，在父亲过世的十年后，在一碗热汤里，金亦恭打开了心结。

第五章　冬　赈

腊月初八，金亦恭起了个大早。因为第一次参加冬赈，各方面都是生手，他想早点儿赶去慈仁堂摸摸情况，并顺路看一下商会组织的施粥。

施粥的地点在冬赈局巷。

冬赈局始建于清光绪十五年，位于火星庙巷、布业公所交汇处，由镇江名人柳昕所创，为冬日施粥、夏日施冰的定点场所。为了方便布施，临着冬赈局还开设了粥厂，巷子也被命名为冬赈局巷。

凌晨五点多钟，东方初白，冬赈局巷被略微发青的蒙蒙晨雾笼住，似包了一层壳，硬而冷清，走在上面，每一步都是脆的，似是踩在松厚的历史故纸堆里发出的回响。

清晨如斯寂静，时代如斯纷乱：国内多年混战，日本人虎视眈眈，平津的学生组团抗日，东北的军人联合抗日……而他，一介布衣金亦恭，当下的第一要务，是把慈仁堂的义诊安排好。

离开施时间还早，已经有一群面黄肌瘦、衣衫褴褛的贫民怯怯地贴着墙边聚拢，他们的身子缩成一团，目光呆滞无助，兴许是太久没有食物下肚，天不亮就来等了，熬到现在，连交谈的力气也没有了。

五个竹席子搭建起来的临时赈灾棚，即将把这些人中的妇女、男丁、幼男、幼女以及老孕残等一一隔开来。

"冷……"

"饿……"

时不时飘出一两个音节，在空中悬浮半天才会飘散，似地狱低冷气

55

压下的求救，让金亦恭不寒而栗。

这些人早已瘦得皮包骨头，若再吃不到一口饭，十之八九，会在几天内冻饿而死。

金亦恭的胸口堵得慌。

"嚓、嚓、嚓"，在一片死寂中，传来一声声清脆的扫雪声，欢乐得像曲子，不经意间刺破了晦暗和压抑。

金亦恭循声望去，一个年轻人正挥舞着竹篾笤帚打扫残雪，茂密的卷发充满了标志性，正是昨天坐在陆小波身边的王富。

天这么冷，他只穿件灰色单衫，但是周身都在散发热气，像刚出炉的包子。

"王富，这么早就来除雪？"金亦恭问出这句话，自己都吓一跳，咦？他竟主动与未曾说过话的人搭讪。

"金大夫早。"王富看到金亦恭，也不见外，停下手上的活儿，客客气气回话，"陆主席嘱我早些过来，反正我住在商会宿舍，一个人也没啥事。其实我不算早，几个粥夫两三点就来忙了，咱们得确保七点钟的时候能放粥。"

金亦恭点头。其实所谓早，是虚词，没有具体要求，王富若奸猾，七点过来，照样可行，可是他没有这样做，足见为人实诚，也无怪陆小波对他青眼有加。

"你刚说住在宿舍，不是本地人吗？"金亦恭也寻了一把笤帚，与王富一同干活。

"我是句容茅山人。"

"也不远，过节怎么不回家？"

"我没有家。"王富笑笑，"我是孤儿。"

"对不起，我不知道……"金亦恭忙说。

"没什么，爹妈在我记事前就死了，留给我唯一的念想只是我的名字。"王富倒很旷达。

中国老百姓取名字，是反着来的，比如家里接连生了几个女孩儿，那么姐姐的名字就会叫"招娣"。富有人家占尽天时地利，孩子的小名

反而成了阿猫阿狗。王富的名字里单一个"富"字，估计穷得可以。

想到自己十三岁没了父亲，已很艰辛，王富这种又穷又没爹没娘的孩子只会更凄苦，金亦恭油然产生一种惺惺惺惺惺惺的怜悯。

"你连父母都没有，谁把你养大?"金亦恭忍不住问。

"我爹妈死后，茅山的惠心白道长收留了我，我是在道观里跟着道士长大的。"

听到这里，金亦恭发自肺腑地为王富高兴。

茅山是镇江著名的道教圣地，有三宫、五观、道院十六房，香火灵验，远近闻名。而惠心白道长，乃是五观之一乾元观的住持，他德高望重，文武双全，是茅山的活招牌，很多政商界名流想求见一面而不可得，据说不乏一些黄毛高鼻绿眼睛的洋人。

王富失去父母，却得到惠心白道长调教的机缘，可以说是不幸中的万幸，难怪他总觉得王富有一股子别样的精气神。

两人边说边干，甚为投机，前来等待施粥的贫民也愈来愈多。

今天是腊八，按老传统，粥里得放足八样东西，而不是平时的白粥，所以来的人特别多。为了防止有人哄抢，警察局派了三个荷枪实弹的警察维持秩序。

有不少小孩子，穿着比身体宽了一倍或者短了一截的不合体的棉衣，跟着大人一起来了。他们的脸被冻得红通通的，皱像总也洗不去的脏。金亦恭想到从未短过吃穿的许仁，由衷可怜这些孩子。

放置赈灾棚的原本空旷的场地开始显得拥挤，混乱站立的人群发出嗡嗡嗡的嘈杂声音，既像低声交谈，又像哀哀请求施粥快点儿开始。

"放粥了!"谁喊了一声，粥夫利索地将煮好的粥抬了上来，一共是五大桶，桶上漂着红色的枣子、豆子等等杂食，不用数也知道肯定凑齐了八样，腾腾的热气在寒风中瞬间凝滞。

"有红枣。"站在前排的人兴奋地透露。

"还有红豆和绿豆。"人群中爆发出阵阵欢呼。

"太好了!"孩子们雀跃不已。

王富开始发领粥证，又称粥牌，这是前一天用硬纸做好的，每一张都是四寸长、一寸宽，牌上编着号码，用以计数，一来防止重复申领，二来便于日后入账。

"吃完粥的，每人到冬赈局领一件棉衣去。"王富边发牌子边说。

"咱得谢谢商会的各位善人！"不知谁带头说。

众人叫起好来。

金亦恭一眼望去，队伍浩浩荡荡排了不下百人，而且人数还呈不断增加的趋势，他冲王富招呼一声，往慈仁堂走去。

自古贫不离病，想来八点钟义诊的慈仁堂，也会忙得要命。

他的步伐轻快。昨天，他还对父亲金承恩心存不满，今天，听了王富的身世，他觉得自己是幸福的。

因为过节，崇实女中放假，徐璐瑶熬好一罐腊八粥，打发金绮梅送到慈仁堂给金亦恭。

金绮梅看看壁钟，刚刚指向九点，心里发笑，提着罐子朝徐璐瑶打趣："这罐爱心粥此刻送过去，是给哥哥当早饭呢，还是当午饭呢？"

"你再贫嘴，回来不给你吃午饭。"徐璐瑶一副凶样。

"哧哧，嫂子虐待可怜的小姑子！"金绮梅装出害怕的样子，一眨眼跑掉了。

金绮梅拎着提盒走到半路，一个惊喜的声音喊她："金家妹妹！"

金家妹妹？

金绮梅头一抬，看到一个二十多岁、身穿丝绸缎袍的男子。他的眼睛直勾勾地看着自己，精致利落的二八分短发，亮晃晃梳得一丝不苟，手上提着个金丝鸟笼，笼里囚着一只画眉鸟。

金绮梅顿时给这个人下了四字评语：油头粉面。

"金家妹妹，你是不是不记得我了？我是蒋爱义呀！"男子自我介绍。

蒋爱义。金绮梅想起来了，这个人是德珍诊所臭名昭著的二公子蒋爱义。

说起来，这个蒋爱义跟金家还有点儿瓜葛：徐璐瑶的姐姐徐珊珊嫁的是蒋爱义已逝的大哥蒋爱仁。换言之，蒋爱仁与金亦恭是连襟，所以蒋爱义算是金家的亲戚。不过一龙生九子，蒋爱仁谦和儒雅，口碑甚佳，弟弟蒋爱义却整天游手好闲，惹是生非。

除了蒋爱仁与蒋爱义，蒋家还有与金绮梅同在崇实女中读书的二女蒋爱珍，另有幼子蒋爱礼，年岁尚小，未到入学。

由于与金家七拐八绕连着关系，蒋爱义曾与金绮梅见过两次，他惊讶于金绮梅的美，一直记挂在心上，却苦于无缘相见。今天，不知是撞了什么狗屎运，他无所事事地在街上遛鸟，远远看到伊人经过，那令他朝思暮想的无瑕的脸蛋、玲珑的身段、水汪汪的大眼睛、弯到心里去的柳叶眉，以及粗壮的麻花辫上的一缕红绳，都诱惑着他不管不顾地厚着脸皮追上来。

等金绮梅停下，他才发现她比以前出落得更加水灵，他看着她，连眼珠子都转不动。

金绮梅沉下脸："谁让你这么看我？"

此时的金绮梅，因发怒而小脸微红，像上了一抹桃花妆，看得蒋爱义心里更痒。他家境优渥，性格风流，又自认长得一表人才，所以他以为，只要使出点儿勾引的招数，像金绮梅这样涉世未深的姑娘是分分钟就能弄到手的。故而他纵被数落也毫无退意，反而觍着脸说："你哥哥金亦恭看到我也要唤一声哥哥哩，我喊你妹妹有什么不对呢？"

"是吗？我看你拎个鸟笼闲逛，倒真忘了你还比我哥哥长两岁呢。"金绮梅装出豁然开朗的样子。

她实际想讽刺蒋爱义东游西荡、不学无术，奈何蒋爱义本来就不是读书的料子，听不出她话里有话，反倒照着字面上理解，觉得金绮梅承认了妹妹的称呼，顿时来了精神："看妹妹走得急匆匆的，是要去哪里呢？"

这一次，他干脆把"金家"两个字的前缀也省了。

金绮梅心嫌他多管闲事，可毕竟沾亲带故，不便开罪，只好回答："我哥哥在慈仁堂义诊，我去送腊八粥。"边说边迈开步子往前走。

"别，别，妹妹你别走！"蒋爱义见金绮梅要走，心里焦急，拦下金绮梅的去路。

金绮梅杏眼圆睁："你这是干什么？"

"妹妹，你不要误会，我是有事情呢。"蒋爱义一边拖延，一边想借口。

"你能有什么事？快说。"金绮梅不屑跟他磨蹭。

"我……我看现在才九点多，亦恭忙着给病人看病，没到中午肯定顾不到吃，妹妹你去了也是傻等。咱们难得见，不如赏个脸跟我去中华园吃顿好的，消磨点儿时间再过去，正正好。"蒋爱义读书不行，脑袋不笨，就这么一会儿工夫，居然想出一个颇有几分道理的理由。

去中华园？金绮梅听在耳里，心中一喜。

中华园始建于1890年，是镇江最好的也是最贵的酒楼。金亦恭辛苦养家，还经常接济病患，所以金家一年到头也未必会光顾一次。不像蒋家，财大气粗，看看他家这些年不断扩建的花园和加高的围墙就能窥见一斑。

诚如蒋爱义所言，这个点的慈仁堂肯定人满为患，送过去金亦恭也吃不到嘴里，中华园离慈仁堂不过十分钟脚程，提盒又具有保温功效，一时半会儿粥凉不了，这顿，不吃白不吃。

金绮梅脚一跺，终于第一次正眼看了蒋爱义，答："好。"

金绮梅肯赏脸，蒋爱义高兴得要飞起来，拎着鸟笼走在前面为她领路，大摇大摆地进了中华园的青砖小二楼。

这里朱梁画栋，飞椽斗拱。酒楼的顶上铺着醒目的黄色琉璃瓦，二楼正门方向的窗楣上挂着黑底金字的店名匾额，匾额两边各悬一串红灯笼，灯笼从二楼垂到一楼，与正门口的红木柱子相接，柱子两侧又各摆一头石狮子。

这种堂皇的派头，平民百姓别说吃饭，脚都没胆子踏进来。

中华园一楼为雅座，二楼为包厢，以此区分客人的档次。包厢内的桌椅都是雕花红木，上刻喜上眉梢、年年有余、鸳鸯戏水等吉庆图案。酒楼是木结构的，客人上了二楼，楼梯就会发出咯吱咯吱的声响，像是通报大主顾的到来。

作为贵和好的代表，中华园有不成文的规矩，早茶自七点开始限量供应，为数不多的锅盖面、水晶肴蹄、蟹黄小笼包等售完即止，即使这样，吃客也寥寥无几。

蒋爱义和金绮梅入内时已九点多，一楼只有两三个人，蒋爱义打量一眼，径直就要往二楼爬。

"一楼就行。"金绮梅发话，她估摸二楼更没有人，可不能为了一顿吃食被蒋爱义占了便宜。

蒋爱义倒也听话，拣了个靠窗的小桌坐下。

"蒋少爷，您来了！"伙计见到蒋爱义，点头哈腰跟上来，用眼角瞟了瞟同行的金绮梅，"您今天吃什么？"

"真没眼神，应该先问这位小姐。"蒋爱义佯怒，又讨好地问金绮梅，"妹妹，你想吃什么？"

"客随主便，你看着办。"

蒋爱义对金绮梅的这个回答很满意，因为她把做主的权利给了男人，于是他说："来两份肴肉面、两份汤包，汤包里蟹黄加双份。"

"好嘞！"伙计应承一声，走开了。

今天是个好日子。蒋爱义身心舒泰，他将金丝鸟笼放在桌子上，懒洋洋跷起了二郎腿。

笼里是一只棕色画眉，眼睛外圈一道白，眼睛是极罕见的红。来到新环境，画眉叽叽叽叽唱起来。

蒋爱义逗弄两下，得意地向金绮梅夸耀："妹妹，你看看，我这只红红，油光发亮，歌声婉转，在镇江有谁家的画眉比它强不？找不出来的。"

红红？

金绮梅想不到蒋爱义如此有"才华"，把勾栏里的常用名给了一只鸟，也是绝。出于恶作剧的念头，她忍住笑，半真半假地问："红红既然这么娇贵，肉味一定比其他鸟类鲜美，待会儿让这里的厨子把它炖给我们尝尝好不？"

蒋爱义打个哆嗦，顿觉一阵肉疼，没想到美丽的金家妹妹心肠忒狠。他赶紧将鸟笼从桌上移到窗台边，确保红红足够安全，才对金绮梅说："妹妹，你想吃什么尽管点，哥哥我付钱，但是红红吃不得。"

"蒋少爷，面到了。"蒋爱义刚腾出地方，伙计就用一个漆木托盘，将两碗肴肉面端上桌子。

面又细又白，每碗再搭一块香滑鲜嫩的肴肉，中华园的肴肉是拿上等猪蹄一层层手工压上去的，密密匝匝，吃起来劲道十足。

第二道美味是蟹黄汤包，一人一份，一份一个，它晶莹透亮，折皱均匀，色泽略粉，似少女的肌肤，顶上一点儿艳丽的蟹黄，如丹顶鹤头上的红印，底部则垫以鲜嫩的青菜叶。

食物丰盛，足见蒋爱义的诚心，吃人嘴短，金绮梅不由对他报以一笑。

金绮梅用筷子将汤包慢慢提进碗里，在皮上戳破一个小洞，拿银勺在小洞处接着流出的汤汁，一口一口徐徐享用，最后把皮和馅吃掉。馅由蟹黄和肉末混合而成，恰当的比例考验着味蕾的承受力，鲜美得似乎连舌头也会咽下去。

蒋爱义第一次和金绮梅这么近，见她连吃都这样文雅好看，心猿意马，没头没脑地问了句："妹妹，你今年几岁了？"

金绮梅将食指竖在嘴上，往他耳朵边凑一点儿，压低了声音悄悄说："现在的女人，都不兴告诉别人自己的年纪。"

蒋爱义如坠云雾，痴痴傻傻地问："这是为什么呢？"

"怕老。"金绮梅端着脸一本正经地回答，"西方女人都这样。"

"妙极！妙极！"蒋爱义明明被金绮梅耍了，还是激动地连拍双手。

他是真的喜欢这个金家妹妹呀。她与镇江任何一位大小姐都不一样，那些知书达理的女人们，每言每行都循规蹈矩，古板无趣，他与她们说不上两句话就会厌倦。而她不一样，她会说会笑，有各种法子来捉弄他，古灵精怪又活色生香。难怪坊间传言，金夫人是在扬州坏了名声才带了儿女投奔镇江娘家的。他想，这不奇怪的，只有尤物才能诞下妖孽。

蒋爱义的心像被三月的柔风拂着，被初生的猫爪子挠着，他对天发誓，此生一定要把金绮梅娶回家。他越想越心痒，伸出脚在桌子底下去钩金绮梅的小脚。

金绮梅忽感异样,可大庭广众之下,只得轻轻避开,照常吃东西。

未能得逞,蒋爱义又把凳子朝金绮梅的方向靠一靠:"妹妹……"

金绮梅往后侧了侧。

"我听讲,徐老爷子的六十岁生辰是在腊月里。"蒋爱义引出话头。

"哪个徐老爷?"

"慈仁堂的徐贤仁啊,亦恭哥哥的丈人老泰山,他今年不是整六十岁吗?"蒋爱义提示。

"哦,没听哥哥提过。"金绮梅支吾一声,她在想怎么能让蒋爱义离远一点儿。

金绮梅说的是事实,金亦恭从不在家眷面前念叨外界的繁杂琐事,他认为这些都是男人的事情,妹妹只需读好书做好女红,以后嫁个好人家。

蒋爱义绞尽脑汁才想到一个值得八卦的重磅消息,金绮梅却无动于衷,便一惊一乍起来:"这么大的事情哥都没跟你说啊?那我来告诉你。这个月是徐老爷子六十岁大寿,本该大办,可是我哥刚死,我那个嫂嫂整天要死要活,寻了好几次短见,被徐老爷子接回家住了,我倒是想看看徐老爷子这个寿怎么做。"

金绮梅觉得这位蒋家二公子真是稀罕货,他绘声绘色搬弄这些是非,却没有对亲哥哥蒋爱仁的死表露丝毫哀伤,好像跟他不相干。

这时,红红大约是闷了,焦躁地在笼子里蹦来蹦去,蒋爱义哄小孩似的安抚:"红红不要急,我马上带你出去遛。"

金绮梅与蒋爱义接触不多,对他的印象只停留在不佳的口碑上,现下见他对亲人如此淡漠,对一只画眉却关爱有加,大为厌恶,将碗一推:"我吃好了,谢谢,你慢用,我先去慈仁堂。"说毕,拿起提盒就走。

蒋爱义蒙了。为了接近金绮梅,他一直没话找话,面条汤包几乎没碰,自觉体贴入微,金绮梅却说变脸就变脸,一点儿情面也不留,忽然就甩下他一个人。

条件反射之下，他冲出中华园，在街上拉住金绮梅。

"你干什么拉拉扯扯？"金绮梅发力将蒋爱义的手推出去，怒斥。虽然不是什么男女大防的年代，可是在大庭广众之下被男人捉住胳膊，无论哪个女孩子都会发火。

蒋爱义情急之下头脑短路，脱口说了大实话："你刚吃了我许多东西，就这样不理我，真不是正经出身。"

可捅了天了。

金绮梅身子一顿，冷冷地转过来，走到蒋爱义面前："把你刚才的话重复一次！"

看着金绮梅刀子一样的眼神，蒋爱义后悔不迭，他说了最不该说的话，可是以他的身份性格，既已出口，也绝无服软的可能。

"哼。"蒋爱义一扭头。

"我吃了你的，那又怎样？"金绮梅冷笑一声，逼近。

蒋爱义长这么大还没对哪个女人上过心，今天曲意迎合，却不曾换回好脸色，终于被彻底激怒："我、我、我有什么不敢说，你不就是个冒牌货！"

金绮梅双目阴寒。

"别当我不晓得，外面早就传开了，你是你妈跟掌柜的私生女，你爸因你家的丑事被活活怄死，你妈带着你逃到镇江来……"蒋爱义将听到的种种传闻一股脑儿倒出来。

"砰"一声响，蒋爱义额头一阵剧痛，鲜红的血沿着眼睛滴下来，模糊了视线，骨碌碌，金绮梅手中的提盒在地上打了几个转，碗碎了一地，粥翻了一地。

他这才后知后觉地意识到，自己被金绮梅砸了。

"啊！"蒋爱义哪料到一个姑娘家竟敢当众动手，他捂住伤口，气急败坏，"你这个野货，看我不揍你！"说罢，追着金绮梅就要打。

"来呀，来追我呀！"金绮梅边跑边骂，"我说，你先回去验验自己的血，你爹一世英名，怎么生了你这样一个不是东西的儿子，保不定是抱错了！"

"哈哈哈……"一阵肆意的笑传入金绮梅的耳朵。

金绮梅循声望去，看到一位头发浓密而蜷曲的年轻人，他的眼睛又深又黑，泛着透亮的光，他看到她在看他，浓浓的眉毛弯起来，眼睛眯成月牙。

"讨厌鬼。"金绮梅心知这出闹剧被他一览无余，跺一跺脚，往慈仁堂的方向跑去。

义诊的人把慈仁堂挤得水泄不通，金绮梅费了好大的力气才从人缝中一点点钻进去，见到被围在最核心处、众星捧月似的哥哥金亦恭。

"大婶，麻烦您伸一下舌头。"金亦恭在给一个四十来岁的中年女人看病。

女人竭力把舌头伸得老长，像个吊死鬼一样。

金绮梅想笑。

"金大夫，我娘是不是饿着了。唉，都怪我没本事，她已经好多天没什么东西吃了。"站在女人身后的小伙儿自怨自艾。

这不是李平镜吗？金绮梅差点儿叫出来。

先前，小伙子背着她站，她没看到他的脸，一说话，她就认出了他的声音，是伯先公园门口摆烧饼摊的俊烧饼李——李平镜。

李平镜与金绮梅一般大，个子不高，长相阴柔，每逢她和女中的同学经过伯先路买他烧饼的时候，他的脸都红得不行。女学生就私下里赠了他一个外号：俊烧饼李。

两年前，李平镜的父亲老李死于一场痨病，留给李平镜的财富只是一个摊烧饼用的铁炉和一手咸淡可口的手艺。李平镜子承父业，继续沿用一点儿可怜的家当，反反复复不厌其烦地做着白糖馅的、萝卜丝馅的、纯咸味的贴炉烧饼，养家糊口。

各种烧饼中，纯咸味的卖得最好，家里没菜的时候，买两个咸烧饼就着汤饭，能混上一顿。

然而金绮梅最爱的是白糖烧饼，寒冷的冬天，揣在怀里像个小暖炉，走两步，咬一口，全身都暖和起来，像掉进蜜罐子里。

"怎么能怪到你头上，阿兰肚子里有我们李家的种，一个身子两个人，肯定要吃多些，我年纪大了，做不动事，也吃不下多少东西，休息休息就好了，干吗非要过来麻烦金大夫。"李平镜的母亲不愿儿子自责。

金绮梅听出来了，这是婆婆省着口粮给怀孕的儿媳妇呢。老婆婆疼媳妇，疼没出世的孙子，这不是啥新鲜事，不过卖烧饼的人家吃不饱饭，倒着实让金绮梅震惊。

其实李母再掩盖，也掩盖不了因营养不良而脸色蜡黄的事实。

"忍着点儿痛。"金亦恭任凭这对母子说话，像什么都没有听到，在仔细观察过李母的舌苔后，又掀开她的眼皮。

李母刚还推说是儿子让她来的，现在却极其配合，身体向金亦恭的方向倾斜了好些，以使他看清楚自己的眼睛。

"眼睛往上看。对，就这样……再往下看。"金亦恭发号施令。

周围那些还没有轮到的病患，乱哄哄地将金亦恭围在圈内，犹如看西洋景。

普通人被这样困住，一定心慌气短，别说给人看病，很可能自己先晕过去，再看金亦恭，却气定神闲。

五千年缺乏个体隐私的社会文化，怂恿了民众莫名强烈的好奇心，这种好奇心没有办法劝阻，而只能适应。所以中医的医生，无论置身何其乱糟糟闹哄哄的环境，依旧能做到心不浮气不躁逐字逐句详尽问诊，实为一项日积月累才能练就的非凡功力。

经过长期的实践，金亦恭早就熟练地掌握了这项技能。

"眼睛前面是不是有许多小虫子成群结队在飞，像夏天傍晚塘边的蠓虫？"金亦恭问。

"金大夫您说得一点儿不错。我没读过书，想不出来怎生形容，听您一讲，实在太像了。"李母打心眼里佩服这些读过书的人，"这些小点点儿跟着我打转，一下子飞到这里，一下子飞到那里，有时候多一点儿，有时候少一点儿，伸手去抓又抓不到。金大夫，这是个什么毛病，医得好不？"李母描述完毕，紧张兮兮地看着金亦恭。

"这叫飞蚊症，不算什么大毛病。而且……"金亦恭看看李平镜，蜻蜓点水地说，"这种病可能是上了年纪，也可能是累着了，总之，跟

67

饿肚子关系不大。"

"谢谢金大夫，谢谢金大夫！"李平镜如同得赦，鸡啄米似的连连点头，凭金亦恭一句话，他心中的愧疚减少了大半。

"我开几剂甘菊、枸杞、山萸、车前子，混合后煮沸，每日代茶频饮即可减轻。"金亦恭边开方子边说，"这些都不是什么稀罕物，今天义诊，你们可以直接取药，待几服药吃完，自己照着方子上写的内容到野外摘点儿，洗净晒干一样用。"

"但是……"李平镜听了金亦恭的话，却着急起来，"金大夫，我不认得字。"

金亦恭哑然，飞蚊症不是疑难杂症，调理却需要时间，同样的方子，单吃一两次是不够的，药材虽不贵，长年累月喝，也是一笔开销，这对三餐都保不齐的李家显然是一个负担。他寻思这些玩意儿寻常生活中就能找到，才告诉李平镜，谁知说了白说。

"李平镜，别怕，你娘的药费记在我的账上。"一个洪亮的声音传过来。

金亦恭和李平镜同时抬头看，陆小波和王富不知何时来到慈仁堂。

第六章　前　　缘

"陆主席，怎么劳您大驾！"金亦恭连忙站起来，他刚刚一直在专心为李母问诊，连屋里的人主动给陆小波让出一条道也没有注意。

至于王富，因为是今天第二次见面，两人微微颔首就算招呼过了。

"今儿是你头天义诊，我当然要过来看看。"陆小波微笑着说，"辛苦你了，腊八也不能在家里过。"

金亦恭明白陆小波是怕义诊的过程中有什么突发状况，自己年轻招架不住才特地过来看一眼，对这位会长的细心很是感动。

不过最激动的人当属李平镜，镇江商会会长居然记得自己的全名，并慷慨解囊，让他连话都说不连贯了："陆、陆会长……"

印象里，与陆小波唯一的接触仅是他曾在烧饼摊上买过一个烧饼，顺便问了一下自己的名字。

难怪坊间有传，陆小波过目不忘，记忆力惊人，商会上上下下千余人他都认得，并能一一报出姓名。

"你生了个孝顺孩子。"陆小波对李母说。

李母听到陆小波当着许多人的面夸儿子，倍感自豪。可自豪归自豪，她却急于确认另外一件事情，"陆会长，您刚说的话可作数？"李母问。

"娘，怎么跟陆会长说话呢？"李平镜见母亲没个轻重，出言阻拦。

"平镜，让我说完。"李母不理他，"我的眼睛不值得陆会长花钱。我想问的是，能不能把治疗的名额让给老曹？"

李母用手指向等待义诊的队伍中一位佝偻着身体的年老女人："老

69

曹是我的邻居，肚子疼了好多天了，整宿整宿不能睡，人看着看着就瘦下去，如果可以，陆会长您帮帮她。"

李母怯生生地看着陆小波。

厚重的眼镜背后，陆小波的眼眶潮湿了，"好，我答应你。"他毫不犹豫。

这就是中国和中国人，在令人痛心疾首的脏乱差之间，永远饱含着脉脉温情，哪怕自己吃不饱穿不暖，还是会牵挂着同样处境之下的同胞们。这种特质，上至圣贤若孔孟，下至百姓如李母，不论过去现在或者未来，都涌动在炎黄子孙的血液里。

"娘。"李平镜有些心疼，又有些无奈。

"这位小哥不用担心，我认得草药，把你家地址告诉我，等金大夫开的药吃完，我给你去采。"跟随陆小波前来的王富自告奋勇，为李平镜救急。

"那有劳大哥了。"李平镜连连作揖。他本来为母亲放弃了名额发愁，如今听到有不花钱又能办事的两全法子，欣喜不已，脱口就叫王富大哥。其实王富只是身量高他一截，岁数还小他一点儿。

"王富，你平时又不干农活，认得清楚草药吗?"金亦恭半带调侃地说。几次接触，他已知王富古道热肠，但药是吃进嘴里的东西，王富又与李家非亲非故，万一中间有点儿差池，容易好心办坏事。

陆小波微笑："茅山草药众多，很多道长都能因地取材，挖土药材给村民治病，王富也是个中能手，这点我打包票。"

茅山蕴含丰富的药材资源，而茅山道士有炼丹传统，丹药本身含有草药的重要成分，茅山上清派创始人陶弘景所著《本草经集注》可做佐证。

"看来是我多虑了。"金亦恭说。

"陆会长把我那点儿雕虫小技全抖出来了。"王富有点儿羞涩。

人群中的金绮梅觉着王富的模样甚是好笑，而细看他的尊容，又觉得有点儿眼熟，像在哪里见过。

会是哪里呢?

"绮梅，你怎么都不过来叫伯伯一声？"

金绮梅正搜肠刮肚地想，陆小波粗犷的声音点了她的名。

"陆伯伯好。"金绮梅恨恨地腹诽：这老头，戴着眼镜眼神还这么好。她堆出一脸笑走上前，"我看到你们在忙，就躲在人堆里，想着先别打扰你们。"

"亦恭，你这妹妹越来越能说会道了，明明是看到我们这帮老朽懒得搭理。"陆小波寻金绮梅开心。

"我怎么敢。"金绮梅连连摆手。

"陆会长，绮梅年纪小不懂事，我代她给您赔不是了。"金亦恭打圆场，又问金绮梅，"过节怎么跑到这儿来凑热闹？"

"嫂子叫我来给你送腊八粥。"金绮梅理直气壮地回答。

"粥呢？"金亦恭看着金绮梅空空如也的双手。

"粥？"金绮梅叫苦不迭。刚才忙着逃命，别提粥了，连提盒的"尸首"都没来得及捡。

紧要关头，她急中生智，两手抱起一只脚做金鸡独立状："哥，我还没告诉你，来的路上遇到一只疯狗，那狗盯着我追啊追，我一直跑啊跑，结果被路牙绊了一跤，粥全打翻了。哥，我脚扭了，疼，哎，真疼，你帮我看看。"

"扑哧"，王富没忍住，笑了。

这一笑让金绮梅想起来了，方才在大西路上，蒋爱义追着她满街跑的时候，在一旁笑的人就是他！天啊，世上哪会有这么凑巧的事情？

金绮梅剜了他一眼，恨不能将眼神化成小刀扎过去，即刻灭口。心中一面小鼓咚咚咣咣敲不停：他跟着陆小波，是商会的人？与哥哥似乎熟络，会不会把自己的事告诉哥哥？

王富自觉失态，匆忙收敛神色，像什么都没有发生过。

金亦恭早已鼻孔冒烟：金绮梅头发散乱，神色慌张，粥和提盒都不翼而飞，肯定是捅了什么篓子。至于狗盯着、脚扭了这些鬼话，他一个字也不会相信。若不是当着这么多人，他一定好好审问她。

金绮梅感受到哥哥强大的气场，心里发怵，她自知金亦恭不相信

71

她，还是先躲为妙："哥，你先忙，我这就回去给嫂子说一声，让她重做一份送过来。"

又疾速朝陆小波一躬："陆伯伯我先走了。"

为了演得像一点儿，金绮梅继续抱着"扭"到的脚，吃力地"跳"出慈仁堂，只是这次，跟刚才抱起来的不是同一只。

"哈哈哈哈！"陆小波爆笑，"你这个妹妹，可真是一枚开心果啊！"

金亦恭无力叹气："爹娘去世得早，我疏于管教，陆会长海涵。"

"这是什么话，你们兄妹比许多父母健在的商会子弟都强。不然，当初贤仁兄也不会将瑶瑶许配给你。"陆小波的语气带着威严，他不允许金亦恭妄自菲薄。

提到这一节，金亦恭脸上情不自禁现出一丝浅笑。

三年前，精诚医馆在中华路挂牌，年仅二十岁的金亦恭成为它的主人。

或许是因为医馆门面过小，或许是因为他太过年轻，开业一周，居然连一个病患都没有。

金亦恭慌了，他才想到，之前的牙医诊所也许面临过同样的境地，再这样下去，他也离倒闭不远了。

马泽仁曾立下规矩，除去对老弱的扶助，徒弟们不可以自降身份上门行医，这就意味着，金亦恭不能主动上门招揽生意。

一面是生活，一面是师训，金亦恭一天天熬煎着，直到一个三十来岁的中年男子抱着一个孩子，和一位妇人一起火急火燎地冲进医馆。

"请问，哪位是金大夫？"男子没头没脑地问。

金亦恭无语地瞪了瞪他。

"你？"男子被金亦恭这么一看，明白过来。

"你说呢？"金亦恭反问。医馆就这么点儿大，多一张桌子都放不下。

听到这个答案，男子用眼角瞟了瞟同行的妇人，说了一句："这么年轻。"两人一副看到骗子的神情，准备撤退。

"站住。"金亦恭气不打一处来，"你可以不在这里看病，但是我要告诉你，我虽年纪不大，却是如假包换的马泽仁的关门弟子。"

事及声誉，他不纠正不行。

在男人怀中昏睡的孩子，听到金亦恭这段富有正气的陈词，惊醒，哇哇大哭。

孩子看着也就一岁上下，骨架虽大，却十分瘦，凸显得脑袋像个萝卜头。他的哭声沉闷，像憋在喉咙里。哭了一阵，又不间断地咳嗽起来，咳到没有力气，再继续哭。

"我的乖乖小文，我的小心肝，快点儿好起来吧，要了为娘的命哎……"妇人急得手忙脚乱，一会儿拍孩子后背，一会儿抹孩子前胸，最终，娘儿俩的哭声在医馆里掺作一团。

"不要哭了，哭得我烦死了。"面对失控的状况，男子束手无策，"我们再到别家看看，总能看好的。"

"这孩子，咳了怕是不止一个月吧。"金亦恭忍不住开口了。

"再过五天，就两个月了。"妇人记日子很精准。

"你们带他瞧过大夫吗？"

"怎么没有？"男子申辩，"我们先是用的老偏方，萝卜汁、枇杷水，一一试过没效果，就去看医生。张大夫、李大夫都瞧过了，还是没好，要好，今个儿也不用到你这里了。"

男人讲的应该都是实在话，张、李两位大夫属于中华路一带的老资历。

"饮食如何？"

"自从得了咳疾，吃什么都没胃口，瘦了好几圈了，加上最近喝药，一天更是喝不下几口奶，吃不下几口粥，我真不知道该怎么办。"妇人说着，再一次哭起来。

"睡得可安稳？大小便可顺畅？"

"这些倒正常，不过晚上睡着以后，会忽然咳醒，咳过也就继续睡。"妇人又说。

"给我看看行不？"金亦恭向妇人伸出手，示意给他抱一下孩子。

"您看看吧。"妇人将孩子递到金亦恭的手上。

金亦恭接过孩子，手法娴熟地掰开他的小嘴，孩子张了张嘴，竟然没哭。

夫妻暗暗称奇，看不出来，这个年纪轻轻的金大夫，还真有两下子。

望闻问切的程序完毕，金亦恭拿出自来水笔，开了张药方交给男人。

男人粗通几个字，略略一看，葶苈子、生黄芪、大枣、生甘草、金荞麦、大贝母等等，都是一些普通货色，价格便宜不说，统共只开了三服，便难以置信地问："就这点儿？"

"你要多少？"金亦恭实在没好气。

妇人用胳膊肘戳了戳男人，示意他住嘴。她走到金亦恭面前，恭敬地说："金大夫，我家这口子是个粗鄙之人，您不要和他一般见识。我只是想请教您，我们家小文的病，真的只要三服药？"妇人的声音很小很微弱，"之前没有医生是这样的开法。"

金亦恭本想解释原理，但一转念，这家人没什么文化，绕着他问来问去，无非是求一个放心。干脆说："这样吧，诊金我先不收，你们按这个方子去抓三服药，见效了再来付钱。"

"咦？今天奇了怪了，抓药不要钱，怎么看病也不要钱呢？"男人惊诧地叫出了声。

"你还没有去抓药，怎知不要钱？"更加诧异的是金亦恭。

"是慈仁堂徐老板亲口承诺的，包括我们带小文到这里看病，也是他推荐的。"妇人答。

"对对对，就是这个情况。"男人在一边补充，"我们先去的慈仁堂，那边的坐诊医生不在。徐老板跟我们说，这边新开了一家精诚医馆，走不了几步路，可以来试试。还说在您这里看完，可以拿着方子到他那里抓药，病不好他不收药钱。我们听他这样说，就过来了。"

金亦恭张口结舌。

慈仁堂药店是整个镇江最大的中药店，而男子口中的徐老板，则是大名鼎鼎的慈仁堂老板徐贤仁。在镇江诸多中药店老板当中，徐贤仁可是稳坐第一把交椅的响当当的人物，在商会也享有一席之地。这样的巨擘，年方二十的金亦恭连面都没见过，又怎么会得到他的推荐？

金亦恭听来，这两口子的话无异于天方夜谭，他寻思中间大概是有什么误解，可也无从探究，挥挥手打发他们走了。

"吃药的同时，注意多喂水，晚间睡觉的时候将孩子的枕头垫高一点儿。"金亦恭刚刚疑惑着夫妻二人的谈话内容，忘了医嘱，他们临出门才补上。

男子和妇人因为得了不要钱的药方和药，脚下跟飞似的，也不知道听见没有。

即将立秋，一场雨后，天气依然闷热，晚上九十点钟，传来一阵急促的拍门声。

"金大夫！这是金大夫家吗？金大夫你出来！"混杂着哭腔和兴师问罪成分的男高音将金家上下惊醒。

"谁在外面乱嚷，响得跟打雷一样。"母亲身上各种不利索，更兼天气原因，很容易失眠，这一天刚躺在床上昏昏欲睡，就被不和谐的声音吵醒，非常不高兴。

金亦恭听出这声音像白天来医馆的男人，怕打扰到母亲，匆匆开门。

门外，男人面色奇差，看到金亦恭，扯住他的衣服哭诉："你这个害人庸医，开的什么药？我们家小文吃下去就闹，哭了一个小时都没停。他从来没有这样过。以前晚上好歹还能睡下，你，快到我家去一趟……要是小文有个三长两短，我跟你一起死！"

男人态度恶劣，而金亦恭对自己的处方又很自信，立刻就要回绝，但是，当他看到男人凶狠的外表下流露出的无助神情，心软了。

"松开手，我随你走一遭。"

男人家也在中华路上，三间平房，算是中等人家。

屋里，妇人正将孩子搂在臂弯里，没头苍蝇似的乱踱，似乎要通过这个办法减轻他的痛楚，嘴里则念叨着："都是娘不好，早知道不让你吃药的……"

75

跟白天一样，孩子哭，她也哭，两个人都是一把鼻涕一把眼泪。看到金亦恭，妇人慌慌张张迎上来："金大夫，您看看，我们家小文吃了药更不好了。"

金亦恭一看，孩子的哭声闷在胸口里，脸憋成酱紫色，看上去随时都有窒息的危险。

这哪里是药的问题。

金亦恭暗暗心惊，庆幸自己过来一趟，不然这对糊涂夫妇害了孩子，明天怪到自己头上，一百张嘴也辩不了，精诚医馆直接关门大吉。

他一言不发，从妇人手上接过孩子，一只手托着，让孩子的身体微微前倾，另外一只手则拍打孩子的背部。

"啪、啪、啪"，声音很大。

孩子吃痛，"哇……"的一声，小嘴一张，稀里哗啦吐起来。

"你干什么？"惊呆了的妇人尖叫着扑向金亦恭。

"不要过来，让他吐。"金亦恭的声音自带威严。

男人本也要夺孩子，被金亦恭这一喝，定在那里不敢乱动。

这一吐吐得一佛出世，二佛升天，仿佛要呕出五脏六腑。终于停住了，男人和女人刚想伸手来抱，孩子又接着咳，接着吐，如此反复几次，终于彻底停止。地上布满了黏稠的液体，金亦恭的手上也惨不堪言。

"倒些水来。"金亦恭的口吻不容置疑。

男子颤巍巍端来一碗水，妇人把碗放到孩子嘴边，孩子渴极了似的，张开小嘴咕嘟咕嘟大口来喝。

还没喝两口，小肚子又咕噜咕噜响个不停，紧接着，"噼""啪"两声，屎尿一起流下来。

"这小鬼今个儿怎么了，东西没有吃多少，又是屎又是尿。"男人焦急起来，冲妇人喊，"快把他的衣衫一起换掉。"边叫，边朝金亦恭瞪眼。

孩子看着忙碌的大人和狼藉的地面，知晓是自己惹出的麻烦，心里害怕，"哇"一声，钻进妇人怀里放声大哭。

妇人注意到，孩子不但脸色恢复了正常，哭的声音也敞亮了，再不

76

复之前的憋闷。

"啊呀，我们家小文……这是好了吗?"妇人揉了揉眼睛，将信将疑地看向金亦恭，毕竟，他们刚刚还在怀疑他的医术。

"吃了一服药，并不能完全好，只是吐了部分积痰，剩余的两服吃了，应该能痊愈。"金亦恭没可奈何地解释道。

其实，这个叫小文的孩子，因为之前的治疗，病情早就控制住了，只是他年纪太小不会咳痰，浓稠的液体阻于肺部，残留于体内排泄不出，病症才总是缠绵拖延，无法根除。所以治愈这个孩子的最关键一步，不是表象上的止咳，而是大量积痰的排放。

金亦恭认识到了这一点，以简单的药材制成葶苈大枣泻肺汤，通过药物的作用逼迫孩子呕吐、腹泻，彻底排出体内淤积已久的黏液，自然药到病除。

而这个妇人，在孩子需要呕吐的时候，把他抱得紧紧的，一边晃一边哄，孩子的脚都高过头了，痰堵着喉咙，又不会说话，才难受得狂躁胡闹。

"孩子在服药期间会上吐下泻，不用担心，药一停就好。若再吐，把他身体前倾。还有，多喂水。晚间睡觉枕头要垫高，以防呛咳。"金亦恭吸取了经验，详细医嘱，"三天后，给他喝粥，或者喂烂面条、泡馒头这种软的东西，切忌一下子进硬食。"

妇人至此领悟了自己的愚钝，错怪在金亦恭身上。

三天后的正午，金亦恭依旧一个人坐在精诚医馆里，隐约听到有锣鼓声逐渐靠近。

看来，附近又有店铺开张了，但愿不要是医馆。金亦恭想。

锣鼓声越来越近，听方向竟是往这里来了。金亦恭准备走出医馆一探究竟。这时，前两天来的男人冲了进来。

"多谢金大夫妙手回春，救回我儿一命，白玖贵感激涕零。"他紧紧抓住金亦恭的手，像找到失散多年的兄弟。

"孩子好了?"金亦恭尴尬地笑着抽回手，他不适应这种热情。

"好了，全好了。金大夫您可真是神医，三服药一下去，一声不咳，今天我来的时候，我婆娘就着恒顺酱菜沫给他喂了一大碗粥，这孩子好久都没吃这么香了。"白玖贵的眼圈红了。

他身后跟着五个身材健壮的年轻人，为首的拿着一张匾，匾上横书四个大字："大医精诚。"

而第二个到第五个，分别吹奏锣、鼓、笛子、唢呐，这些乐器上都缠着红丝带，像在办喜事。

"您这是？"金亦恭一头雾水。

"我特地找人为您写了一块匾。"白玖贵兴奋地搓搓手，"您看看，合不合意？"

金亦恭专长医术，不精书法，但是看着龙飞凤舞到辨认不出落款的字迹，只得为难地咽了口唾沫："挺……好。"

他在想，与其送这玩意儿，不如多给几个诊金来得实在。

当然这话是没办法放到台面上说的，金亦恭只能默默地无语问苍天。

"您喜欢就好，我们先把匾挂起来。"对金亦恭的表态，白玖贵信以为真，也不征询他的意思，与同来的人七手八脚将匾挂到了精诚医馆的一面空墙上。

白玖贵退后几步，左右端详一阵，甚是满意，拍手喝彩："好。"

"好。"五个跟着他的年轻人也随之喝彩。

"好！"却又传来一阵稀稀落落的叫好声。

白玖贵吓得一扭头。

不知何时，精诚医馆的门口零星地站了好多围观的人。

老百姓天性喜欢热闹，白玖贵一行沿着中华路敲敲打打、大张旗鼓过来，惹得许多人驻足围观。

"这家医生这么年轻就有人来送匾啊！"

"看样子医术不错！"

"我孙子身体弱，改天让他看看。"

他们窃窃耳语，纷纷议论，就这样一传十、十传百，精诚医馆成为冉冉升起的明日之星。

第七章 寿 辰

丙子年腊月二十三，传说中祭祀灶神的吉日。

天还没有大亮，徐贤仁起了床。

"今天作兴穿红色衣服。"徐夫人拿出一件鲜亮的大红绸袄。

"不了，把我那件咖色有暗红花边的拿过来吧。"他说。

徐夫人当然明了症结所在，无奈照做了。

简单梳洗后，徐贤仁匆匆出门，身后紧跟徐夫人和长女珊珊。一辆雪亮的黑色福特安静地等候在门外。

"爹。"金亦恭见到徐贤仁，立即为他打开车门。

"公公。"外孙许仁正在徐璐瑶怀里揉着惺忪的眼睛，奶声奶气地叫了一声。他穿了一件大红色的缎子冬袄，上面以五彩丝线绣了吉祥图案，头顶上还用红绳子扎了一个小辫子，跟年画里的娃娃一样喜庆。

在镇江，三代单传的小男孩儿会留发扎小辫，直至十岁才能剪，以求守住根基。

"你们呀，春耕，夏耘，秋收，冬藏，这点儿道理都不懂？冬天要藏阳气，尤其是孩子，怎么就不让许仁多睡会儿。"看着心爱的小外孙被这么早带出来，徐贤仁一上车就开始责备女儿女婿。待转脸向许仁时，又像换了一个人："小心肝，来，公公抱，公公抱!"不由分说，将许仁从女儿徐璐瑶手上抱到自己膝上，一个劲儿蹭他的小脸。

"公公的胡子扎到我了，疼。"许仁在车内狭小的空间里逃脱不掉，挥舞小手大叫呼救。

坐在副驾驶位置的金亦恭，看到这一幕，通过后视镜与妻子莞尔一笑。

"金大夫，可以出发了吗?"司机三十多岁，平头黑脸，一口镇江话。

"可以，有劳刘师傅。"

在得到金亦恭确定的答复后，刘司机一踩油门，飞驰而去，引得路人频频侧目。

一个半小时以后，福特车停了下来。

"金大夫、徐老爷，通往茅山的道，只能开到这里。"刘司机礼貌地说。

"您辛苦。"金亦恭道谢，旋即带领一家老小下车步行。

他们已经到达著名的道教圣地——茅山。茅山位于句容、金坛、溧水、丹阳、丹徒五市县之间，东临良常，西接紫金，南有四平，北至秦望，由南向北蜿蜒二十里，苍翠浓郁，如一条绿色蛟龙逶迤在江苏境地。

"咦，亦恭，前面那个人怎么好像是王富?"徐贤仁刚站稳就有了发现。

"爹，他就是王富。"金亦恭笑答。

"徐老爷、徐夫人、大小姐、金大夫、金夫人、小少爷好。"王富快步迎上来，叫了一连串。他今天换了一身黄色长袍，唯有那蜷曲的头发不能改变，显得十分潇洒飘逸。

"你这身装扮，我远看着以为是茅山道士呢。"徐贤仁心情大好，难得与后辈开起了玩笑。

"徐老爷您可真有慧眼，我的确是茅山道士。"王富说。

在众人惊疑的目光中，王富将自己的经历原原本本说与大家听，除了金亦恭早先知晓外，无不惊叹。

一路走一路聊，也不知过了多久，眼前映现出一座气魄雄伟的朱红山墙，左右各嵌着一扇木制圆形窗，窗上刻黑白两色互绕的阴阳鱼，金黄色双层琉璃瓦山门在朝阳下熠熠生辉，上有一匾，匾有三个字：乾元观。

一位剑眉星目、衣袂飘飘的道士正负手而立。他的胡须和头发已然星白，可是眼眸深处那一丝明亮，是洞察世事后，仍保留在心间的少年心性，璀璨耀眼。

"师父！"王富像见到父亲的孩子，飞奔到他的面前。

"铁牛。"看到王富，道士眉眼间的尖锐立散，取而代之的是一份慈父般的爱怜。

铁牛？

听到这个雅号，莫说对视而笑的徐贤仁、金亦恭夫妇，就算是几个月前还生无可恋的徐珊珊，也忍俊不禁。

王富怪难为情地向大家介绍："这位是我的师父惠心白道长，铁牛是我在茅山时师父给取的小名。"

接着，又向惠心白说："师父，我来介绍一下，这位是徐贤仁徐老爷，这位是金亦恭金大夫……"王富将来人一一向惠心白说明。

"听闻徐善人的慈仁堂在镇江冬赈期间施药无数，福德无量。"惠心白微笑着说，"今天光临本观，荣幸之至！"

惠心白说完，做了一个"请"的手势。

"多谢惠道长！"徐贤仁受宠若惊。

惠心白是茅山乾元观监院，为全真龙门派复字辈第二十代道士，他生性勤勉，戒行精严，为人清高，又有诸多技艺傍身，据说精通音乐、书法、武术等诸多门类。

因恃才傲物，此人交友全凭性情，脾气不投者，纵是皇帝老子也不见得入他法眼，自然不会对初次会晤的徐贤仁产生兴趣，之所以能亲自等候，除了王富这个徒弟的原因，纯属卖陆小波的面子。

说来有趣，惠心白与陆小波一道一商，隔着万千沟壑，本来是风马牛不相及的，巧遇机缘下相识，惠心白折服于陆小波的家国情怀，陆小波欣赏惠心白的率性傲气，两人产生了高山流水、伯牙子期的情谊。因为这层关系，徐贤仁才得到上宾礼遇。

不过陆小波是大忙人，不管小节，要想把事办好，少不得金亦恭与王富两个小辈穿针引线。

81

如很多老人一样，徐贤仁当着惠心白的面，装出不悦的样子："亦恭，你怎么事前没有跟我协商就自做主张来叨扰道长清修。"嘴上说，心里却是乐的。

"下次不了，爹。"金亦恭心里好笑。这一情节早在他的意料之内。

徐贤仁叹了叹！好在，还有金亦恭。

今天，是徐贤仁的六十岁生日。

只是倏忽间，他已然到了花甲之年。他的一生，人如其名，既贤且仁，一世克己，不与人争，仅娶一妻，白头共老，从未纳妾。唯一的成就，只是将先辈传下来的慈仁堂药铺踏踏实实经营下去。

他从来没有什么过高的要求，但是活到这个份儿上，对六十岁寿辰当天的排场，还是有一些向往的——理论上说，这些该由他的女儿女婿操办。他曾想象着，那一晚，他们会帮他在中华园摆上十桌酒席，请来扬州的戏班搭台唱戏，然后，在一片祝福声中，他携着夫人、女儿和两个令人羡慕的女婿向宾客频频举杯。

这是他心中难得的小虚荣，以他今时今日在镇江的身份地位，以他大半辈子的辛苦操劳，这样的六十岁，他配得起。

美好的畅想戛然停止于大女婿蒋爱仁的死，在蒋家用人两次阻止徐珊珊的自杀后，他与夫人将长女接回家中，而这并不能阻止徐珊珊寻死觅活的心。最后他和夫人只有在这一把年纪上，每日里提心吊胆、神经兮兮地看住徐珊珊。

家门不幸让他心中郁结，什么六十七十都不重要，平安就好。遂放出话来，不办酒，不收礼，内心的沮丧自不必说。

却不想，金亦恭如此有心。

腊八那天，陆小波带着王富到慈仁堂，金亦恭抓住时机，向他说明自己的计划，并诚挚地请求帮助。徐贤仁是商会老人，陆小波岂会不同意？一拍即合，才有了今天的出行，不说与惠心白的事先招呼，就连汽车以及司机刘师傅，都是陆小波借给金亦恭的。

徐贤仁对金亦恭的安排喜欢得很。

他想着，岂止女儿徐璐瑶与女婿金亦恭的夫妻缘前世天定，连着他自己，似乎也与这个孩子有着冥冥之中无法磨灭的牵扯。

犹记那一年，长女徐珊珊出嫁，家里更寂静了。

"映子，你说，我们以后是不是给瑶瑶招个女婿上门？"临睡，徐贤仁突发奇想，问夫人。

"招个女婿？"徐夫人映子被丈夫这个大胆的想法震慑到了，头摇得拨浪鼓似的，"老爷，您糊涂了吧？镇江与我们条件相仿的人家，哪个肯放着好好的儿子当白养的来我们家入赘？"

"不一定真的入赘，也不一定要富裕家庭，只要男孩子人好，能常陪伴在我们身边，家世差一点儿无所谓。"

"可不是这样说，若往低了找，门不当户不对，不是委屈了瑶瑶吗？"徐夫人想着徐珊珊嫁的蒋家条件优厚，不乐意未出阁的小女儿降低了择偶标准。

"说的也是。"听夫人一番道理，徐贤仁"招女婿"的念头算是打消了，但找个"好女婿"的念头却挥之不去，这个念头让他怎么也睡不着。他想要的"好"女婿，不同于大女婿蒋爱仁的好家世、好学识，而是能够让他老有所依、能让徐璐瑶有所托付的"好"人。

他相信，这么大的镇江，一定能挖出个合巧的人来！

缘分，没有的时候，等到天荒地老也碰不到；有的时候，却像一棵稳稳长在面前的树，专门让你看见。

这天，徐贤仁在中华路看到一间小小的新医馆。作为镇江最大最老的药材铺老板，他本能地朝医馆里看了看：墙壁被粉刷得雪白，里面没有病患，一位架着眼镜、面庞清瘦的青年人正端坐在一张木桌子前看书。

他穿着一件琥珀色的褂子，陈旧干净，桌子椅子，一丝雕饰也无。

炎炎夏日，知了的叫声从密密的树荫里传出，如浪涛般此起彼伏，延绵成一首曲子，曲子里传达的焦躁烦闷，到青年人这里戛然而止。他安坐在寂静的黑白卷里，城市的喧嚣与他毫无干系。

"这间医馆是谁的？"徐贤仁不由打听。

"柳家的外甥，金亦恭。"古老的城市里，知根知底的老住户是没有隐私的，徐贤仁既问，就有相熟的人将金亦恭的背景——说与他听，"家世不差，可憾父亲过世得早了些……"

徐贤仁不是一个家长里短的男人，这次却听得格外认真，当他听闻金亦恭是马泽仁的关门弟子时，满意值达到顶峰。这位后生，除一等一的样貌气质外，更有个不太说得出口的好处：薄弱之家，女儿嫁入，是不容易受委屈的，而自己这个家丁不旺的药店老板，也能说得上话。

踏破铁鞋无觅处，得来全不费工夫。短暂的兴奋后，徐贤仁产生一连串疑问——这人品行如何？有无婚配？医术怎样？

人品婚否，三两句就打探出来了。医术，却需要用事实说话。若是医中庸才，十个马泽仁也是教不好的。事关徐璐瑶下半生的幸福，徐贤仁决定弄清楚，还得不声不响地弄清楚。

为了女儿的幸福，他必须择机试一试。左等右等，终于等着了机会。

暮夏时节，一对夫妻抱着一个生病的娃娃来到慈仁堂。

"我们家小文久咳不愈，求大夫给看一下。"孩子的爹娘急红了眼。

好巧不巧，慈仁堂坐诊的仇天德仇大夫告假。

其实，即使仇天德在，也大概率医不好这娃娃。

但凡坐诊的大夫，是有讲究的：他们不可能是最好的。顶级的大夫，名气响地位高，不费吹灰之力就可以开个诊所，犯不着到药铺来拿按月小钱；也不可能是太差的，劣等大夫与混混无异，风寒风热尚且不分，胡乱开药，吃出了事得药店兜着。

所以坐诊大夫只能看一些常见的小毛病，对付不了疑难杂症。

"仇大夫家中有事，不如你们去精诚医馆试试。"徐贤仁刻意引导。

"精诚医馆是哪个医馆？"孩子的父亲白玖贵一脸茫然。

"那儿，新开的，几步路工夫。"徐贤仁往精诚医馆的方向遥遥一指，"据说医生医术不错，等那边开出了方子，你们凭着方子过来免费拿药，孩子好了再来付钱。"徐贤仁以利相诱。

他想通过这个方法，获知金亦恭的真正实力。

于是乎，白玖贵夫妻才成了精诚医馆的第一笔上门生意。所有人都预测不到的结局是，白玖贵对金亦恭由衷的感谢行为，发展成最佳的宣传案例。

"徐善人不要一直盯着女婿发呆。"惠心白见徐贤仁的注意力一直在金亦恭身上，不由玩笑，"女婿虽好，茅山的风景还是要看一看的。"

"看风景，看风景。"徐贤仁喏喏。

惠心白于是带领大家从正门往西便山和小山门的方向去，以下，次第是太元宝殿、玉皇殿、灵官殿、东拜殿、西拜殿、三清大殿、东岳殿、玉帝殿、宰相堂、祠堂、客堂、斗姥阁、松风阁、库房、主持楼、道舍、斋堂、花园。

虽是严冬时节，外界草木大多枯黄，但是乾元观种植了大量常年不衰的松柏类树木，显得生气勃勃。加上殿宇房舍层层相连，建筑古朴清雅，美不胜收。

"真是人间仙境。"徐贤仁赞叹。

过去的一年，因为家事不顺，他烦躁不已。今天，于一呼一吸间，所有负面的东西都得到缓解，身体里注入了新的能量，这归功于广袤而宁静的圣地上，每一山每一水每一草每一木所具有的神奇魔力。

"茅山福地，绝非虚传。"惠心白侃侃而谈，"就拿我们乾元观来说，这里曾是李明真人的炼丹之所，南朝梁时，师祖陶弘景在此修道；到了唐代，有李玄静幽居数年。宋大圣三年，朱自英道士将这个道观最终定名为乾元观。"

一路人且走且看，终于困顿，惠心白于是领着他们来到一间寮房。寮房内屏幛衣架一应俱全，还设置了脱帽处，目测已经过一番改造，今天专供徐贤仁一家使用，相当尽心。

有剃着小平头、穿着小道袍的童子端茶上来，看上去不过十岁左右，一脸稚气，神态认真。

"师兄。"小道童看到王富，眨巴眨巴眼睛。

"金鸡！"王富大大咧咧走上去，捏了捏小童的脸，"又肥了些。"

小童不好意思地咧了嘴笑。

85

金亦恭将这一幕尽收眼底，只觉惠心白当真是个好师父：譬如小童天真可爱，王富又热情纯真，皆不失本心。不像有些门派，育人如豆腐模具里倒豆腐，一模一样。

"重楼。亦恭，你说说这个药的药性。"金亦恭的脑海里似乎响起了马泽仁的声音。

"重楼，别名蚤休、蚩休、重台根、整休、草河车、重台草、白甘遂、虫蒌、九道箍、鸳鸯虫、枝花头、螺丝七、海螺七、灯台七、白河车、螺陀三七、土三七，有清热解毒，消肿止痛，晾肝定惊之功效。用于疗疮肿痛，咽喉肿痛，蛇虫咬伤，跌扑伤痛，惊风抽搐。

"不错。"马泽仁肯定地点点头。

金亦恭轻轻地舒出一口气，他的手心里全是汗。

"医者，失之毫厘，谬以千里。"马泽仁郑重其事地说，"一丝不苟，才能对病患负责，否则，就是草菅人命的庸医。"

为了学好学精，金亦恭可谓起早贪黑，如履薄冰，他强迫自己一字不落地记住师父教过的内容，他要尽早出师，因为在镇江，有翘首等待他的母亲和妹妹。

每个人都会有不同的际遇，而相似的际遇则会把相似的人划归为一类，他与王富，就是属于被师父赋予了新生的那一类。

金鸡将茶杯递到每个人的手上。

茶杯是纯白色的瓷杯，茶叶颗颗碧绿，被热水浸泡后，悬浮于杯中，充分地舒展开，腾腾的热气像白色的湿雾，在一片迷茫的氤氲下，显出或深或浅的层次，如令人无法看清的茅山，山峰连绵，草木苍茫，鬼斧造化皆天然，肉体凡胎谁也不能洞悉下一秒的变幻，捧着杯盏的人，似捧着一个小小世界。

徐贤仁掀起杯盖，闻到一股扑鼻异香，浅浅尝了一口，惊叹："这是什么茶?"

"这是茅山的云雾茶。"惠心白笑呵呵答。

"我只知茅山茅麓公司盛产茅麓茶，远销上海滩和东南亚，价格昂贵，曾品过一次，唇齿留香，口感特别，而与这盏云雾茶相较，不值一提。"徐贤仁再喝一口，喟叹，"活了这个岁数，才知茅山除了茅麓茶，还有云雾茶。"

"徐老爷有所不知，茅麓茶是茅麓公司经过一整套机械化运作加工出来的，而云雾茶是生长在茅山荒野之间的野茶。它天生地养，吸四时精华，又经周边农民适时采摘，才有这样好的味道。因为茅山终日云雾缭绕，所以我们本地人才给这种野茶取名云雾。"王富说，"这种茶不管是数量上还是质量上，都没有办法与茅麓茶那样的成品茶相比。"

"如此说来，能喝这云雾茶，是可遇不可求的缘分啊！"徐贤仁感慨。

"徐伯伯！徐伯母！珊珊姐！"伴着一声清脆的莺啼，金绮梅如一阵春风般刮到众人面前，热络地将徐家上下叫了个遍。

王富脸颊顿如火烧。

她其实没有经过特别的打扮，但就是那么轻盈独特，只任性地将麻花辫甩在身后，就轻易地吸引了王富所有的注意。

"我们把乾元观逛遍了你也没到，却掐着这个点来，肯定是闻到茶香了。"金亦恭指着金绮梅笑着说。

"年轻人，贪睡难免的，别怪她。"徐贤仁说。

"亲家老爷，我们来给您贺寿了！"

徐贤仁没有想到，柳慈航、柳慈海跟着金绮梅身后进了寮房。

原来金绮梅不是贪睡，而是因为金亦恭一早去接徐贤仁，故将接两位舅舅的任务交托给了她。

徐贤仁大惊，站了起来："亦恭啊，你怎么把两位舅舅也惊动了？"

在镇江，舅舅是个重要角色。金亦恭父母双亡，由柳慈航、柳慈海替代父母出场，说明两家姻亲交好，十足十地捧场。

客套了几句，柳慈航拿出一个大红锦缎盒子："这是我们兄弟二人的一点儿心意。"

徐贤仁打开一看，是一个牛血红的珊瑚烟嘴，心知价格不菲，连连道谢。

几位长辈在交谈，金亦恭的眼睛却不断向门口扫视，现在，就差这一个人了。

"贤仁兄，对不住，对不住，我来晚啦！"陆小波洪亮的声音与壮实的身影同时出现，出乎大家意料的是，与他一同前来的，还有蒋德珍、蒋爱义。

蒋德珍瘦得几乎脱了形。他的个子本来就不高，不过以往春风得意，总给人倜傥潇洒的印象，而今缩成一个干瘪佝偻的小老头，头发彻底白了。相形之下，油光锃亮的蒋爱义跟这位父亲完全不像一个家里出来的，哥哥蒋爱仁的死让他一跃成为蒋家长子，是整个悲惨事件中唯一的受益者。

"亲家……"看到久不露面的蒋德珍，徐贤仁激动之余，紧紧握住他的手，良久，都开不了口。

"金家妹妹，久不见了。"蒋爱义已将之前在中华路发生的流血事件抛到九霄云外，房间里满满当当全是长辈，他却一个不理，只金绮梅塞满了他的眼睛和心。

金绮梅料不到蒋爱义会忘却前仇，主动上来跟她打招呼，尴尬笑着不知说什么才好，再偷偷看他的额头，虽用头发挡住，一块伤疤仍依稀可见，想不通他回去是怎么向蒋德珍交代的。

金绮梅心里七上八下的时候，隐约听到了一声笑。

她朝王富看去，捕捉到王富脸上一抹若有若无的笑意，恨得牙痒痒。

"心白，你准备了什么好吃的招待我们？"为了不让徐贤仁和蒋德珍过分沉溺于哀思，陆小波故意把与惠心白的对话声提得很高。

"你这个人啊，不厚道。无时无刻不想着占我的便宜，前阵子挖走我的徒弟，现在又来讨吃的，我可告诉你，今天的宴席，没有你的份儿！"惠心白何等通透，插科打诨，缓和气氛。

"哈哈哈！"

一阵阵笑声在寮房里再次响起，金鸡引着众人走向素斋堂。

满满一桌子佳肴正虚席以待：烤鸭是整只的，皮色娇嫩，鲜艳欲滴；虾仁又大又肥，老远都能闻得见香味；鳝鱼丝、醋熘桂鱼这些即使在中华园也算是上等的食材，亦陈列在桌子上；更不用说烧油筋、炒干丝、炒什锦等普通素菜。

"嫂子，我没看错吧，这不是道观吗？道士不忌荤的吗？"金绮梅用胳膊碰了碰徐璐瑶，悄悄问。

"是呢，我也觉得奇怪。"徐璐瑶低声说。

姑嫂二人百思不得其解。

惠心白入席，率先发言："今天我乾元观为徐善人贺六十大寿，荣幸之至，在此略备素食清水，大家吃好喝好。"说罢，以水代酒，先饮了一杯。

听到这番说词，金绮梅直咬牙，心道这老道可真敢睁着眼睛说瞎话，把大鱼大肉说成素食清水。此等伪君子，恐怕民脂民膏也没少搜刮。

心里想着，脸上已经气鼓鼓的，纵然周围人都开怀大吃，她还是不动一下筷子。

徐璐瑶瞧到小姑子这副尊容，忍俊不禁，夹了一块烤鸭塞到她的碗里。

"不饿，不想吃。"金绮梅嘀嘀咕咕。

"吃吃看。"徐璐瑶朝她狡黠一笑，似有深意。

金绮梅不愿驳嫂子面子，不情不愿地在鸭肉上抿了一小口。

一股豆芽味道。

"什么鸭肉，素的呀？"金绮梅"噗"地将嘴里的怪味"鸭肉"吐到碗里。

"无礼。"金亦恭瞪了金绮梅一眼，"这里是道家圣地，怎么可能为享口舌之快而乱开杀戒，不过是把素菜做成了牺牲的形状，图个彩头。"

"这么机巧？"金绮梅将信将疑，她将碗里的鸭肉看了又看，果真如金亦恭所言，"鸭皮"是颜色焦黄的豆腐皮；"鸭肉"则是面粉掺杂着白色的菇类混合而成。至于最终是用什么方式拼成整只鸭子的形状，金绮梅就不得而知了

其实选在茅山摆这桌寿宴，也是金亦恭有意为之的，徐贤仁的寿辰

是家中大事，不能不办。而连襟亡故不久，满桌大鱼大肉吃起来，老人们也不会开怀，及至感物伤情，收不了场也是可能的。思来想去，唯有这种形式上有荤、实质上全素的茅山素斋宴才是万全之选。

"金小姐实是性情中人！"惠心白看出其中关窍，并不生气，"年纪轻轻，泾渭分明，实属难得。不过你放心，茅山戒律严格，无人敢破。桌上所有的荤菜，都是用黄豆芽、冬菇、蘑菇做出来的。不是吹，素斋师傅的手艺可是闻名天下，不管是天上飞的、地上走的还是水里游的，只要世上有，都能给你做个八九不离十。来来来，尝尝是否吃得惯。"

"吃得惯，吃得惯。"惠心白如此光明磊落，金绮梅羞愧难当，埋头苦吃。

"吃不惯也不要紧，等回镇江了，我再带你去中华园吃！"蒋爱义毫不顾忌一桌人在场，顺溜地接话。

"再"字一出，桌上的人全部看向金绮梅，尤以蒋德珍和金亦恭的目光最为"隆重"。蒋德珍满脸疑惑，金亦恭满脸斥责，金绮梅低垂着头，装作什么也没有看到。

第八章　神　明

素斋过后，徐贤仁仍兴致高昂，与陆小波、惠心白、蒋德珍、金亦恭等男子清谈国家大事。

女眷聚在另一边，有徐珊珊和徐璐瑶陪伴左右，徐夫人情绪大好，母女三人在寮房说体己话。

许仁由金鸡带着吃果子。

每个人都有自己的乐子，唯金绮梅心神不定。

去年，她就听同学说，句容茅山新建老子像，像成后，几只神鸟按时去来，衔枝筑巢，一日不空。附近居民奉若神明，纷纷祭拜，以至老子像前终年香火长明。

金绮梅觉得此传言浪漫有趣，一直想着，若有一天能到茅山，定要寻找神鸟踪迹，一睹真容。但茅山路远，她一个女孩子不能独行，今天既有幸借着给徐贤仁做寿的东风到了这儿，心心念念要看个究竟。

她将徐璐瑶拉到僻静处，软语相求："嫂子，我想去老子像拜一拜，你能跟我一起去吗？"

"倒是听说茅山建了老子像，不过与乾元观不是一个山头。我个子矮，脚程慢，晚些又得回镇江，怕赶不来，还是以后再去吧。"徐璐瑶想到种种实际问题，婉言拒绝。

"那……我一个人去成不？"金绮梅装出一副可怜相，她把在学校听到的传闻告诉了徐璐瑶，"我想去拜神鸟。万一真能遇上，我要祈求它们保佑哥哥嫂子白头偕老，许仁高中状元。"

"我的大小姐，你别说了，去吧去吧。"徐璐瑶知晓金绮梅是醉翁之意不在酒的，"小心点儿，千万别被你哥哥发现。"

"有你，哥哥发现不了。"金绮梅大喜。

金绮梅言下之意，是说若金亦恭问询，让徐璐瑶想办法拖延时间。徐璐瑶双手合十，连称罪过："造孽，又让我骗你哥。快去快回，我可挡不了多久。"

"知道知道，我绝不耽搁。"金绮梅满口应承地跑开了。

茅山有三宫五观，三宫为崇禧万寿宫、九霄万福宫、元符万宁宫，五观为德佑观、仁佑观、玉晨观、白云观、干元观。老子像坐落于元符万宁宫内，在乾元观的西南方向，连走带跑，来回要一个小时左右。

金绮梅向金鸡问了大致路线，金鸡说，沿着主干道一路向上，只要不往小路上走，就不会迷路。

金绮梅定了心，如此简单，不会丢。

冬天的暖阳顶在头上，山野之间，草木成群，金绮梅只觉得身轻如燕，像一只鸟儿自由地翱翔，飞似的前进。

凭着强烈的方向感，她在半个小时不到的时间内精准地来到元符万宁宫，一尊巨型老子像端坐在她的面前。

宏大的视觉冲击震撼着金绮梅，真是百闻不如一见：这尊新建的老子像高近百尺，由无数块青铜拼接而成，全身发出金属光泽，神情超脱，面容慈善，似笑非笑的神妙表情，亲近得如茅山脚下的邻人爷爷，而那硕大的耳朵和肥厚的耳垂，让即使是目不识丁的人看了，也会懂得其蕴含的宗教意味。他左手撸须，右手持一芭蕉扇，上刻阴阳鱼和道家密语作为法器，向朝拜者阐述天地万物的玄机。

实在是太壮观了！

金绮梅感叹老子像的缔造者——巧夺天工的匠人们，他们是如此平凡又伟大。

虽然累得喘不上气，她的心里仍只有一个字——值！

她仰起脖子，一边细看老子像，一边寻找传说中的神鸟。

"管兄此番回来，什么时候再起程去沪？"

"我只准备花两三天工夫料理一下家里的事务，然后就去。"

"这么匆忙?"

老子像前无遮无挡，两个男人一问一答，字字清晰地传入金绮梅的耳中，声音渐近，其中一个声音还很耳熟。

金绮梅回头，看见王富和一个国字脸的陌生中年男子边走边谈，正朝她走来。

这个陌生男人身量很高，脸是方方正正的，身材也是方方正正的。在他方方正正的脸上，一把大胡子浓密显眼。他一步一步脚踏实地走过来，像一块厚重的四方大理石，长了脚在地上移动。

"金家小姐，"王富没想到能在这里遇上金绮梅，远远招呼，"这里离乾元观尚远，你怎么一个人跑出来了?"

"你能来，我为什么不能来？难道你们茅山有规矩，女客不能像男客一样走动?"金绮梅话里不自觉带着一股咄咄逼人的语气。

"不是不是，我只是觉得，这么远，一个女孩子跑过来不容易，好多城里的公子哥儿都累到不行。"王富见金绮梅言辞不善，不想惹，连声解释，说着就准备与身边的男子走开。

这事也不怨金绮梅，实在是因为腊月八日那天，最不想让人见到的一幕，全部被王富看到了。

金绮梅却清清楚楚听到那男子与王富低笑耳语："你到镇江做事才多久，就惹到这样一位牙尖嘴利的小姐，以后有得受的。"

金绮梅不由胸口起伏，她尖牙利嘴吗？真是是可忍孰不可忍，实在耐不住性子，就要冲上去一辩究竟。

"好哇……我说呢，怎么大家都休息得好好的……你一个人……偷偷溜出来。原来……是跟这小子……幽会!"一块假山后面，西装革履的蒋爱义跑了出来，气喘吁吁、断断续续地控诉着。

蹦出一个大活人，金绮梅被吓得不轻，老半天才回过味来，蒋爱义说的是她和王富。她怒不可遏："你给我把话说明白，谁跟谁幽会呢?"

"我说错了吗？我一路跟着你，从乾元观到元符万宁宫，沿途连只狗都没看到，若不是你俩有私情，干吗要跑这么远来?"蒋爱义气息缓和过来，说话也连贯了。

"你个蒋爱义，不学无术也就算了，还会栽赃嫁祸？别说这事是你无中生有，即使有，也轮不到你管。"金绮梅怒骂。

难怪她上山之前没有看见蒋爱义的踪影，看来是早就躲在犄角旮旯注视自己的一言一行，一个不留神，就跟鬼似的缠上来了。

"你这样说，竟是承认了？"蒋爱义的脸涨成猪肝色。

"与你何干？"

"我已经求我爹向你家提亲，你很快就是我蒋家的人了！"蒋爱义狂吼。

"哈哈哈，你也太把自己当回事了。"金绮梅笑得前仰后合。

别说蒋德珍只要还有一丁点儿自知之明，就不会为他这个"宝贝"儿子来金家提亲，退一万步讲，即使他拼着老脸不要，哥哥金亦恭也会在第一时间把这桩婚事给推了。

"你、你、你，不思悔改，看来要教训教训才行！"蒋爱义见金绮梅把他的话当耳旁风，恼羞成怒，捋起袖子就要发作。

金绮梅见他来者不善，迅速俯身捡起一块石头。

蒋爱义吃过一次亏，不会再吃第二次，他仗着身高的优势，三步并两步冲到金绮梅面前，劈手就把石头夺下。

金绮梅想跑，蒋爱义有了经验，又领先一步冲到她的面前。

金绮梅自知在劫难逃，本能地闭上眼睛。

"蒋公子这样对金小姐，恐怕有失体面。"

本已离去的王富如从天降，护在金绮梅面前，半空中握住蒋爱义的手腕。

"放开我，你这臭小子。"

搞不懂王富使了多大力气，与他一般高矮，比他胖上一圈的蒋爱义竟不能动弹分毫。

"你我素不相识，却编排我与金小姐子虚乌有的肮脏事，我是男人，不与你计较，但是你这样欺负人家女孩子，总不太好。"王富严厉地说。

"这是我与未婚妻子的事情，不用你插手，我没有找你算账已经是客气了。"蒋爱义手虽然痛，嘴巴却硬。

"金小姐，这位蒋公子说的是否属实？"王富向金绮梅求证。

"胡说八道。"金绮梅朝蒋爱义啐了一口，"青天白日做大梦，我与他从未有过婚约！"

"金小姐说不是，我看着也不太像。"王富悠然道。蒋爱义脸部扭曲。一方面，这是王富手上加了力道；另一方面，王富在内涵他配不上金绮梅。

"这是我的家事，不需要你管。"蒋爱义不服。

"如是家事，那就等金小姐进了你家门再教训。现在，还麻烦公子向她认个错。"王富不依不饶。

一股热流在金绮梅心中涌动，她不由向王富投去感激的一瞥。

蒋爱义自然不肯，与王富僵持着，很快，豆大的汗珠从他脸上落下来。

"金家妹妹，我错了。"蒋爱义咬牙切齿地说。

王富应声放开了蒋爱义的手。

"你们，给我等着瞧。"受此奇耻大辱，蒋爱义用阴毒的目光扫视着在场的每一个人。

好汉不吃眼前亏，蒋爱义这条"好汉"，带着君子报仇十年不晚的姿态，气势汹汹地离去了。

"好一出英雄救美！"中年男子站得老远，夸张地拊掌赞叹，"你无端得罪这位看上去来头不小的公子，惹了无妄之灾，人家小姐不见得领情。"

"管兄言笑了，遇到这样的事情，哪怕是陌生人，也得管上一管。"王富领会男子是故意说给金绮梅听的，赶紧澄清。

"奇了，你姓王，我姓管，你乱管个什么劲。你看，人家小姐连个'谢'字也没有说。"男子越说越起劲儿。

金绮梅的脸上红一阵白一阵，磨蹭了半天，才吞吞吐吐地说："谢谢二位相救。"

低若虫吟。

"谢他，别谢我，我没出手。"男子挤对道。

"谢谢王富……哥。"金绮梅憋出最后一个字，已是满脸飞红，"我不知好歹，多有得罪，您包涵。"

"金家小姐，这位管哥哥是跟你闹着玩的，别往心里去。"一声"哥"，喊得王富的脸比金绮梅还红。

也是奇怪，城里大大小小的小姐，他跟着陆小波见识过不少，从没有个怕的，偏偏这位金家的，他根本不敢用正眼看，"你也叫他一声哥就行了。"

"管……"金绮梅半吐半吞，对着这个嘴巴不饶人的中年男子，有点儿障碍。

"管大哥。"

"管大哥。"金绮梅怯生生地叫了一句。

"管兄，金小姐都喊你大哥了，你还在那儿端个架子。"王富冲管姓男子说。

男子嘿嘿一笑，他方才只是觉得金绮梅大小姐脾气，刁蛮无礼，才奚落两句，现看她知错肯改，年纪又小，当然不会真的计较。他慢吞吞走过来，拍拍王富的肩膀，对金绮梅说："我叫管眷国，王富是我小兄弟。"

他说完，开始认真端详金绮梅。

金绮梅还没被一个男人这样看过，忸怩着用手捋着前额的发。

"管兄，你别这样盯着金小姐啊。"王富责备管眷国。

"你看我，习惯了。"管眷国笑了，"金小姐这面相，可不是世俗女子……"

"好了好了。"王富听不下去，拦住管眷国，"你我难得一见，今天不说相术。"随后，他向金绮梅解释，"管大哥以看相为生，金小姐不必介怀。"

管眷国赔笑："是我失礼。看到生人就不自觉相个面。"又换个话题，"这里地广人稀，金小姐真不该一个人跑出来，今天要不是正巧遇见我们，后果不难想象。"

金绮梅不说话，想想也着实后怕。

"金小姐一个人上山，总该有原因吧？"王富问。

"我听同学说，茅山老子像前出了神鸟，能满足周边居民的心愿，实在好奇，想亲眼看一看。"金绮梅懊恼地说，"没想到才上了山，就遇到这种事情。"

"那你同学有没有告诉你，神鸟究竟是什么鸟？"管眷国发现这个女孩子虽然有点儿凶，心思倒是纯洁可爱。

"没有说。"金绮梅老实说，"对了王富哥，你在茅山这么久，肯定见过神鸟吧，长什么样子？"金绮梅把这个问题抛给了王富。

王富与管眷国相视一笑。

"神鸟每天都会来，你再等一会儿就能看到它们的真容。"王富笑而不答。

金绮梅不知他卖的什么关子，只得耐心等待。落日西斜，天边的云无端地变换着色彩，整个山看起来缭缭若幻境，美轮美奂。这一刻时间空间似都静止，唯有心跳声清晰可闻。

"扑、扑、扑"，一大块阴影压进金绮梅的眼帘，近了，再近，是两只大鸟领着三只小鸟从远方飞了过来。这一对鸟父母，带着它们的孩子，在空中耳鬓厮磨地盘旋了一阵后，准确地飞向老子的发髻处。

老子发髻呈双环状，两股相交处有一旋涡，这些鸟在旋涡的正中衔了许多树枝，做成安乐窝，仿佛给老子发髻束了个环，能遮挡风雨不说，还没人敢在"太岁"头上动土，更起到保全性命的作用。

"喜鹊！我看到了，是喜鹊！"金绮梅雀跃，"原来一家喜鹊筑窝在此，早出晚归，难怪传言说神鸟按时来去。"

"是啊，这就是有应必修的神鸟，你说，它们灵验不灵验？"王富笑问。

金绮梅捂着嘴巴直笑，这一次，她再也不觉得王富的话里有任何嘲讽的意思了，心无芥蒂的两个年轻人，以眼神握"手"言和。

空气逐渐幽凉，遥远的寒潭传来几声寂寥的"呱呱"声，不知是野鸭还是其他什么鸟儿，它们在呼唤金绮梅"归去，归去"。

金绮梅将目光向王富投去，王富会意。

"管兄，咱们回吧。"王富对管眷国说。

管眷国正默默凝视着天边云蒸霞蔚的美景："回，这就回。"他充满不舍，"只是下一次，不知什么时候再来了。"

"这有何难。虽然我不在茅山当道士，不过只要你回来，跟我说一声，我一定随叫随到。"

"不用。"管眷国凄然一笑，"我已将卫国托付给了小成……"

"小成？"王富皱起眉头，似是一时想不起来，"那位陈将军手下的小成？"

"是他。"

"管兄，望子成龙固然不错，可卫国是你唯一的儿子，放在身边自己调教不好吗，何须假他人之手？再说，你舍得，嫂子会同意？"

"就因为他是我唯一的儿子，我才想把他送到陈将军那里，至于阿玲……我已写就休书，让她另觅良人。"

管眷国的结发妻子阿玲，是他青梅竹马的童伴，管眷国与王富认识多久，王富就与阿玲认识多久。虽说步入十里洋场的淘金者，抛妻弃子、另建家庭是常态，但是王富想不到这样的结局会发生在管眷国与阿玲身上。

"什么时候的事？这么大的变故，怎么都没告诉我？"王富急了，不由分说就要往管眷国家里去，"嫂子在哪儿，我去找她！"

"不用了。"管眷国一把拉住王富。

"你这是怎么了？嫂子犯了什么事，你要这样对她？"王富心急如焚。

"她什么错也没有犯，对不起她的是我。"管眷国的声音缥缈，"她还年轻，我不能耽误她。"

"这是什么狗屁理由？"看到管眷国自暴自弃的样子，王富一拳打在他的脸上，"你怎么能这样没用，这样不负责任？"

"是的，我没用，我不负责任。"管眷国不躲不闪，任由王富把他打得眼冒金星，"可这是我的命，你懂吗，我的命！"他肆无忌惮地宣泄着自己的情感，其中有不能启齿的绝密。

"你明明跟我说过，你不信命！你明明跟我说过，所谓的相术，都是骗人的把戏！现在，你却拿这些话来糊弄我！"王富怒火中烧，越说越生气，挥手又是一拳。

这一拳打在管眷国的鼻梁上，一股鲜血喷溅而出。金绮梅惊呼一声，呆立一旁。

"我原本是不信命的，可是现在我信了！"管眷国抱住王富，歇斯底里地摇晃，"也许我生来就该孤独一人，能留下自己的骨肉，能在红尘中与阿玲有过一段情缘，我已经很满足了。我不能再让他们与我一起冒险，你懂不懂？"

王富不懂。

管眷国的师父姓陈，丹阳县建山乡霞山头村人，是个天盲。天盲，指的是眼部外形完整的盲人。按常理，这样的人天生就是个废物，若不以要饭维持生计，早晚死路一条。奇就奇在，没有上过一天学的陈师傅，成年后能无师自通摸骨算命，且算得精准，其中的道理谁也无法窥测，只能说他是老天赏的吃这口饭的人。

陈师傅日算三卦，足够温饱，过了这个数，给再多的钱也不干，因话少卦准，得了"铁嘴神断"的美名。

管眷国也是丹阳人，年轻的他不理怪力乱神之说，陈师傅盛名在外，管眷国偏偏不信这个邪，要切身体会"摸骨算命"的"江湖骗术"，于是一天，他早早地等在陈师傅的门口。

"我要算卦。"他在门外昂头吵嚷。

"告诉我你的生辰八字。"陈师傅在内室问，声音低沉。

管眷国毫无避讳地报了自己的八字。

不想门内却传出一阵轻笑，陈师傅道："你来怕不是算命，而是想探究我的算命之法吧？"

管眷国当场惊呆。

陈师傅继续说："你想探得其中玄机，也不是难事，你得先拜我为师，跟我学算命。不过我有言在先，算命以天机为食，泄露天机必有报，我既瞎且鳏，命中注定无家无子，所以了无牵挂，而你将成家立业，有妻有子，报在何处尚不可知，或者会因此不得善终。"

"故弄玄虚。"管眷国不屑一顾，哪里会信。

"那你敢不敢学？"

管眷国哈哈大笑："大丈夫固有一死，或重于泰山，或轻于鸿毛，如人生无惑，死有何惧。"仿佛约定一个赌注，遂入师门。

管眷国告诉王富，骨相、面相确有三六九等之分，但若说谁谁能断过去未来，知三生三世，那可真是忽悠了。高明的术士，在讲出最终的结果之前，会漫不经意地与人攀谈，而玄机就在这三言两语间，通过对方的衣着打扮和言谈举止，就能大概揣度其身份地位，老谋深算还是天真烂漫，都逃不过术士们的眼睛。按照类型划定之后，以三寸不烂之舌附加模棱两可的说辞，足以让人心服口服。

换句话说，管眷国虽然算命，却并不真的相信命运。现在他忽然改口说他信了。

很多年以后，当王富再回想起这一段往事，才蓦然醒悟，管眷国其实没有骗他，因为管眷国所说的"命"，不是命运，而是使命。

王富脑中闪过一念，停住手："你在隐瞒什么？"

"没有什么。"管眷国抬了抬下巴，用袖口擦掉鼻血，"我只想告诉你，命是真实存在的，我做的一切，是我与生俱来的命，而我之前并没有认识到。我必须终结很多东西……就算我俩的兄弟情，怕也到此为止。"

王富被管眷国猝不及防的绝交宣言所震惊，他看向管眷国，试图从他的眼神里寻找答案。然而管眷国的眼睛是如此平静，里面没有玩笑，没有迟疑，有的只是反映着的茅山山峦、山间树木，还有此时此刻，辽阔的天空以及这漫天的云彩。

管眷国再也不解释什么，大踏步走开了。

王富冷静下来。

他与管眷国相识已久，相信管眷国是一个有情有义的汉子，不会无端做少年人率性而为的荒谬决定。不说，不代表没有苦衷，而只说明不能说。王富相信，谜底终究有被揭开的那一天。

这样一想，他不再刨根问底，只是默默跟在管眷国身后。金绮梅惊魂甫定，也跟着他们往回走。

管眷国回瞥了王富一眼，充满相知的感激与依依的惜别，神情复杂地说："一起走吧，小成应该在山下等我了。"

"小成来了？陈将军也在吗？"王富快步上去与管眷国并排，打过骂过，还是好兄弟。

"不在，陈将军事情多，派了小成过来接卫国，我跟卫国嘱咐几句，明天就回上海了。"管眷国眼睛似蒙了一层雾。

王富不敢再看，更不敢再问。

山间传来催肝断肠的曲子：风萧萧兮易水寒，壮士一去兮不复还，探虎穴兮入蛟宫，仰天呼气兮成白虹。

是茅山深处的居民随口咏唱的调子。

三人步履匆匆，往乾元观返回。

"师兄、管大哥，终于把你们等回来了。快到师父那里去吧，小成哥赶时间，今晚就得走。"金鸡的脖子都仰酸了。

"今晚？"管眷国声音发了颤，他想不到儿子比自己还要先行。

"管兄，别浪费时间了，我们进去吧。"王富轻拍管眷国，似在抚慰。

两人一同去找惠心白。

金绮梅不自觉也要跟上去。

"咳"一声，金亦恭站出来，铁青着脸看着她。

"哥！"金绮梅心中一抖，转而寻找徐璐瑶。徐璐瑶远远地站着，手在衣服的下摆处摇了摇。

事情败露了。

"跟我回去！"金亦恭的声音冰冷入骨。

第九章 中 医

"到佛堂来!"

脚刚踏进家门,金亦恭的脸就有了狂风暴雨将临之势。

金绮梅心知不妙,向徐璐瑶投去求助的眼光。

徐璐瑶心领意会,紧随其后。

"跪着!"金亦恭一声怒吼,声音大到能把房顶掀翻。

"亦恭你消消气,有话好好跟绮梅说,干吗让她跪?"徐璐瑶劝。

"这里没你的事!"金亦恭怒形于色。

徐璐瑶见丈夫这样凶恶,缩到一边。

"哥,我跪着好了,你别这样对嫂子。"金绮梅见金亦恭连徐璐瑶的账也不买,心知在劫难逃,立时跪了下来。

"别一副楚楚可怜的样子,你这模样,也只能骗骗瑶瑶和张妈。"金亦恭怒极,"腊月初七,天未大亮,我起来的时候你人就不在家里头了,说,干什么去了?腊月初八,瑶瑶九点钟就熬好腊八粥让你送给我,你十一点才到慈仁堂,粥没带不说,连盛粥的罐子、装罐子的提盒都一并丢了,又是去哪儿野的?"

金绮梅见哥哥一样一样翻旧账,大气也不敢出。

在墙角的徐璐瑶听到这里,"扑哧"一下笑出来。那天金绮梅一瘸一拐地回来,声称在路上遇了疯狗,崴了腿,丢了罐子,她想也没想,重新装了一大碗粥,让金绮梅在家歇着,自己送去慈仁堂给金亦恭。如今听丈夫点拨,才发现是挺不合情理的。

"你还笑,她现在胆子这样大,少不得你帮她遮掩。"金亦恭又吼了一嗓子。

徐璐瑶不再吱声了。

平时，她没少帮着金绮梅"欺骗"金亦恭，金亦恭即使看破，也不以为意。不过今天的事犯了大忌，金亦恭是真起了毛动了气，她不能火上浇油。

"今天，这么多长辈在场，你吃过饭就和那个蒋爱义齐齐失踪，若不是惠道长临时有事接待贵宾，大家散得早，我只怕会一直被蒙在鼓里。你说，你这是不要清白了？"金亦恭气急败坏。

"哥哥，这你可冤枉我了，我只是出去溜达一圈，谁想到他会跟着我？"金绮梅急忙辩解。

"我料你也没胆子跟他私会，不过你是金家小姐，行事如此随意，坏了名节怎么办？"

"我又不曾做错什么，为什么会坏名节？"金绮梅嘟囔着。

"错事，为什么需要做错事？你还记得，当日……可曾是做了什么错事吗？"金亦恭满脸悲痛。

什么叫当日？金亦恭不清不楚的描述让金绮梅不知所云，她正想反击，只见金亦恭微仰着头，玻璃镜片后涌动着点点泪花。

电光朝露的一霎，金绮梅明白了，哥哥让她来到佛堂，是因为佛堂代表了母亲，哥哥说的当日，指的是母亲受到污蔑的日子：十年前，什么事情也没有做错的母亲，却因为风评的原因，一生都背负着什么都错的罪名。人言可畏，哥哥最担心的实际上是自己重蹈母亲的覆辙。

清楚了金亦恭的良苦用心，金绮梅的眼圈也红了："哥，是我不懂事，害你操心。"

金亦恭是真心着急，照顾好金绮梅，是母亲临走前唯一的要求。万一这个宝贝妹妹有个闪失，他百年后何以见地下的双亲？见金绮梅真心悔过，金亦恭提着的心才放下大半。

"你现在是大姑娘了，我不能再像以前对待小孩子那样随意打骂，罚你从今天起，除了上学，哪里也不许去，在家静思己过，好好想想该怎么做个大家闺秀。"金亦恭尽可能按压住火气。

103

"知道了。"金绮梅讷讷地说。

"少爷！少爷！哎呀呀，小姐怎么跪着呀？"金亦恭还待说什么，张妈匆匆进了佛堂。

金亦恭将头一侧，不回答。

"少爷，你可不能这样对小姐，你是她在这个世界上唯一的亲人啊！"张妈悲悲戚戚地哀诉，两边的腮鼓了起来，马上就要哭出来了。

金亦恭纵知这一闹一哭里头八分是戏，碍于情面也不能点破，毕竟张妈在金家久了，相当于半个妈了。

还是见好就收，不然张妈很快就会将戏做大。

"你起来吧。"金亦恭对金绮梅说。

金绮梅如蒙大赦。

"张妈，你想说什么？"金亦恭问。

"看我这记性。"张妈护主心切，进门看到金绮梅跪着就把正事给忘了，"少爷，您赶紧到隔壁史蒂夫先生家去看一看。兰兰过来说，小史蒂夫少爷头上长了个半寸大的包，几天了，洋医生也瞧不好，现在高烧不退，昏过去了，净说胡话，家里闹得一团糟！"

兰兰是隔壁邻居史蒂夫家雇佣的中国保姆，二三十岁，因为与张妈同为下人，经常聚在一起说话。她的主家是一对金发碧眼的美国人，男主人叫史蒂夫，是福音堂的传教牧师；女主人叫露西，在金绮梅读书的崇实女中当音乐老师，给自己取了个中文名字——刘璐，与徐璐瑶的"璐"有一字之缘。这两个异国女人住得近在咫尺，关系亲近得很，用刘璐的话说，十年修得同船渡，她涉过千山万水来找徐璐瑶为邻，证明她俩前世的缘分不止十年。

"亦恭，我们快去看看！"徐璐瑶听到露西有事，跟着着急。

于是夫妻俩匆匆往史蒂夫家去。

史蒂夫家像被打劫过似的，衣服、鞋子、书籍等杂物到处乱扔，还放着几个空箱子。六岁的小史蒂夫闭着眼睛躺在床上，脸像火烧一样红。

"史蒂夫，我的孩子，上帝保佑你！"露西正用湿毛巾给小史蒂夫擦拭额头和四肢，间或用手在胸前画十字。她面色憔悴，湛蓝的大眼睛深凹下去，头发随便在脑后绾了一个髻，漂亮的翠绿色花裙子皱皱巴巴，挂在身上像一匹窗帘布。

史蒂夫将头深深埋入巨大的手掌，借以逃避这一切。

"璐璐，孩子怎么了？"徐璐瑶轻声细语走到露西身边。

"发烧，非常地高。前一分钟还好好地跟我说着话，忽然就晕过去了，嘴里喊着妈妈。"露西的牙齿和嘴唇在打战，手上的动作不停止。

徐璐瑶不禁用手摸一下孩子的额头，"这么烫！"

"你再看看他头发里面。"露西说着，撸起了小史蒂夫浓密的金色头发。

在遮挡的头发下面，不红不肿，有一块肉却明显凸起来。

"呀，这是什么？"徐璐瑶毛骨悚然。

"你问他！"露西被这个问题刺激到，发了疯似的提高嗓门，指向史蒂夫。

"这不能怪我，我只是想带小史蒂夫去中国的澡堂子玩一玩，很多小孩子都在那里，为什么别人去都没事，他去了就染上怪病。"史蒂夫双手一摊，无力地辩解。

事情要从几天前的一个夜晚说起，镇江人历来有"早上皮包水，晚上水包皮"的习惯，"皮包水"，指的是镇江早茶中的汤包带皮多汁；"水包皮"，则是说镇江地处长江和大运河的交界处，冬天湿冷，为了驱寒，一天劳作以后，城里的百姓喜欢到澡堂子泡一泡，驱驱寒气。

史蒂夫在镇江多年，因为家里配备浴缸，并没有尝试过公用浴室，可今年特别冷，即使浴缸里放满了热乎乎的水，还是令他缩手缩脚。谈论到这件事的时候，同为牧师的朋友苏丹向他推荐了位于京畿路、伯先路及宝盖路三岔路口的公共浴室——大兴池。

"大兴池加热洗澡水，不是用锅炉，而是用'地龙'。"常客苏丹兴致勃勃地向史蒂夫科普，"地龙伏在地上，嗤嗤，嗤嗤，就这样响，像传说中的龙一样。"

苏丹一面说，一面摇头摆尾扭动身子，并撅起屁股："热气就从龙屁股上冒出来。"

其实"地龙"是一种特殊的铁锅，铁锅所在的位置叫头池，其下分二池、三池。铁锅之下是炉膛，埋伏多条并列的烟道，这些烟道有一个美称——九条龙。"九条龙"在池底延伸，炉内的热烟被拔入烟囱，在前进过程中将余热传给浴池，连池沿上的大理石也热乎乎的。

"哪怕外面是三九严寒，浴室里也温暖如春，躺在池子里睡一会儿，快活似神仙。"苏丹仿佛正在重温那种美妙的感觉，意犹未尽地对史蒂夫说，"你不打算去尝试一下吗？"

史蒂夫被苏丹说得心痒，当天晚上就行动起来，要去大兴池泡澡。出发时，六岁的小史蒂夫央求父亲带他同去："爹地，我周围的中国朋友冬天都去浴室洗澡，他们都说很好玩，我也想去。"

"不可以，那里很脏。"露西反对。

"妈咪，让我去一次吧，我从来都没有去过澡堂。"小史蒂夫恳求。

"让他去一次吧，下不为例。"史蒂夫看着可怜兮兮的儿子，向妻子说情。

"那里很脏。"露西依旧坚持自己的观点，但是她说完便走开了，她不想自己在这个家里显得那么强势。

父子俩于是兴冲冲地去了大兴池。

这一天，小史蒂夫享受了开水烫脚丫的酸爽、与小伙伴们在一片水汽中嬉笑打闹的欢畅，以及结束的时候，点个小食篮细细品尝的慵懒。

体验很美好，小史蒂夫心满意足地回了家。

第二天，小史蒂夫头上长出一个小疙瘩。

"妈咪，我的头上有点儿痒。"他告诉露西。

"像是一个小囊肿。"露西经过检查，得出这样的结论，"隔几天应该就没事了。"她没有把这件事情放在心上。

隔几天，"囊肿"不但没有好转的迹象，反而开始变大，疯狂地长到半寸长，小史蒂夫感觉身体不舒服，开始断断续续发烧。

史蒂夫夫妇意识到，这玩意儿可能与大兴池之旅有关。

"都怪你，我告诉过你大兴池那种地方很脏！哦，我说错了，整个

大通池

中国都很脏！"露西完全失控，话语尖刻。

"露西，你怎么能这样说话。"史蒂夫理智尚存，见露西当着两位中国邻居的面这样无理，连声致歉，"对不起亦恭，对不起璐瑶。"

"我说的有什么不对吗？这两天仁和医院用盘尼西林压制，晚上还会时不时发烧。医生说了，实在不行，就要对他的头部进行手术，但是手术很容易出现意外。他这么小，我怎么敢拿他去冒险？"露西已经完全失去理智，她开始把地上的东西神经质地往空箱子里塞，并说，"不行，不能这样。我要带他回美国去，对，现在就回美国去！"

仁和医院是 20 世纪 20 年代初一位名叫安·尼·金（Annie King）的美籍女士，遵照丈夫戈德斯巴尔·金（Goldsby King）之遗意，将位于美国阿拉巴马州赛马城（SELMA ALABAMA）的私立医院变卖之款，托美国基督教南长老会拨给驻在中国的分会，在镇江设立的"基督医院"。西洋人生病第一个就会挑这家医院就医，而中国人就鲜少涉足，因为他们负担不起巨额医药费。

在露西看来，这间由美国人创立的、镇江最好的医院若不能治好小史蒂夫，等于宣判了小史蒂夫的死刑，唯有回归她伟大的祖国，才能有一线生机。

金亦恭居家时间少，也不喜串门，对于史蒂夫夫妇最惯常的礼节，不过是见面时点一下头，现在露西言语中满是对中国的歧视，让他憋了一肚子气，他将手一背，准备回家。

"这个时候，别计较了。"暗地里，徐璐瑶敏锐地捉住丈夫的手，小声劝他。

"露西，小史蒂夫烧得这么重，你带他回去，需要经过不少时日的舟车劳顿，这现实吗？"徐璐瑶不像男人那样与露西针尖对麦芒地顶着干，而是温温婉婉说出问题的症结。

露西一心想着美国的医疗技术好，却忘了千里之遥的距离不是长出翅膀就能飞回去的，经徐璐瑶这么一说，觉得什么指望都没有了，绝望之下，一屁股坐到地上，号啕起来："那我该怎么办？我的小史蒂夫该怎么办？"

"老爷、夫人，你们干吗不让金大夫试一试呢，他可是镇江有名的医生呀！"兰兰看不下去，插嘴说。

今天晚上，是她看到男女主人乱成一团，才自作主张告诉张妈，把金亦恭请来的。

听到兰兰的这个建议，史蒂夫和露西震惊了。

金亦恭是一名中国医生，这不只是指金亦恭的中国血统，更是说他的病患对象。史蒂夫作为神的使者来到中国传教，众生平等是他的信条，和蔼可亲是他的形象，他是来救赎这些脏兮兮的黄种人的，自始至终，他还没有考虑过让他们来救赎他。

露西更加头疼了，全世界似乎只有中国人在生病的时候喝那些黑漆漆的古怪液体，并且有些中国人会有意把残渣倒在道路中间，让别人踩过去。面对这些陋习，她已从莫名惊诧到见怪不怪，最终视之为天经地义，那是因为，这一切都与她无关。她做梦也无法想象将这样劣等的东西运用到小史蒂夫身上，这可是她血统高贵的儿子小史蒂夫啊。

两口子暂时放下争执，用眼神商量着兰兰的提议，这是共同生活在一起很久的人才会有的无声的交流。

"瑶……你们的药，给这么小的孩子吃，没有关系吧？"露西明知没有答案，还是做此一问，她勉强做出微笑的样子，尽量礼貌，"会不会引起痢疾之类的？"

说到这里，露西的脸僵住了，其实她不太敢试，想到儿子在外面洗个澡都会引发高烧，吃下去的东西会产生什么严重后果更是难以预测，她装不下去了，她要哭了。

"金大夫看这些病可是一绝呢，我还从没有听说他医谁出过岔子。"兰兰愤愤不平地抢答。

"露西没有怀疑金大夫的意思，她只是担心过度。"史蒂夫转头向妻子说，"是吧露西？"

"是我说错话了，我不该怀疑金大夫的。"露西捂住脸哭起来。她不是真的有信心，她只是别无选择。

史蒂夫也底气全无，踟躇间，他被迫做出决定："我们还是让金大

109

夫试一试吧。"

史蒂夫看向露西，露西又看向徐璐瑶，徐璐瑶再看向金亦恭。

大家最终都只是想听金亦恭的结论。

"小史蒂夫头上的东西，中医里面称为浓癣，是沾染了脏东西导致的。虽然治疗起来比较麻烦，但是绝不会有性命之虞。"金亦恭的话，等于写了保证书。

其实露西将小史蒂夫头顶的包块展示给徐璐瑶看的时候，金亦恭也暗中观察了一下，又听史蒂夫夫妇讲述了事情的经过，他已大致对病状有了判断。

"夫人你听听，金大夫说没事。"兰兰怕露西对中文的理解不够深刻，索性将金亦恭的大段阐述浓缩成两个具有决定性的字告诉露西。说完，她向金亦恭粲然一笑。

在她这样的中国女性心中，金亦恭是医术高超的著名大夫，是年轻英俊的有为青年，虽然有着身份地位等各种悬殊，她还是深为能介绍金大夫为主人的孩子看病，以及近距离地接触到金大夫而感到荣幸。

金亦恭哭也不是笑也不是，他最终想表达的意思是这种浓癣的治疗过程会比较复杂，现在直接被兰兰说成没事。不过，他决定不解释，因为他确实有把握治得好。

"如果你们决定让我治，就把孩子的头发剃光，清水洗净，再在他的头底下垫上没有用的被褥，最后准备一根粗针，用火烤红。"金亦恭说，"我回一趟家，十分钟后来。"

金亦恭虽然并不比史蒂夫夫妇年长，但是长期的行医生涯，让他的身上有一种集专业、理智与冷静于一体的特有气场。这种气场不分种族，露西也能感受到并且很快从中吸取能量而镇定下来，换回女主人的本色。

"我去拿剃刀给他剃头发；史蒂夫，你到储藏室搬一床干净的旧被褥出来；兰，你按照金大夫的要求，找一根缝衣针并烧红它。"露西快速分工，小史蒂夫情况危急，她要争分夺秒。

等徐璐瑶与露西联手将小史蒂夫的头发剃光的时候，金亦恭已经折返。他带来一个木头药箱，一叠干净的黄色牛皮纸和一摞草纸。

露西温和细腻地给小史蒂夫清洗了头部，并没有引起他的任何不适。

金亦恭走过去，再次查看他头上鼓出的包块，并给他搭脉。

金亦恭还是有一点儿紧张的：他第一次给白种人看病，还是个这么小的白种人。这个六岁的孩子，比同龄的中国孩子大出整整一圈，父母的身高所做的贡献固然占据一定比重，但是白种人在中国大地上享受着远远高于土著居民的富足生活，使得他们无论大人小孩都营养充足，这也是重要因素。这种非凡的体格，意味着药物使用剂量上的调整。他最担心的是白种人与黄种人的脉象不同，因为他毕竟没有接触过白种人。现在，他放心了。

成竹在胸的金亦恭向兰兰招招手，于是兰兰将一枚家中能找到的最大号的缝衣针烧得红红的，递到金亦恭的手上。

他按照脑海中已经预先设想好的位置，麻利地刺破小史蒂夫头上鼓出的那一块，挑开一点儿皮，又挑开一点儿，鲜红的血涌了出来，夹杂着带有脏污的黏液，不过由于金亦恭的手速控制得好，小史蒂夫没有疼痛感。

金亦恭啧了声，对脓液流淌的速度和量都不够满意，干脆在带过来的牛皮纸中取了一张，直接按在小史蒂夫的头上摩擦。

粗糙坚硬的牛皮纸接触在孩子稚嫩的头皮上，小小的创口快速成为一大块创面，小史蒂夫的头上和被褥上转瞬全是血，画面可怖。

"疼，呜呜呜……"小史蒂夫在睡梦中哭醒，他想用手挠头，但是金亦恭用手轻轻拍打着他的手，挡住了。小史蒂夫没够到，哭了一会儿，又昏昏睡去。

"天啊！"露西惊恐地看着这一幕，心里有一个又细又尖的声音在叫，足以刺破云霄。

放在仁和医院，哪怕打上一针都得先由护士进行酒精消毒，而这个中国医生，仅用一根破针就在小史蒂夫头上刺开了一个洞。

"露西，你看，小史蒂夫又睡着了，而且是比较舒适的样子，也许他已经不痒了，今夜他和我们都能睡一个好觉。"男人的心灵不像女人那么脆弱，史蒂夫只注意到儿子此刻的面部表情松弛许多。

"你说对了，他虽然在流血，但是已经没有刚才那么难受了。"金亦恭说。他又拿了一些草纸吸附小史蒂夫的脓血，并从药箱里取出一个小小的白瓷瓶，倒出瓶中的黄色粉末，撒在了小史蒂夫的创口上。粉末与血相混合，成了糊状，降低了血液的喷涌速度，最终将出血点堵塞，逐渐凝固。

"你给他涂的是什么粉末？"史蒂夫问。西医里没有这样神秘古怪的东西。

"这是我研制的独家药方，专门针对浓藓类病例。"金亦恭边说边给小史蒂夫做了简单的包扎，"夜里，他就该退烧了。但是过三四天的样子，他头上的包块还会长起来，并且会继续痒，那个时候，你们再找我过来。"

"你的意思，小史蒂夫以后将一直过这样的生活？"史蒂夫误解了金亦恭的话，刚刚燃起的希望全部破灭。

"不是，我是说小史蒂夫痊愈需要一段时间，他的病情会反复发作几次。"

"几次是几次？"露西问。

"这个我说不准，根据浓藓自身的情况，每隔几天，都需要进行相同的操作，所以我才让你们剪掉小史蒂夫的头发，要等浓藓彻底痊愈，头发才会慢慢长回来，但是这一块，永远不会像其他地方那样茂密了。"金亦恭尽量扼要地向夫妻二人说明，"现在，我再开几服清热解毒的药给他配着喝。"

其实他再如何解释，也没有办法让西方人了解传统的中医理论，他没有办法让他们懂，浓藓在中医里属于毒素的堆积，而对付毒素，堵不如疏，所以应该让它尽情发作，直到全部排出，才算彻底治愈。

至于什么时候算是发作完毕，他也不得而知，因为这属于个体差异，有些病患快，有一些不但慢，还会产生其他并发症，只好届时见招拆招吧。

等金亦恭和徐璐瑶疲倦地回到金宅，时已深夜，两口子都睡不着了。

"亦恭，你说小史蒂夫的浓藓真的是在浴室洗澡染上的吗？"徐璐瑶其实也能猜到答案，不过想通过丈夫再证实一次。

"不只是浴室容易染上，很多地方都会。"金亦恭答非所问。

"周围那么多男人、孩子去浴室，也没听说发生这种事啊。"因为镇江没有女浴，徐璐瑶对浴室的了解也是道听途说。

金亦恭苦笑，这大概是一个连马泽仁都回答不清楚的问题，在同样的环境下，有人会沾染某种疾病，而另一些人则免疫，中医理论对此解释为各人的"阴阳失调"程度差别。

"可能是小史蒂夫的生活条件优越，一直长在干净清洁的环境里，受不了脏东西吧。"金亦恭只能说。

"好在许仁没有去过，以后我们也不要让他去了。"徐璐瑶心有余悸。

"你以为大家想去吗，还不是没法子。"金亦恭有感而发，"所谓的皮包水、水包皮，嘴巴上讲起来风雅，实则是为'穷'找了块遮羞布，哪个镇江人像史蒂夫那样有专门的浴缸？"金亦恭说到这里住了嘴，因为金家也是没有浴缸的。

在中国，医生这种中产阶层，纵使忙忙碌碌半辈子，所能达到的生活程度，尚不及一个外国传教士，金亦恭的心里不是滋味。

为了兰兰的请求和邻居的情分，他愿意对小史蒂夫施以援手，可从史蒂夫夫妇的表现来看，他们根本瞧不起自己这位医生。他们仅仅是瞧不起自己这个人吗？当然不是，他们瞧不起的是整个中国。

这对深处安乐窝的白人夫妇并不能认识到，古往今来，在那些幽远偏僻的街巷里，在那些破败衰颓的茅屋下，在人类的耳朵听不到、视力达不到的地方，有多少位黄皮肤、黑头发、衣不遮体、怀抱着病中孩子的焦急母亲，渴望天降一位金亦恭这样的良医而不可得，但是他们，却是这样的怀疑乃至嫌弃。

第十章 初 春

寒假结束，崇实女中在二月开学。

崇实女中是一个教会学校。1858 年《天津条约》的签订，让镇江与牛庄、登州、台南、淡水、潮州、琼州、汉口、九江、南京一起成为通商口岸，陆续到来的西方人开始在中国的土地上创立学校，其中美国的美以美会 1884 年在镇江创办了女塾，学生可寄宿，四年后迁至风车山。

该校面积大，风景好，唯一不足就是地势高，饮水不便。学校遂在山上装了一架三瓣叶子的木质风车拉饮用水，成了迁址后的女塾一道亮丽的风景。1931 年，女塾改称"镇江私立崇实女子中学校"，简称崇实女中。

在近半个世纪的悠远岁月里，崇实女中培育了一大批杰出女性，其中最为著名的就是以《大地》获得诺贝尔奖的赛珍珠。

金绮梅因为被金亦恭责令静思己过，有一段时间未曾出门，日子过得像白开水一样平淡。

直到三月的一天课间。

断断续续的江南春雨初停，湿漉漉的空气里，窗外的茶花树又粗又壮，比教室里的女中学生还要高半个头。午后困倦，课间的金绮梅不高兴，只懒洋洋地托着腮向窗外看：有一只肥硕的母鸡领着两只毛茸茸的小鸡出来散步，微风轻拂，时花芬芳，在满是柔嫩的青草铺就的"地毯"上，母鸡精神抖擞地挥动着翅膀，时不时于草间啄出一只虫子，喂给两个小崽吃。

一位同学朝她叫："金绮梅，有人找！"

金绮梅回了回神："哪里？"

同学往操场的方向一指："那儿！"

远处，在那架名满镇江的风车下，遥遥地站了个人。金绮梅的目力不足以看清其脸庞，只通过衣着隐约判断是个女孩儿。

奇怪，是哪位不速之客来找她呢？

金绮梅飞奔出教室。

崇实的春天这样美，红墙，黑瓦，朱色窗棂，如画的校舍掩映在鸢尾长草之间，美轮美奂的景色都成为少女身影的背景。

近了，金绮梅看到了一个背着手在等候的女孩儿。

"是你找我？"金绮梅问。

"嗯。"女孩掉过头，她看上去比金绮梅还要小几岁，一身花布衣服，一头干净利落的短发轻轻飘在空中，落落大方却也一脸好奇，"你就是金绮梅？你们的学校可真漂亮。"

金绮梅看了看这个女孩子："我好像不认识你。"

"我也是第一次见你。"女孩子白皙的脸蛋上浮出笑容，"我叫陈天乐，是跟着两个哥哥来找你的。"

"两个哥哥？"金绮梅狐疑，她连这个女孩子都不认识，更遑论什么哥哥，何况，还有两个。

"他们在门口等你，跟我来吧。"

崇实谢绝男生进入，金绮梅只能随着陈天乐出校门，门口有一株杏花树，又老又粗，但是每年开的花却极好看。现在，树下站着两个年轻人，他们正在热烈地交谈。金绮梅一眼看到穿着白色线衫、许久不见的王富，他总是那样健康挺拔，眉眼间都是阳光的味道。

金绮梅的心里要唱起歌来，忍不住捂着嘴笑。

与王富站在一块儿的那个，年纪与之不相上下，也穿了一件白色上衣——今年这样的服装在青年中正流行，他长得极英俊，是与王富不一样的那种儒雅的帅气，唯一美中不足的是，他的左眉至右眼下，有一道形状明显的"S"伤疤。

"哥哥们，我把金小姐找来了。"陈天乐冲两个大男孩扮个鬼脸。

"金小姐，我们不请自来，唐突了。"王富笑着对金绮梅说。

金绮梅没有说话，她看到了王富的眼睛，这双又黑又亮的眼睛此刻弯成了月牙，满满的全是自己，她的一颗心怦怦直跳。

"哥哥、王富哥，你们不能进金小姐的学校，真的是太可惜了，她的学校像画儿一样，到处是花花草草，操场上还有一辆风车，跟个大玩具似的，我都看呆了。"陈天乐兴奋得叽叽喳喳。

"这个风车以前真的是用来打水的，近两年有了引水设备，不用了，但是还是把它留在了操场上。"金绮梅礼貌地说。

"真是太漂亮了。还有，你也很漂亮。"冷不丁，陈天乐从夸学校转到夸金绮梅。

"哪里的话。"金绮梅羞得半低了头，心里却开始喜欢这个口无遮拦的小姑娘。

"金小姐，这两位是我的朋友陈天民、陈天乐。"王富正式向金绮梅介绍陈氏兄妹，"他们都是镇江人，快要清明，跟着长辈回来祭祖，同时也回来看一看我。我们刚才在附近玩了一会儿，想到你在这里念书，就一起过来找你。"

因为没有事先约，王富不确定自己是否受金绮梅欢迎，说的每一句话都很小心。金绮梅第一次见到他这样谨慎，腊月里，茅山上，即使他与蒋爱义剑拔弩张，都能气定神闲，从容不迫。

"你好。"陈天民与妹妹一样，也是个自来熟。从外貌上讲，他秀气耐看又不张扬，眉毛眼睛鼻子都很柔和，跟王富热气腾腾的气质大不同，只有大户人家的小公子才会孕育出这种含蓄内敛的气质。

"你好。"金绮梅落落大方。

"金小姐，我哥哥待会儿想去伯先公园，王富哥告了半天的假跟我们一起去，你愿意和我们同行吗?"陈天乐想到什么就直接问。

商会的工作纷繁复杂，会长陆小波常常整月都不得休息，更不要说王富这种级别的办事人员，其辛苦程度可想而知，半天休息已是弥足珍贵。

"我去!"金绮梅冲口而出。

下一节是音乐课，敞亮的阶梯教室里，美丽的密斯刘会绾着高高的金黄色发髻叮叮咚咚弹奏象牙白钢琴，与大家一起歌唱《欢乐颂》。

而在私底下，她是金家的邻居刘璐。她的儿子小史蒂夫前些时候受到感染得了病，幸好金亦恭出手救治才得以痊愈。金绮梅相信她不会把自己的缺课放在心上。

沿着五十三坡往南走，有一条马路叫南马路，后来，改叫伯先路，因为在这条路上建立了伯先公园。

公园占地一百二十亩，依云台山而造，古树参差，松柏苍翠，公园主体建成后，又增加了"五卅"演讲厅等设施。

如此工程，只为纪念一人——黄花岗起义总指挥赵声。

赵声，1881年3月10日生，字百先，号伯先，镇江人。1909年10月，担任广州起义总指挥，并制订具体计划。1911年3月29日率部赶往广州参加起义，因购买不到船票未遂，5月18日，怀着壮志未酬的悲愤溘然长逝，年仅三十岁。

陈氏兄妹一前一后，神情庄严地往公园中央的广场走，在那里，铜制赵声像高高矗立在汉白玉基座上，他腰间垂一柄长剑，右脚踏一块顽石，双手紧握望远镜，双目遥望远方，似随时观察敌之异动。

赵声像背后约百米处，有一整池太湖石。池为人工挖掘，石乃人工搬运，池水的高低全凭雨水的涨落，遥看如一张升降自若的太师椅，坐北朝南，造就了民俗中上上等的风水。

这样的布置，代表了镇江人民为英雄寻一处好归所的质朴心愿。

陈氏兄妹停留在铜像前，一声不响，久久无言。

夕阳之下，苍天为幕，铜像被淡淡余晖所晕染，宛若镀了一层金的赵声真身，栩栩如生。若不是基座下有柳诒徵题写的"赵公伯先之像"六个字，真会让人怀疑下一秒就能听到赵声的呼吸。

金绮梅从没有发现，这座铜像竟是如此有血有肉。

此刻的陈天乐，一脸肃穆，完全不似方才那个言笑晏晏、无忧无虑的小女生。

再看陈天民，温润如玉的脸上浮现出爱憎分明的表情，产生了一种让人无法忽视的冷峻，仿佛长出了棱角，有什么重大的责任需要他去担负。

　　金绮梅无法洞悉这尊铜像与陈天民之间的关系，她未曾对一个物体产生过类似的情愫。

　　"天民的父亲——我叫他陈伯伯，早年是同盟会的一员，跟着孙中山先生闹革命，参加过黄花岗起义。"王富悄悄告诉金绮梅，"可是最终，七十二名革命志士全部牺牲。陈伯伯心灰意冷，褪下军装，成了一名商人……"

　　"你说得不全对。"陈天民更正，"我们陈家并没有放弃革命事业，因为还有我。"

　　陈天民的手攥成了拳头："我会继承父亲的事业，哪怕我死，也没有关系，反正我们陈家有弟兄三个，不会绝种！"

　　金绮梅愣一愣，她还没有听过哪个年轻人这样诅咒自己。

　　陈天民越说越激动，他对着赵声像，向天而誓："赵伯伯，请你相信我，虽然你没有看到，但是中国不会永远这个样子，总有一天会见到光明的！"

　　他的脸上那道"S"形的伤疤，随着他激昂的言论变幻着形状，似一只受伤的折翼蝶，拼了命地震颤翅膀，做生命的最后一搏，其状诡秘。

　　金绮梅想象不出是什么样的祸事在这张英俊的脸孔上留下如此的伤口，更古怪的是，这个人说话总是要死要活，像随时见不到明天的太阳，一股不祥的预感涌上心头。

　　天色渐暗，陈天民依旧伫立原地，对着铜像自语，好像要将今生所有的感情倾诉给赵声听。

　　鸟儿的嘈杂声渐渐稀疏，泥土的潮湿气味越发浓重，草木萋萋，光线昏暗，陈天民的白色衬衫逐渐失去了耀目的辨识度，最终只有一个轮廓。满池错落有致的嶙峋怪石，不再有艺术的美感，而是化为或高或矮、棱角分明的影子，恍如一只只潜伏于四周的兽，静静地等待天空最后一丝温存徐徐落幕，届时，它们将露出或狼或虎青面獠牙的真实面目。

陈天民的身影如孩童般单薄，无助地对抗着将至的暮色。一切都在往暗沉的方向发展，且终究要归于完全的黑暗。中华大地如临大敌，当眼睛再也看不清前方寸土之地，出路在哪里？

金绮梅心中猛地一痛，这种痛无关肉体，而是契合于此情此景之下中国之现状，唯有生长在这片土地上的人才能感知。

"天民，咱们总是要走的。"王富走到陈天民身后，拍了拍他的肩，低声劝道。

陈天民也知道是时候离开了，却像极了依依惜别的情人，总要缠绵到最后一刻。

终于，他下了最大的决心，抬起脚，朝着铜像吼了一声："走了！"头也不回地抢到最前面，生怕多停留一秒，就会改变心意。

一句寻常的道别语，被他喊出了死生契阔的意味。

走出伯先公园，门口多了一个烧饼摊，黑色的炭火烧得正旺，几枚红色的星星点点，时不时从铁炉口迸出来，数块烧饼壁虎似的贴牢内壁，有圆形的、椭圆形的，制造者用形状来区分它们不同的内馅。这些烧饼在铁炉内慢慢膨胀、丰满，不多时就可以出炉。

一个俏生生的年轻人，手持一把火钳，守着炉子，时刻准备将烤熟的烧饼夹到外口，吹两下春风，不冷不烫，卖给路人，刚好入口。这个年轻人正是李平镜。

距上次见面已经隔了两个多月的时间，李平镜穿的还是同一件衣服。这也正常，穷人家为了节省开支，冬天的棉衣常常只做个内胆，外面罩上宽松的罩衫，春秋两季，卸下内胆，罩衫又当外衣穿。故而一年中有三个季节，都能看到同一件衣服穿在身上。

人还是这个人，衣服还是这件衣服，今天的李平镜却不是那天在慈仁堂时灰头土脸的模样。他神采奕奕，喜气洋洋，跟之前判若两人。

"王富哥哥好，带了朋友来公园玩？"李平镜看到王富，热情地打起招呼。

“是啊，有两位朋友从外地过来……”

“哟，这不是金小姐吗？”他记忆力绝佳，之前仅仅在慈仁堂见过金绮梅一次，就记下了这是金亦恭的妹妹，分分钟认出了她。

金绮梅被识破身份，脸绯红。

“金小姐喜欢什么味的？我看很多学生都拿的蜜糖味的，给您挑几个？”李平镜的嘴巴与他的蜜糖烧饼一样甜。

“我不饿。”金绮梅说。

其实走了一大圈，她的肚子早就咕咕叫了，只是今早出门的时候没带什么钱，现在囊中羞涩，请不起这么多人，又不能吃独食，才这样推托。

“别跟我客气，我给你挑几个好的。”说时迟那时快，李平镜熟练地将火钳伸到炉膛，先夹出六个圆的，又夹出六个椭圆的，架在炉子上吹了吹，分装到四个油纸包里，塞到金绮梅的手上，“小心烫。”

“我不要，我不要！”金绮梅连连推辞。

“拿着拿着，我呀，一直没找着机会谢谢金大夫和王富哥，这烧饼我请，不用付钱。”

说者无意，听者有心。金绮梅误以为李平镜知晓她买不起才出此言，更不好意思拿。

“拿着吧，没事。”王富向金绮梅颔首，示意可以收下。金绮梅这才乐颠颠地抱了过来，满鼻子的芝麻香气。

“小李，谢啦！”王富说。

“别客气王富哥，谢谢你才是真的。多亏了你跟金大夫，我娘的眼睛可大好了。这日子啊，什么烦恼都没有，就等着过几个月，媳妇儿给我添个大胖小子，嘿嘿，我李平镜这辈子也算有滋有味了。”李平镜沉浸在对未来的幻想里，乐得合不拢嘴。

金绮梅懂了，是心中孕育的希望让他变得与原来不一样。她仿佛看到了下一个春天，天高地阔，白云蓝天，李平镜的母亲双目清澈，逗弄着新生的孙儿，一切欣欣向荣。

“到时候，可别忘了请我喝杯喜酒！”王富也被李平镜勾勒的美景

120

感动，由衷分享着他的喜悦。

"一定，一定，喜蛋给你准备双份，也祝你早生贵子。"李平镜边笑边偷眼看金绮梅。

"这个——好像太早了点儿。"面对李平镜出人意料又莫名其妙的祝福语言，王富这个老实人直挠头。

"哈哈哈哈。"陈天民的眼泪都要笑出来了，"王富还没女朋友呢，怎么生子啊？"

陈天乐也是笑得肚子疼。

"怪我嘴笨，我没上过学，不会说吉利话，王富哥你别往心里去。"李平镜眼角一个劲儿往金绮梅身上瞟，似在挖掘她与王富的真实关系。

金绮梅从耳朵到脖子都奇热无比，这辈子也没有这么窘过，恨不得找个地缝钻进去。

陈氏兄妹看到这个情景，更加肆意大笑。

金绮梅怀抱着一堆烧饼，逃开了。

三月的风是这样轻，又是这样软，虽然生在这个时代的青年，在历史的宿命下，已被残忍地注定没有享受安逸的权利，却无妨他们在这滔滔岁月中、可忽略不计的片刻时间里拥有短暂的欢愉。

这一霎，在这个古老的城市，在这几个年轻人之间所发生的事情，有关青春、欢乐、友谊、爱情，或许并不足以被记录于史册，却永恒地记载在这个春天里。

看金绮梅在前面跑，王富本能地想追，却被陈天民一把拦住："追什么追，跑不掉的！"一语双关，满是得意。

王富急得不行，怎奈陈天民并不放过他："说说，你刚从句容到镇江，怎么就这么吃得开，既认识了貌美的金小姐，又让一个烧饼郎如此感念？"

"都是一些巧合和举手之劳的事情，有什么好说的。"王富急急地说。

起了闲心的陈天民却没那么好打发："那你得传授我走遍天下都能有运气、有朋友的秘诀……"

金绮梅跑了一身汗，停在前路等。王富赶过来，从她手上拿下两块烧饼，递给陈氏兄妹。

陈天乐一口咬开："真甜，真香。"

"太多了，我们根本吃不掉。"金绮梅说。

"王富，我们把烧饼分给你同事吧。"陈天民提议。

王富说是在银行工作，但银行算商会的一部分，陆小波又青睐他，故商会特意腾出一间屋子给他做宿舍。陈天民提议去商会，既是想看看他的办公场所，也是想参观一下他的居住环境。

"别去了，大家都下班了。"王富推阻。

商会在伯先公园北面几十米处，中央银行镇江支行则在一、二层办公楼，此时清晰可见亮着灯。

陈天民指着那灯，一脸不悦："明明有人，却推三阻四，你做了什么见不得人的事瞒着我们？"

"嘻嘻，让我猜猜……肯定是王富哥有关系较好的漂亮女同事，所以不想让金小姐去看。"陈天乐坏笑。

"天乐！这种事别胡说！"王富脸有愠色。

"既然没有，就带我们去！"陈天乐无休无止。

王富被陈天乐这个杀手锏逼得唇干口燥。他悄悄看向金绮梅，金绮梅微低着头，像是根本就没有听到他们在说什么。王富心里却很明白，如果今天他不能自证清白，以后他将永远失去她的信任。

"行，我带你们去！"王富准备赌一赌运气。

金绮梅抬起头来，眼睛里有星星在闪动。

中央银行的对外窗口在一楼，朝着沿街喧嚣的马路，现在这个窗口已经停止营业。而二楼的工作区还在忙碌着。这个区门朝内开，工作人员一旦进入，无法擅自通向外界，有利于安心工作。

三人在王富的带领下，沿着算不得宽敞的木质楼梯咯吱咯吱到达二楼，不少职员还在加班。有几个人陆续和王富打招呼，王富把烧饼分发给他们。

"都是事情没有做完自觉留下来的。"王富说，"陆会长勤勉，下面的人都不敢疏懒。"

王富又带三人去自己的办公室，他的办公室在二楼左首第三间，是一个两人间，没什么摆设，除了最基本的桌椅、台灯、文房四宝，都是算盘和厚厚的账本。

"看来工作很认真啊，不错，不错。"陈天民连连夸奖。

陈天乐满是新奇，左摸摸，右看看。

金绮梅最为拘谨，这是她第一次参观除哥哥以外的男子的工作场所。

同屋的同事已经下班，王富让陈氏兄妹和金绮梅在这里稍作休息。

"我去给你们烧壶开水。"他说。

"王富哥，你回来得正好，这几笔账目好像有点儿问题，帮我看看成吗？"一位姑娘抱着一叠厚厚的账本走进来，差点儿与王富撞个满怀。

姑娘个子不高，声音软糯，身穿蓝布褂子配黑色长裙，脚下一双黑色布鞋，都是银行女职员的统一装扮。不过她在头发的收梢处用蓝色绸布扎了一个蝴蝶结，看上去有那么一点点与众不同。

从这个姑娘出现的那一刻起，金绮梅就以一种羡慕的眼光看着她，这是一种还没有踏足社会的女孩子，对比自己稍大且又优秀的女孩儿特别容易产生的感情，银行的女职员本来就少，这身衣服穿在身上又有一股干净利落的职业化的美，金绮梅梦想着自己有一天也能穿上这样的职业装。

姑娘原是来找王富的，待她看清屋子里的人，就失了魂儿似的立在原地，半晌，才嗫嚅着嘴唇："天民、天乐……"

"英儿，你在这里上班？"陈天民的惊诧之情溢于言表。

"英儿姐姐。"陈天乐也很意外，喊了姑娘一声，随即低垂了头。

"英儿，你还没回去啊。"王富最不愿意发生的一幕还是发生了，硬着头皮救场，"天民在练习中受了伤，目前在疗养期，借着假回来祭祖。"

"伤在哪儿？"英儿说着走近陈天民就要看。

"不碍事。"陈天民闪躲。

"你的脸！"英儿一眼看见陈天民脸上的疤痕，下意识地伸手就要去摸，但是在半空中顿住，悻悻地收回。

"不碍事，已经好得差不多了。"陈天民故做洒脱状，继而，有意无意地补充上一句，"明天就能归队了。"

"明天……就走？"英儿的声音微微发抖。

"嗯，明儿一早。"

"哦。"沉寂良久，两人惜字如金的对话以英儿一声轻轻的"哦"结束。

她随即挤出一丝勉强的笑，对陈氏兄妹说："天民，我不影响你休息了。天乐，我先走了。"

说罢转身离去，手上还抱着她的账本。

金绮梅感觉她是哭着走的，像这种能进银行做事的女孩子，一定能干且自尊心强，即使哭，也会先找个清僻的地方，把门关起来哭。

她越走越远，终于消失，屋子里一片寂然。

令金绮梅费解的是，刚才一直态度冷淡的陈天民，眼中满是沉沉的绝望，好像整个世界都随着英儿去了。

"难怪你不肯让我们来这里。"陈天民朝王富苦涩地笑了笑，"你用心良苦，我不识好歹。"

王富不答，只说："其实我也不懂，你们曾经那么相爱，为什么忽然拒她于千里？"

四年前，王富还在茅山当道士的时候，就与陈天民结成好友。后来，陈天民考入杭州笕桥空军军官学校，两人只在假期才得见面。每次，陈天民都会带上女伴——镇江的王英英。英英与王富同姓，嘴巴甜声音软，唤王富为"王富哥"，久而久之，王富也与陈天民一样叫王英英"英儿"。

陈天民家是做丝绸生意的，王英英的父亲则是银行高管，两人可谓珠联璧合，门当户对。陈天民虽没挑明，但从两人形影不离的关系中，王富已认定王英英为陈天民的女朋友，他甚至揣测，双方家长也应默许了他们的关系。

变故发生在一年前。

陈天民军校毕业，被分到南昌的空军教导大队任职，后又几经辗转，回到南京。不过不管他如何调动，与王富的书信联系从未间断，却与英儿渐行渐远。

有一天，英儿哭着找到王富说："王富哥，天民已经跟我彻底断了联系。"

"怎么会这样？"王富大惊失色。

王英英只是哭，她也说不清楚。

为了王英英的托付，王富与陈天民通信时数次问及，陈天民一次都不回应。演变到最后，王英英成了王富与陈天民之间不再触碰的秘密。

本来，对于陈天民和王英英的情变，王富可以置身事外，但问题是，在他进入银行后，王英英也来了，两人成为同事，而王英英的父亲并不在此间银行任职。这一点，很可能是王英英有意为之，目的是向王富打探到有关陈天民的消息。

今天，王富害怕两人撞上引起尴尬，才不肯带陈天民一行到银行，没想到，该来的还是来了。

"我们相隔异地，诸多不便，不如早点儿了断。"陈天民简短的回答听上去更像搪塞。

"你明知她不在乎这些。"王富深恶这种官腔，"我不瞎，这些年，你有情她有义，本是天造地设的一对，但是自从你当了军官，态度就完全转变。"

"王富哥，你误会了，哥哥不是这样的人。"陈天乐辩白。

"天乐，这儿没你的事。"陈天民阻拦妹妹的发言，他的脸上换上一副自嘲的神色，"闹了半天，原来我在你心中是这样的势利小人！"

"难道不是吗？"尽管这样的反问很伤人，王富还是不假思索脱口而出。

"也许是吧。"陈天民好像想说什么，却又放弃了，最终木然地回答。此刻，他的灵魂似已脱离了身躯，飘浮在天空之中，怜悯地看着这个世界，包括这个世界里的自己。他无法参与到尘世的凡俗，只有这样不生不死地活着。

"哥哥，你为什么不能对王富哥说实话？"陈天乐为哥哥憋屈。

"天民，天乐这话是什么意思？"王富问。

"小孩子乱说，哪能当真。"陈天民遮掩道，狠命瞪了陈天乐一眼。

陈天乐更伤心了："哥哥，你为什么不能告诉王富哥，你第一次上天就负了伤，是怕英儿姐姐守寡，才狠心断了联系？"

"天民，天乐说的都是真的？"王富没想到陈天乐说出的是这样的真相。

王富的办公室里，一根针掉在地上都能听得见。

躲不过去了。

沉默很久，陈天民洒下几滴男儿泪，道出这样一段真相："我远离英儿，是因为我不能为了一己之私而耽误她。"

众人无言。

"你们以为的空军是什么样的？"陈天民继续说，他看着王富，看着金绮梅，看着自己的妹妹陈天乐，他像是在"看"他们，其实并没有真正在看他们。他的眼睛透过他们的身体，固定在某一个遥远的地方，他的声音渐趋激动，"曾几何时，我以为，空军就是一身帅气的戎装、在天空翱翔的好本事，和以一当十的英雄气概。我相信，你们对空军的认识与我一样。但是当我冲上云霄的时候，我才知道我错了。"

陈天民指了指自己的左眉处那个"S"形的疤痕："我第一次与日本人作战，机翼就被敌机击中起火，我紧急迫降，飞机撞在大树上，我的眼睛前面全是血，什么也看不见，身体疼得失去知觉。我以为我就这样死了，结果没有，我断了四根肋骨，脸上留下一道疤痕，还是活了下来。而那天与我一同上天的战友，死了三个。那时候我才真正懂得，作为一名空军，我们的身体、飞机，或早或晚，都会与敌人同归于尽！"

"真的会有战争？"金绮梅不安地问。

"一定会有，不远了。"陈天民肯定地回答，"一旦战争打响，没有一个空军飞行员能活过六个月。难道我让英儿这么年轻就做寡妇？"

没有人说话。

王富一直以为，导致陈天民和王英英分道扬镳的最根本原因是陈天民地位的提升，为此，两人虽继续交好，却产生了一丝隔阂。而今王富才领会自己的狭隘和浅薄，陈天民决绝，是想用短暂的恨意换取英儿新感情的起航。

"天民，对不起，是我以小人之心度君子之腹，错怪你了。"王富握住陈天民的手，他的手很冷。

"没关系，这件事情，我请求你为我保密，我宁可她一直恨我。"陈天民笑了笑，无尽的凄然。

"英儿……请忘了我。"金绮梅仿佛听到陈天民发自肺腑的告白。

金绮梅此番才醒悟，陈天民的眼睛一直看着的方向，是刚才英儿的背影消失的方向。

金绮梅无限唏嘘，在这一天里，她认识了两个陈天民：一个是意气风发、慷慨激昂的陈天民；一个是颓废萧索、伤心失落的陈天民。其中哪一个是真正的陈天民？

西津渡有一戏台，名曰唱津。从小到大，金绮梅不知在那里看过多少戏，戏里的故事，生生死死，悲欢离合，一出又一出，从无穷尽。她自以为听惯了人间百味，时至今日，她方才领悟，真实的生活更让人肝肠寸断。

经过这一番折腾，众人兴致阑珊，烧饼散落在王富的办公桌上，大家决议先送金绮梅回家。

"轰、轰、轰"。

走在路上，一阵阵闷雷声传进耳朵。

"什么时节，都开始打雷了。"金绮梅朝天上看。

王富和陈天乐也往天上看。

"这不是雷声，是飞机。"陈天民不抬头。

诚然，借着灯光，凭着目力，几架飞机出现在黑黑的云端，呼啸着拉出长长的线，继续向别处飞去。

"真要开打了？"王富问。

"暂时还没有，这是南京空军在演练。"陈天民见怪不怪，"不过镇江也不会稳定很长时间，你们从现在开始，需要熟悉附近防空洞的位置。"

"镇江是省会，也会有危险？"金绮梅并不轻信。

"岂止是危险，若中日开战，从战略上讲，镇江必要先于南京被牺牲。"陈天民肯定地说。

"我不相信，国家牺牲省会，那镇江的百姓怎生着落？"金绮梅辩驳。

"金小姐，国家国家，有国才有家，国都保不住的时候，谁去管百姓的死活？"陈天民反唇相讥。

"可保护民众是政府的义务。"金绮梅不甘心，"不战而降，谁敢背负此等骂名？"

"我可没说不战而降，我只是恐怕金小姐没有听过且战且退。"陈天民揶揄，"象征性地防守之后，就能火速撤离。"

"你……"金绮梅气得鼓起嘴巴。陈天民的话似无道理，可细细思量，又并非全无道理。"你既已洞察事势，为何还要参军？"从大局的认知上远不及陈天民的金绮梅，依旧想扳回一局。

"我是为民而战，不是为官而战，哪怕寸地尺土，我与我的同伴们，也会以血肉相撑持。"陈天民慨然作答。

这一席话让金绮梅心惊，一则为了陈天民的孤胆忠勇；二则，金绮梅始终不愿意相信在不久的将来，中国要与日本兵戎相见。

不知怎么，她又联想到在伯先公园时，陈天民那孤独的背影和暗沉沉的太湖石，一股不祥的预感笼上心头，一场噩梦正缓缓开启序幕。

"天民，你在前线，要多保重。"王富搂了搂陈天民的肩膀。

"嗯。"陈天民用力点头。

这是陈天民留给金绮梅最后的影像。

这一天，金绮梅感慨的事情实在是太多了。少年时，通俗小说里那些男女之间卿卿我我的情节总让她发笑，她觉得肉麻虚假，因为她从未涉足过爱情。今天，蒙蔽心灵的一层窗户纸那样被点破，她了解了古往今来的女子愿得一心人、朝暮以相守的期寄。她恨时间走得慢，无法看穿一辈子，如果可以，她急切地想勘破，自己这一辈子，竟能与谁共白头？

而新认识的朋友陈天民，则以实际行动教育了她，人生，除了小儿女简单的情爱，还有更大的家国。为了维护这一个宏大又抽象的概念，无数的陈天民倾其所有却甘之如饴，他们都是近在身边、可歌可泣的英雄。

次年春天，4月29日，日本天皇的生日。

当天下午，数十架日军战机闯入武汉上空，他们企图以一场胜仗为天皇祝寿献礼。

中国空军火速迎战，已有数次作战经验的陈天民驾驶着苏式 E-16 战斗机，再次划破长空，冲上云霄。

击落一架敌机之后，陈天民被五架敌机包围并扫射，生死关头，他放弃了跳伞求生的机会，断然掉转机头，冲向战斗力高其数倍的 96 式舰载机，做了生命的最后一战——与日本有"红武士"之称的王牌飞行员高桥宪一同归于尽。

"轰隆"一声巨响，天空迸出一团惊天动地的火球，二十二岁的青春韶华从此定格，年轻的战士陈天民，永远涅槃于九霄长空之上。

烈士躯体的灰烬所洒落的街道，于新中国成立后被命名为陈天民路。

陈天民往生后，陈天乐到他的军营收拾遗物，发现哥哥早已写下了一段近似遗言的日记：打仗就有牺牲，如果我牺牲了，切望父母节哀，也希望，家中兄弟姐妹继续参军，直到把日本侵略者赶出中国！

陈天乐如梦初醒，哥哥早已做好了以身殉国的准备。

自此，她更名为陈难。

那位陈天民一直想让她好好生活下去的女孩王英英，得知他去世的消息，伤心过度，精神失常，最终蹈江自尽，到另一个世界追寻自己的爱人。

这就是 1937 年，一个生长在镇江的中国空军所有的故事。

在破碎的山河中，在复兴中华的严酷使命下，苟且、偷安这样的词句，不属于有民族责任感的新青年。先国后家的高度与格局，让成长在这个时期的男女，失去了正常的爱与生活的权利。为了国家、民族的独立，他们无怨无悔地浇筑以青春和热血，万死不辞。这份深情，唯有历史的笔砚能够永记！

第十一章　战　前

一场又一场雨水浇灌在江南肥沃的土地上，崇实女中的茶树更粗更壮了。

窗外，眼看着满树的花苞慢慢长大、绽放，烂漫如晚霞的花朵将茶树密密裹住，最终凋谢入泥土，春天就此散去。

7月7日，日本人在卢沟桥发动进攻，意图侵占华北，全面侵华战争开始。

7月20日，江苏省会镇江组成各界抗敌后援会，设防务、慰劳、情报、交通、救济五个委员会。8月15日，戒严司令部成立，辖镇江、句容、溧水、丹阳、高淳等县。16日，日本侵略飞机首次袭击镇江，形势一片混乱。

秋天里，迎来新的学期，但是每个学生都心领神会——这将是校园生活最后的岁月。

周末，张妈跟左邻右舍的下人聊完天后回到金宅，一脸沉重："天要变了，天要变了。"

"说什么呢？"金绮梅正在看书，张妈的唉声叹气钻进她的耳朵。

"小姐，你不晓得，最近不太平。我听人讲，宝盖山的凹树上吊死了一个小老板，就连留过洋的黄埔军官也在伯先公园自杀了。"张妈半捂着嘴，声音低低地讲与金绮梅听，好像高一点儿就会惊动那些怨气难平的亡魂。

"这两件事《江声日报》上早就刊登过了，那个小老板因为欠了巨债，看到经济不景气没希望还了，就自杀了；而那个军官，他之前参加

131

过黄花岗起义，个性极端，要以死明志唤醒民众……其实还有一个男的，都绝食几天了……"

"童言无忌，童言无忌。"张妈急得捂住金绮梅的嘴巴，"你怎么能随意谈论已逝之人呢？"

"这不是我谈的，是报纸的编辑说的，群众斗志衰靡，必须振作精神应对危机，渡过中华前所未有之难关。"金绮梅翻出前几天的报纸，将评论读给张妈听。

"我不识字，这些文绉绉的东西我也看不懂。但是我晓得回镇江十一年，没见过的离奇事今年全赶上了。这跟古代鱼肚子里长布条、野狐狸说人话有什么不一样？所以肯定的，天要变了。"张妈执拗地坚持自己的观点，"就我说的，天要变了，日本人就是老早的倭寇，杀人不眨眼的，咱们被他们逮住，都得凌迟！"

说完，径自去忙午饭了。

凌迟。

大清早亡了，这种悠久的词汇却因张妈之流的老人家留存下来，金绮梅简直想笑，终于还是没有笑出来。因为她的脑海里出其不意地蹦出一个想法来：如镇江果真失守，日本人会怎么对待这里的百姓？毕竟，依照陈天民的说法，镇江沦陷是早晚的事。

金绮梅生生地打了一个激灵。

"一个人坐着发什么呆呢？"一个人走到金绮梅跟前问。

"吓死我了，你个鬼，怎么走路都没有声音的？"金绮梅从椅子上跳起来。

"是你想什么想得入神，没有听到吧。"来人笑答。

作为崇实女中的宣传队队长，也作为蒋德珍唯一的女儿，除去一副漂亮面孔，蒋爱珍风风火火的个性与说干就干的决断与男人相似。金绮梅常想，这个世界上，有胆小怕事如张妈的，也有天不怕地不怕、不知畏惧为何物的，就如眼前这个人。

许多商会人士都在背后议论，若不是女儿身，蒋爱仁亡故后，蒋爱珍才是德珍诊所最合适的接班人。

现在，她穿一套蓝色中山装，着一双土黄色皮鞋，头发剪得短短的，既飒爽又前卫。

"难得一个休息天，一早跑到我家里来。"金绮梅看蒋爱珍满头细汗，随手将桌上的果盘递给她，果盘里剩着几颗葡萄，是初秋大自然给予人类的恩赐。

"什么时候把头发剪这么短？"金绮梅问。

"刚刚。"蒋爱珍也不客气，端着盘子，一屁股坐到金绮梅的闺床上吃起来，"这头发方便。"

蒋爱珍吃了几颗，又说："我跟镇江中学、镇江师范等几个学校的宣传队队长一起商议过了，在各自校宣传队的基础上成立镇江青年救亡宣传队。"

"就现在的时局，能上多久的学都是未知数，成立那么多宣传队有何意义？"金绮梅认为蒋爱珍所做徒劳。

蒋爱珍吐出葡萄皮，跳起来抗议："没意义？这么具有里程碑的事情怎么会没意义？你别以为我们宣传队只在嘴上嚷嚷，光说不练。我们可商量好了，所有队员都要渡江北上，一路宣传革命。"

"北上？终点是哪儿？"

"延安。"蒋爱珍满脸神往。

延安。

这个词儿在年轻的学生间正流行，但是仅限于放放嘴炮，真枪实弹去的人，还真没有。

"去延安，你不念书了？"

"你刚还说现在的局势能上多久的学都是未知数，我们怎么能再傻坐在校园里等死？"蒋爱珍反唇相讥。

金绮梅不作声。

"国家已处在生死存亡之关头，日本人很快就要打过来了，眼下恰是最需要我们的时候。"蒋爱珍向来激进，说出口号一样的誓言，"我们要走出去，唤醒民众！"

这话似曾相识，是谁发表过这样振聋发聩的言论呢？谁？

是陈天民，他与蒋爱珍，不着边的两个人，对未来趋势之认识如此一致——日本人就要打过来了。

见金绮梅愣了半天，蒋爱珍讪讪地笑了："你别这样看我。我不会以宣传为借口放弃学习的，我准备了张仲实的《政治经济学》、艾思奇的《大众哲学》，其余的队员也每人各带两本书，我们边走边学习，边学习边宣传。"她误认为金绮梅是寻思她放弃了学业。

"我没有不相信你，只是你刚才说的话，让我想起一个人。"

"哦？谁与我这样志同道合？"

"是一位朋友。"金绮梅说，"如果他能活着，我一定介绍你们认识。"

"不谈这些了。"蒋爱珍心中搁着事，不愿意再扯远，"我来，是想请你帮我一个忙。"

"我能帮上什么忙？"金绮梅茫然。

"听说你与陆小波手下的王富交好……"

"你听谁胡说，没有的事。"蒋爱珍还没有说完，金绮梅已竭力否认。少女心事似海底砂砾，又细又小，她可从没有在蒋爱珍以及班级任何一个同学面前提过王富这个名字，想不通这样的风声缘何而来。

"我哥说的。"蒋爱珍并不隐瞒，"我哥整天打你的主意，求了我爹多少次，让他到你家提亲。他说爹再不去，你就要跟陆小波手下的王富好上了。"

"真会造谣！"金绮梅又羞又恼。

"别气。"蒋爱珍看金绮梅面色不善，凑上前去讨好，"你知道我爹回我哥什么？"

"什么？"金绮梅白了蒋爱珍一眼，气归气，她还是很想知道蒋德珍会怎么回答他的宝贝儿子。

"我爹说，就你，也不撒泡尿照照自己的样子，别去祸害金姑娘啦。"蒋爱珍说完，滚在金绮梅床上笑成一团。

金绮梅板着脸，硬憋着不好意思笑，但气已经消了大半。

她不能理解蒋爱义与蒋爱珍的兄妹感情。在金绮梅看来，蒋家不单

134

单是蒋爱义，连蒋爱珍也是活宝一个。在金绮梅的世界里，哥哥的事情等同于自己的事情，哥哥的梦想就是自己的梦想，如果哥哥喜欢一名女子，她一定会全力以赴帮助他。但是到蒋爱珍这里，哥哥蒋爱义只是一份茶余饭后的谈资，她乐于把哥哥的洋相分享给别人。

这令她想到很久以前，在中华园，蒋爱义冷漠淡然地与自己谈论起蒋爱仁之死。

她不是蒋爱珍这样的妹妹，好在她也没有糟糕如蒋爱义那样的哥哥。

"王富这个人，我只能算认识。"金绮梅措辞谨慎，竭力撇清亲密关系。

"认识就足够了！这次总算从我哥嘴里得到了点儿有用的消息。"蒋爱珍喜形于色，"现在，经镇江渡江去扬州的大船只有两艘——'新镇江号'和'普济号'。我们打听到，这两艘船都是扬子轮船公司抵押给商会会长陆小波的，主要运送前线下来的伤兵和苏沪经镇江的难民，目前的实际负责人为王富。如果正常排队的话，人那么多，一时半会儿根本上不去，而按照计划，我们宣传队下午就必须起程，能不能走，全靠你了！"

"这么急？外面兵荒马乱，有没有人与你同行？"金绮梅牵挂蒋爱珍的安危，小儿女之事暂且告一段落。

"当然有！"蒋爱珍自豪地昂一昂头，"宣传队共十八个人，连我在内，有七个女生，准备今明两天分四批出发，最终在扬州集合。"

"蒋伯伯知道这件事吗？"

"你说呢？队里的人都是背着家长的。现在治安差，夜间出行多有不便，再加上我家那种大铁门，碰一下能把全家人惊醒。"蒋爱珍鄙视金绮梅的问话不动脑子，又说，"这事就交给你了，下午两点，我们直接在江边码头广玉兰树那里集合，你带我们去找王富。"

交代完毕，她风一样刮走了。

被突如其来地委以重任，金绮梅心烦意乱。中午吃饭的时候，她夹了一筷子菜，却不往嘴里塞，碗里的汤已经满了，还在用勺子舀。

135

"绮梅，你怎么了?"徐璐瑶看着奇奇怪怪的小姑子，感觉哪里不对劲。

"我猜，是蒋家小姐来跟小姐说了什么。"张妈拿勺子给许仁喂了一小口饭。

通常，金亦恭不回家吃午饭，中午只有金绮梅、徐璐瑶、张妈和许仁。这个月，徐璐瑶又有了身孕，反应强烈，人更消瘦了，为了让她多休息，照顾许仁的任务就落到张妈身上。

"爱珍来过吗?"徐璐瑶问。

"来过了，是我开的门，少奶奶您正睡着，就没给您问好。"张妈答。又说:"这蒋家小姐也真是，头发短得像个假小子，要咱们小姐打扮成这样，我可不答应。"

"唔。"徐璐瑶若有所思。

徐家与蒋家本就有点儿亲戚关系，蒋爱珍与金绮梅又是同学，礼节上随意点儿也是说得过去的。

"我没胃口，腰又酸，得去躺一会儿。绮梅，外面乱，你不要随便出门。"徐璐瑶随便扒了两口饭就不愿意再吃，回房了。

金绮梅不自觉地抿紧了嘴唇。

熬到张妈带着许仁午休，金绮梅才悄悄地出了金宅，小跑着往江边码头去，码头那里有一排广玉兰，是女中同学平时在这一片玩儿的时候惯常的集合地。

码头上人头攒动，比集市还热闹。人群中有很大一部分是伤兵，他们三五成群，面容憔悴，黄色的军装上汗水与血水混合成古怪的斑迹。有人缺了胳膊，有人缺了腿，只在前线做了简单的包扎处理，就又要往安全的地方转移，但是相较于倒在前线的战友，他们已经侥幸地捡回来一条命。

伤兵以外，还有准备逃往江北的大批难民，他们拖儿带女，一个紧着一个，一个挨着一个，前呼后唤，如影随形，就怕不小心落下了谁。

金绮梅竭尽全力才挤到广玉兰树下，蒋爱珍和另外五个学生正在等她，除了蒋爱珍，只有一个女生，他们每人都带了行李箱。

"你总算来了，可把我给急死了。"蒋爱珍终于等到了大救星。与上午不同，她换了一套黑色的男式西装西裤，乍一看，无疑是个俊俏的小伙儿。

"难怪你一早把头发剪那么短！"金绮梅顿开茅塞，蒋爱珍是在有意淡化性别，为长期出远门做准备。

"你小点儿声。"蒋爱珍赶紧说，"别让人家认出我来。"

金绮梅闭紧嘴巴。

蒋爱珍是德珍诊所的小姐，镇江人熟识蒋德珍的人太多太多，万一有人向他报信，蒋爱珍休想成行。

"我们刚才找人问了，最近的一班船，大概半个小时以后会到。"蒋爱珍告诉金绮梅，随即又指着渡口方向，"你看，那个人是不是王富？"

"排好了，不要挤，待会儿从你开始上船，对，就是你，从你开始，一船八百号人，上不去的等下一班！"远远地，金绮梅魂牵梦萦的人正站在至高处，对着无尽的长龙指挥。

王富较几个月前瘦黑了很多，眼周发青，嗓子也嘶哑无力，身上的白色衬衫千褶百皱，像主人一样的疲惫，唯独那一头独特的卷发，倔强地保持着一以贯之的造型。看上去，他已经很久没有休息好，或者根本没有休息。

这是自金绮梅认识王富以来见到的最邋遢的他，也是自认识他以来见到的最光彩照人的他：人之爱人，爱会显得单一而渺小；人之爱众人，爱就变得博大且深远。在金绮梅看来，世间纵有千千万万的男子，谁也不能敌现在的王富之万一。

她与他上一次见面还是春天，那时的一切都那么平静、祥和，记忆犹新，几个月过去，却已是天上人间！

金绮梅向蒋爱珍点头，确认了王富的身份。

"这么多的人，要按顺序排队的话，排到明天也轮不到我们，你想办法问问他，还有没有别的办法能让我们几个上去。"蒋爱珍贴着金绮梅的耳朵说。这样的要求，俗称"走后门"，周围都是急等着上船的，

137

可不能让人听到。

金绮梅没说话，倒不是她不想说，而是她紧张得说不出话来。这些日子，她时不时想起王富，想着什么时候能够再与他相见，遗憾的是从那次不请自来的惊喜之后，他就从她的世界消失了。再见竟是此情此景，她一下子无所适从。

"绮梅姐，靠你了。"蒋爱珍身边的女学生忽然对金绮梅说，同时在后面轻轻地推了她一把，因为蒋爱珍已经在这帮宣传队员面前夸下了海口，说金绮梅一定能办成这件事。

没有退路。

金绮梅简直是用尽了平生的力气，才能够迈开脚步，朝王富所在的方向走去。

"年轻人，你行行好，等一下船来了，让我们一家子上去吧，我们已经在这里等了一天了。"一位老奶奶拄着拐杖凑到王富身边，苦苦哀求，看她颤巍巍的样子，随时会栽倒在地。

"大娘，那是您的儿子媳妇吧？他们旁边站的是您的两位孙女？"王富精确地指向人群中的某个地方。

随着他手指的方向，一男一女垂下了头。原来，这家人之前已经求过王富，遭到王富拒绝，便换了家中的长者上演苦肉计。

可叹王富的记忆力无与伦比！

"您再耐心等等。"王富对老奶奶说，"回去告诉您的家人，我一定会让这里所有的人都安全离开，请你们相信我，我发誓，我会是最后一个离开的。"

"我会是最后一个离开的。"这句话轻飘飘地落入金绮梅的耳朵，她的心莫名地颤动了一下。

"王富……哥。"穿越重重人障，金绮梅这才来到王富身边，仿佛经历了许久的时空。

王富迷糊了好一会儿，才肯定眼前站着的人的的确确是金绮梅。

这几个月，战事纷乱，身为商会会长的陆小波又兼任了红十字会的会长一职，这项工作的内容之一就是从商会斡旋筹款，再到红十字会分

鸠洪辰 5/7

派救助平民，忙得终日不得休息。王富作为他的手下，自然得鼎力相助，而最近，"新镇江号"和"普济号"的整体调度事宜也压到他的身上，让他更如陀螺一般旋转不停。金家虽说离商会不远，奈何分身乏术，天涯咫尺，再没有同金绮梅见过面。

"金小姐，你怎么来了？"王富惊喜的同时也意识到，金绮梅不该出现在这里。

"我想请你帮个忙。"金绮梅既害羞又害怕，声音低得像蚊子在叫。

"你说。"

"我有几个朋友……"金绮梅向左右望了望，"要渡江。"最后这三个字，是靠着嘴型"讲"出来的。

"你也要走？"王富很激动。

"不是我，我不走。"金绮梅轻轻说。

王富吃下一颗定心丸。

渡江这个要求，对他来说不难，就冲这要求是金绮梅提的，他也想一口答应下来。但是身边等待渡江的百姓千千万万，一次微小的徇私，就可能让整个工作陷入混乱。

"船来了！船来了！"在王富想着该怎样处理金绮梅的渡江请求时，有人欢呼了起来。

"呜——呜——"伴随着阵阵浓烟，一艘银灰色的巨轮缓缓朝码头驶来，船体锃亮，像上阵杀敌前擦拭得闪亮亮的战士铠甲，船身印着两个大字——普济。

"普济号"是 1924 年由镇江茂昌机器厂、李恒记船厂联合建造的一条钢质蒸汽机客船。该船长 31.39 米，宽 6.41 米，耗资 19.44 万元，开江苏省造船界首例。

静止等待的人群很快变成汹涌的人潮，像流沙一样往前淌，身在其中的人，不管是自觉还是不自觉，都被挟带着拥向船的方向。

"排队，排队！"王富朝人群嘶吼。

前进的队伍已如失控的庞然大物，哪里有人听。

金绮梅从没见过如此阵势，脸都变色了，王富赶紧把她拉到自己身后。

"砰、砰、砰！"凌空三声枪响，尖厉的声音刺痛所有人的耳膜，两名荷枪实弹的警察出现。

"安静，听从指挥！"其中一个警察朝人群命令，"排队！排队！"

受到武器的威慑，人群终于安静了下来，王富紧绷的神经这才放松了一点儿。

八一三以后，渡河人数激增，商会光靠他和几个同人苦苦维持场面，已越来越困难。昨日他向陆小波汇报此事，希望陆小波出面协调警察局派员襄助，没想到在这个节骨眼上赶到了，陆小波办事效率之高，让人震撼。

终于得以喘息，王富这才同身后的金绮梅讲："金小姐，你看，这趟船的人已经排满，只怕连一根针都插不进去。"

即使王富不说，光看这形势，金绮梅也断定这趟船是挤不上去的。在"普济号"的跳板放置到岸上的那一刻，排队的人群就如开了闸的水蜂拥而至，嘈杂声此起彼伏，携带的行李掉落，孩子找不到父母，腿脚迟缓的长者跟不上趟，不一而足。"普济号"的设计承载量为一百一十六座，但实际情况是船上只要有空地可以站人就绝不浪费，短短十来分钟的时间，船的吃水线已经没入江面，保守估计已装载了六七百人。

"船已超载，不能再上了！"工作人员费尽九牛二虎之力拦住拼命往船上挤的人，并急速将跳板撤走。

那些没上得了船的开始唏嘘、抱怨乃至哭泣，但都无济于事，他们发泄完情绪，仍旧只得等下一班。

初秋时节，太阳不似夏天那般毒辣，但是站久了，仍会炫目。在这片嘈杂中待了会儿，金绮梅已是头眼发晕，她不能想象王富是如何坚守的。

"那……下一趟呢？"待船起航，人群重新安静下来，金绮梅再一次凑到王富面前小声问，虽说她也晓得这样的要求不近情理，但是蒋爱珍他们宣传队的人还在等她，她必须尽力。

"下一趟船是'新镇江号'，比'普济号'小，陆主席为了避免穷人上不了船，一律取消船票，只靠排队次序先后上船。这两艘船每一次都严重超载，还是不够用，所以我不能违反规则。"王富看着金绮梅说。

他的眼睛那样黑、那样深，让金绮梅呼吸困难。

"哦。"金绮梅轻轻哦了一声，眉眼是掩不住的失望。

"几个人？"王富忽然问。

"都没法走了，还问这个干什么。"金绮梅噘了噘嘴，小声咕哝一句，但还是回答了，"六个。"

王富听后，撇下金绮梅，走到一个同事那儿，交流了几句，又回来了。

"跟我走。"他说。

"到哪里？"

"带你去找一个人。"

绕过浩浩荡荡的人群，沿着漫长无尽的江流，曲曲折折之后，王富带着金绮梅来到一座又低又矮的江边小屋。

"老余！"王富冲屋里喊。

没人答应。

"老余！"王富几步走到小屋前，结实的手掌将窗户拍得咣嘟响。

"别喊了。"一个五十岁上下、身上连筋骨都长着肉的半老头子颠颠儿地走出来，"今儿没鱼，江面上动静太大，回吧！"说完，又颠颠儿地往住处折。

他的衣服很旧，扣子都扣歪了，估摸是在睡梦中被王富吵醒的。隔着数丈，金绮梅也能闻到他身上挟着的一股子腥味，那是属于临江渔民特有的味道。

"给我回来！"王富不客气地喊他，"今天不买鱼，我要用一下你的船。"

"用船？"老余的眼睛看向金绮梅，然后摇头，"我的渔船又破又脏，不合适载这位小姐。"

"不是她。"王富很直接，"是有另外的朋友要过江，现在大船那儿全是人，只能来找你想办法。"

"你自己管着两艘大船，动动手指就能办的事，来求我这个小渔船想办法。"老余朝王富吹胡子瞪眼睛。

"朋友的忙得帮，陆主席的规矩又不能坏，思来想去，还是老余你最神通。"王富赔笑。

老余不为所动，一脸瞧不上的样子。

"走一趟，我包三天的鱼。"王富诱之以利。

"你一个小光棍，火都不开，还来糟蹋我的鱼。"老余口硬心软，听王富说到这个分儿上，也实在没办法推托了，这就往江边去做准备。

唇枪舌剑之下，是两人惺惺相惜的不菲交情。

"几个人？"老余忽然问金绮梅。

这个问题与王富方才问的一样。

"六个。"

"把人带过来，你们在这儿等。"余伯看也不看王富，径自走了，好像他并没有卖这个人面子。

王富疲惫地笑了，说："我们去叫你的朋友过来吧。"

至此，金绮梅方领会王富不是不帮她，而是换了个法子帮她，至于追问人数，则是出于控制小船在可乘坐范围内的需要。

金绮梅匆忙带着王富去广玉兰树那儿。

"爱珍，我来介绍一下，这位是……"

"王富，这次渡江运动的总管！"金绮梅未及说完，蒋爱珍已主动伸手与王富相握，激动得满脸通红。

从大批人员渡江伊始，王富这个名字就与这场逃亡紧密相联，他的公正与无私在年轻学生间传为美谈，蒋爱珍更是视其为偶像。今天他与金绮梅同来，她猜也猜得到不会有第二人。

"这位小姐太抬举我了，我只是陆主席手下一做事的，日常工作而已，实在谈不上'运动'。"王富为自己正名。

"学生中都在传颂您，说您不偏不倚，从不走后门，我这才找了绮梅……"蒋爱珍一时口快。

"爱珍！"金绮梅娇羞地喝止。

"又是你们两个，茅山上就鬼鬼祟祟，我早就看出来你们有一腿……"冷不丁，蒋爱义从人群中钻出来，劈头盖脸对着王富与金绮梅骂。

因为之前在茅山与王富较量过，蒋爱义不再率先动手吃明亏，故而只打嘴炮。

"哥，你怎么过来乱搅和？"蒋爱珍见蒋爱义出言无状，很是愤怒。

"哎——我说你个胳膊肘向外拐的丫头，她、她、她……"蒋爱义用手指着金绮梅，气得都结巴了，"她可是将来要做你嫂子的人啊！"

"你是有癔症？"金绮梅气得浑身发抖，"三番五次说这种话！"

"哥，你还是换个地方逛吧。"蒋爱珍眼看两人就要吵起来，想到自己是背着家里出来的，若闹得太大，自己就走不成了，转而对蒋爱义好语相劝，一心想着赶紧把他打发走。

"臭丫头，你少卖乖，也不看看谁来了？"蒋爱义一股狠劲，回头高喊，"爹，找到了，爱珍在这里！"

这一喊让蒋爱珍脸色惨白。

那一头，家佣老陈搀着拄着拐杖的蒋德珍，"奔"到蒋爱珍面前，可怜蒋德珍的身上还穿着粗布家居服。

同来的还有张妈，她看着金绮梅，眼睛瞪得老大。

"小姐，你怎么这么糊涂？"张妈话里带着哭音，仿佛在控诉，"我把你拉扯这么大，你怎么能干出这种无情无义的事情来？幸亏少奶奶机警，说你一定有事瞒着我们，让我跟着你……"

原来徐璐瑶早已注意到异动。

"张妈，不是我，我只是帮助爱珍……"金绮梅试图辩解。

"这也不对，蒋小姐让你帮的这个忙帮不得，你应该第一时间告诉你蒋伯伯。"张妈抢白道。她的小姐是一个不成熟的小孩子，她永远都不会认同金绮梅是一个有独立思想和自主意识的成年人。

"张妈，这事怪不上绮梅。"蒋德珍终于站稳，制止了张妈对金绮梅的数落，"要怪就怪爱珍，非但不知天高地厚，还要把乖巧的绮梅拉下水。"

蒋德珍并没有多喜欢金绮梅，他这样说，不过是为了不伤金、蒋两家的和气。

"爱珍啊，你要到哪里去？要去做什么？你就这样丢下我和你娘了吗？"蒋德珍拄着拐杖走近女儿，老泪纵横。

蒋德珍未及甲子，早几年身体一直很好，可自从蒋爱仁去世，他急剧衰老，身体每况愈下，头发胡子全白了不说，最近发展到不借助外力无法独立行走的地步，那是缺失了一块的灵魂在肉体上的反映。

父亲的衰老，蒋爱珍看在眼里，难过在心里。但这并不意味着她甘愿放弃她渴求的革命事业，毕竟，她满怀憧憬地规划了它，她设想过，若她有朝一日为理想而牺牲，也许会成为镇江的女英雄，被人们所纪念。

正是有着这样的思想准备，她仿照那些被传颂的烈士，写了一封感人肺腑的家书，内容大致是感谢父母的养育之恩，离去后不要想念云云，相当于遗言。

只是这一切勇气，都是在背着父亲和母亲的时候才会展现的，现在，情况不同了。

"爱仁不孝，让我们白发人送黑发人；爱义……爱礼还小，你走了，这个家怎么办？"蒋德珍见女儿似还犹豫着要走，急得用拐杖在地上敲了又敲。

"爹，恕我不孝。"蒋爱珍泣涕涟涟，她不想妥协，一旦回头，就会一辈子与理想绝缘。

去年，蒋爱仁的过早离开给了蒋德珍新的人生启迪，对他来说，余生只要不再起什么波折，已是最大的幸福。不承想，安稳日子没过上几天，蒋爱珍又要去"革命"。

"唉。"好半天，蒋德珍才缓了口气，慢慢拾掇起心情，凝固住眼泪，长长地叹息一声，无力地挥了挥手，"既然你心意已决，家里也关不住你，去吧。"

就算有千万个不情愿，他决定尊重女儿的选择。

毕竟是留过学的知识分子，若是普通的镇江父母，大概就直接把蒋爱珍拖回去关起来了。王富钦佩地看着这个老人。

"谢谢爹！"蒋爱珍硬起心肠，准备离开。

"老爷，什么时候了，您怎么还能随着小姐呢？"老陈看到蒋德珍这种挽留"手段"，急得跳脚，"小姐，你可千万不能走。太太看到你留的信，已经晕了过去，万一醒过来看不到你，那……那……"老陈语塞。

"娘晕倒了，要紧不？"蒋爱珍以为自己已经做了充足的思想准备，没想到，一听说母亲出了状况，一颗坚定的革命之心软了下来。

"我不知道。"蒋德珍摇摇头。在看到蒋爱珍留的信后，蒋夫人即刻晕倒，而他顾不上许多，将妻子交给用人照看后就争分夺秒来寻女儿了。当然，凭他的经验，妻子应是暂时性的晕厥，并无大碍。这一点，他现在可不会对蒋爱珍说。

"小姐，你还是赶紧回去吧，你要真的走了，太太的半条命也没了。"老陈乘机进言。

"蒋小姐，恕我仗着年纪大多个嘴，你们这些孩子可不该这么任性，什么都不管一走了之，自己是舒坦了，家里人该怎么办？"张妈及时添油加醋，话中的"你们"，语带双关。

"爹、娘，我对不起你们！"经老陈和张妈这么一敲一搭，蒋爱珍心理防线崩溃，到底还是半大的人，也不会控制情绪，当场掩面大哭。

蒋爱珍哭了半天才止住，拿袖口胡乱擦了擦眼泪鼻涕，朝父亲蒋德珍用力点点头，说："我回去。"接着，又朝宣传队的队员们致歉，"对不起大家了，我很惭愧，不能遵照事前的约定跟你们一同走，我要回家了。"

还没出发就有人打退堂鼓，队员们没料到会上演这一出，你看看我，我看看你，乱了方寸。

"绮梅，能不能继续请王富哥帮帮忙，让他们过江？"整件事情因自己而起，蒋爱珍不愿意因家事而耽误宣传队的行程。

"这……"金绮梅见主要人物准备撤场，自己也不知这个忙该不该继续帮。

"小姐，你该回家了。"张妈言语冰冷，她很少用这样的态度跟金绮梅说话。现在，她的观点代表了徐璐瑶的观点，金绮梅根本不应该参与到这件事情当中。

"金小姐，你回去吧，这里有我，我保证将他们顺利送到对岸。"王富看出金绮梅的难处，用沙哑的声音向她保证，他的声音并不悦耳，对金绮梅来说，却是这个世界上最美好、最可信赖的承诺。

"孩子，我们回家吧。"蒋德珍看到事情得到回旋，非常高兴，将爱女紧紧搂在怀中。

"爹，这样就算啦？"蒋爱义没想草草收场。

"你想怎么样？"蒋德珍怒目而对。

"好歹罚一罚吧。"蒋爱义愤愤不平，他是临出门溜达的时候听说父亲要来码头截妹妹，自告奋勇跟过来的，原以为第一个找到蒋爱珍，立了"头功"，能够得到一番犒赏，没想到，蒋德珍还是没用正眼看他。

"这儿没你的事。"蒋德珍凶他，"少给我丢人现眼。"

蒋爱义灰溜溜地走了。他平时在家受多了父亲的轻视，千辛万苦找到一个表现的机会来讨父亲欢心，想着没准蒋德珍一个高兴，答应他去金家提亲的请求。没想到忙活半天，是竹篮打水一场空。

王富守约，将剩余的五位学生运送到对岸，第二天，宣传队另外的十二人也如约相聚于扬州，总共一十七人。他们以革命圣地为终点，沿路宣传抗日救国的道理，不幸的是，最终在途中全部献出了宝贵的生命。

第十二章 灾 难

金亦恭靠在藤椅上闭目养神。

最近的日子是一笔糊涂账。精诚医馆的生意下滑得厉害，穷人越来越多，有病也只能干熬着。有时候，金亦恭在医馆里一坐半天，他觉得不应该这样，应该去做点儿什么，却怎么也想不透该做的是什么。他很累。

而让他更累的是金绮梅的失控。

他十三岁丧父离开扬州的家，后又拜师离开镇江的家，年少的经历让他寡言沉默，让他对"家"这一概念有着异乎寻常的偏执。他很早就埋下心愿：要庇护家人，不要再让他们经历任何苦难分离。

对于妹妹金绮梅，他的终极目标就是在力所能及的范围内，让她接受最好的教育，嫁给最好的男人，一生无忧。

母亲过世后，他自然而然承担起亦兄亦父的角色，好在金绮梅虽然顽皮，但大是大非上能分得清，没出过什么乱子。所以，当镇江街头大量涌现游行学生，他们的父母坐卧难安之时，金亦恭稳如泰山，他自负地认为，金绮梅一定会把握分寸，不可能参与其中。

没想到，下午在精诚医馆接到消息，金绮梅帮助蒋家小姐渡江失败，与他们同被发现的，还有几个年轻学生。

金亦恭几乎是跟跟跄跄奔回来的。

他是真的害怕，在得到消息的那一刻，他的脑子里闪过一百种可能：若今天，金绮梅一时脑热，与那帮不懂事的孩子一同走掉，他该怎么办……

不能想，不能想。

"哥，今天回来这么早？"金绮梅看到等候在家的金亦恭，自然明白缘由，凑上去没话找话。

金亦恭闭着双眼，像没有听到。

金绮梅畏缩地看了看徐璐瑶。

"绮梅，这次我站在你哥这边。"徐璐瑶严肃地与金绮梅对视。

自徐璐瑶嫁入金家，因与金绮梅年岁相仿，又怜惜她父母早逝，从来没有拿出"长嫂如母"的态度对待这个小姑子，金绮梅的小小任性，她也尽量帮着遮掩。但是今天，她立场坚定，似在斥责金绮梅的所作所为与她和金亦恭多年的苦心经营相悖。

张妈的脸更是绷了一路："今天真险，要是晚一点儿，蒋家小姐就要在小姐的帮助下远走高飞了，到时候，少爷可怎么在蒋老爷面前抬起头来？"她每一句话都很不客气。

金绮梅知道，全家上下对她行为的评判只有一个字——错。

"哥，对不起。"金绮梅说。这一刻，她面对面地看着金亦恭，心里很不好受，年轻英俊的哥哥不但在气质上比同龄人老，头上还冒出了不少白头发。

嘀嘀、嗒嗒。

西洋钟的走动声盘踞在家中，除此而外的世界，一片静谧，金亦恭缓缓睁开双目。

"绮梅，回房休息会儿吧，要开饭了。"金亦恭语气温和。

一句责备也没有。

顿时，金绮梅的眼泪啪啦啪啦掉下来。哥哥怎么会这样呢？若金亦恭狠狠地骂她、责罚她，她反而会舒坦一点儿，现在，她难过得要命。

"姑姑，你哭？"成人的世界与满地乱跑的小许仁不相干，他体会不到空气中的反常，看到金绮梅哭，他过来牵她的手，抬头咧嘴冲她傻笑，他正在长牙，口水沿着嘴角流出来。

"砰!"一片乌黑的碎瓦从房梁上掉下来，落在小许仁的面前。

"哇!"小许仁吓得哇哇大叫，"害怕！"

金绮梅手疾眼快，一把搂他进怀："姑姑在。"

"许仁，怎么了？"徐璐瑶拖着孕身，往儿子身边走。

"嗡……"

一阵怪响由远及近钻进耳朵，金绮梅头发晕，耳朵发闷，正想着是不是下午吹多了江风，"呜——"警报声四起。

"快，快，躲到柴房去。"金亦恭高声命令一家老小，柴房在金家最为低矮简陋，万一发生坍塌砸到人，也自然最轻。

全家向柴房逃亡，然而没迈几步，"轰"一声巨响，有什么东西掉落在附近，引出平地惊雷，震得人头昏眼黑，金宅开始地动山摇，紧接着，"哗啦啦"疾雨般，无数屋瓦掉落，是佛堂的一角塌陷。

"呜——呜——呜——"警报声又一次拉响，久久不歇。

这一天，日本人正式空袭镇江城区。

陈天民预言成真！

警报响了几轮，方才解除，世界灰天灰地。

"哥、嫂，我要出门。"尘埃落定，金绮梅掸掸衣服这样说。

"不许！"金亦恭吼住金绮梅。

徐璐瑶拦到金绮梅面前："绮梅，已是大乱，不能任性！"

"嫂子，我看一眼王富就回。"金绮梅很执着。

刚刚，警报声响，她搂着小许仁的时候，心已飞向了江边：飞机投掷炸弹，毫无遮挡的露天目标简直是活靶子，这一轮轰炸下来，王富还活着吗？

"可是万一再来一轮轰炸怎么办？"徐璐瑶着急地说，"你会有危险的。"

"只要能看到他最后一眼，我宁可跟他一起死！"金绮梅坚定极了。

金亦恭冷眼旁观，放在往常，他这一家之主会通过强制的方式阻止金绮梅出门，然而今天，幸亏是徐璐瑶警觉，又有母亲在天之灵护佑，金绮梅才平安无事地回了家，他怎敢造次，只得耐着性子："我不拦着你见王富，不过不着急这一天，等局势好点儿……"

用的是缓兵之计。

"哥，你真可笑。日本人已经打到家门口了，局势还会好吗？我们，在镇江的每一个人，随时会死，趁还活着，去做该做的事吧。"金绮梅说着就准备夺门而出，却又折回，"哥，我觉得，你也别待在家里了，现在正是出去救死扶伤的时候。"

"出去，救死扶伤？"金亦恭听了金绮梅的言论，愣怔当场。

"师父，您医术这么好，为什么不去北平或上海，偏要留在这儿？"金亦恭发泄似的拽下一大把茂盛的车前子，天气很好，它们在五月里疯长，仿佛总也摘不完。

"轻点儿，轻点儿。"马泽仁带着笑，"你这么个拔法，它们都没空和生养的土地告别。"

"师父真会玩笑，车前子还会想那么多有的没的。"金亦恭气呼呼地将车前子扔进竹篓，愤愤之情溢于言表。

"可不得想想，去处不一样，前途大不同：要是待在咱江阴的小药店，它也就比菜价贵了那么一丁点儿，要是进了大城市的药房，拿带着金字的红纸扎起来，身价指不定翻十倍。"

"卖多贵还不都是药材。"金亦恭脱口而出。

"哦，说的也是。"马泽仁做出若有所悟的样子，反问，"那我们做医生的跟药材又有什么不同？"

昨天，上海的同人途经江阴，登门造访，于一番不经意的家常中透露了诊金的标准，马泽仁听后从容淡定，不以为意，金亦恭却心痒难耐。他按捺不住心中的悸动，恨不能立刻跟去上海，狠狠地挣上一票。

表面上看，这是身为少年人的金亦恭对高收入的单纯向往，也属平常。而在马泽仁则是不能容忍的原则性问题。医者，若不能将病患的性命与疾苦放在金钱与权势之前，则不配成为医者，更不配是他马泽仁的徒弟。

所以，他才会在大清早，以锻炼兼采药的名义将这位爱徒从热被窝里拉到山上。

"师父……"金亦恭听懂了马泽仁的弦外之音，惭愧不已。

"亦恭，你知不知道我为什么挑你做我的关门弟子？"马泽仁语重情深地看着金亦恭问。

"我……不知道。"金亦恭答，"其实这么多年，我也不知道为什么我会这么幸运。"金亦恭说的都是实话，这个问题也困扰了他多年。

"那我今天告诉你。因为你恰好符合我的两点要求：有文化、能吃苦。"马泽仁坦然告知。

"师父，我入门的时候才十三岁，您都看出我有文化了？"金亦恭说着，自己都笑了起来。

"你这是没懂我的话。"马泽仁一摆手，"中医深邃，大字不识、空怀一腔热情之人，是没有办法领悟其精髓的。你上过私塾，认识不少字，能读懂书中的道理，这就是有文化了。"

"这个意思。"金亦恭点头称是，"可您又常说我少耐性、欠磨砺，应该是指我不能吃苦啊。"

"你这小子。"马泽仁爱怜地在金亦恭头上拍了一记，"为师说两句，还记仇了。"

"不敢不敢。"金亦恭一副唯唯诺诺的样子。

马泽仁知他这副德行是装出来的，也懒得计较："背《百草图》的五天里，统共也没睡到几个时辰吧？"

"师父明鉴，趴桌上都能睡着，吃饭也没工夫。"金亦恭的陈述虽略夸张，但实际情况也大差不差。

"这点，富有家庭的小公子是做不到的。"马泽仁脸上无半点儿玩笑之色，娓娓说道，"家庭的变故，对你个人而言是不幸的，但是对一名医者来说，未尝不是好事。只有经历了苦难，才能懂得苦难，才会帮助那些苦难的人。争名逐利乃是医生大忌，以一己之力挽救尽可能多的人，才是一名医生的真正荣耀！"

马泽仁看着金亦恭，眼眸中跳动的星子诉说着他对他的欣赏，他在告诉他，他相信他，相信一个金亦恭都不曾了解的自己。

金亦恭慌乱地低下了头："师父……我、我没有您想的那么好。"

他想告诉马泽仁，有关医生的那些高洁而纯粹的志向，他其实是没有的。他来江阴，只是为了学会一项技能，为了回镇江以后，能够给予母亲和妹妹更好的生活。

"我知道，我都知道。"马泽仁笑盈盈地说，"可是我相信你，我相信终有一天，你会不计较名誉、地位，甚至于生命，只为了成为一名好医生。就像我最终选择留在江阴一样。"

那一天，马泽仁对金亦恭说了很多，多到他记不住，每念及此，他总是说不出的愧疚。他想，到底师父的感情是错付了，他这一生，只是为了几两碎银而蝇营狗苟，配不上那么厚重的期冀。

而现在，他忽然觉得，不管他曾经怎么看轻自己，医生这个称呼，在不知不觉间、在数年草木药材之香的浸淫下，已经成为融入他血液、渗入他骨髓的符号。他爱家，家却不该是局限的，镇江又何尝不是家？金绮梅说得对，往后的岁月里，在这个家里的所有人，都不可能再过太平日子了，那么，他何不主动走出去，为这个衰破不堪的"家"做点儿什么？这不正是他一直以来，苦苦思索而不得其解的问题的答案吗？

一直以来的困惑迎刃而解，他顿时不那么憋闷了，对，走出去，走到需要的地方，仅此而已，这就是他该做的事情。他被自己的醒悟所感动，热泪盈眶。

"绮梅，你长大了。"电光石火之间，金亦恭想通了所有的事情。

"哥，你放我走了吗？"金绮梅欣喜若狂。

"不。"

"哥，你关不住我的，如果你用强，我就砸窗子、烧屋子……"金绮梅眼眸一沉，她误会了金亦恭。

"你等我一下。"金亦恭说，"我去拿药箱，我要与你一起出门！"

"哥！"金绮梅喜极而泣。

"亦恭，你别去。"徐璐瑶不明白丈夫的心思为何转换得这么快。

"少爷，少奶奶还怀有身孕，小姐这样做已经够她受的了，你怎么也跟着胡闹。"张妈使出了杀手锏。

而这些都不奏效。

"不要担心，警报已经解除。"金亦恭柔声宽慰徐璐瑶，"救人是医

153

生的天职，我总不能在这个节骨眼上还不如一个学生。"

言毕，朝金绮梅瞟了一眼，兄妹二人相视一笑，并肩而去。

徐璐瑶自知拦也拦不住，只得双手合十，默默祷告："娘，您在天有灵，千万保佑亦恭和绮梅周全！"

待得兄妹二人走出去，就知道西津渡并不是炸弹坠落的中心，只有一些不牢固的简易建筑受到震荡而损坏，没有人员伤亡。

但那些被正巧击中的地方，就没有那么走运了。当兄妹二人走到五十三坡下的大华饭店时，听到了阵阵哭喊声。

大华饭店是江苏省最高档的招待所，建成于 1930 年，国民政府的官员要人经常出入此处。

此时，饭店已被夷为平地，因事发突然，里面的人员来不及疏散，被尽数压在横梁和瓦砾下面，鲜血染红了土地。

金绮梅和金亦恭快步赶上去。

这场爆炸炸死了好几个人，运气好的尚能留个全尸，运气不好的被砸得稀巴烂，五官都不能分辨。不知哪个女人的一条腿被炸飞，挂到饭店旁的树丫上，腿上还穿着眼下流行的丝袜，血沿着腿的根部一滴滴落下来。

身边时不时跑来一些死者的家属，哭着喊着疯了一样刨挖家人的尸体。而这些被压的人，别说金亦恭，扁鹊再世也救不回命。

这样的画面，只要心是肉做的人都看不下去。

金绮梅既恶心又胆怯，抑制不了，张口吐了起来。

"背一边去，别看。"金亦恭用手遮住她的眼睛，他到底是医生，对伤者死者的接受度要强于金绮梅，但这样的惨状也是第一次见，只觉得胃部翻腾。

"出门时还好好的，怎么就成了这个样子啊？"一位蓬头垢面的妇女对着一具刚挖出来的尸体号啕大哭，忽然，声音哽住了，她伤心过度，背过气去。

"邢家婶子！"妇女一晕，周围拥上来几个熟识的人，有的揉她太阳穴，有的掐她的人中，妇女仍不见苏醒。

"让一让。"金亦恭看不得他们胡乱折腾，拨开众人。

"金大夫，您可赶巧来了。"大家看到金亦恭在，纷纷退开，金亦恭也不言语，从木头药箱里取出清凉醒脑的药物。

"金大夫，金大夫，那边有人被碎瓦砸伤头，一直流血，您正好在这儿，快去看一看。"金亦恭还没有腾出手给倒在地上的邢家婶子用药，一个穿黄衫的跑过来，慌慌忙忙地喊他。

"这个瓶子放她鼻下嗅一段时间，转醒了再喂几口水。"金亦恭只好转手将药瓶给了周围的人。

"哥，你先忙，我去渡口看看。"金绮梅见金亦恭一时半会儿脱不开身，到底不放心王富，准备先走。

金亦恭也不回头，反手朝金绮梅挥了挥。

于是金绮梅拼命朝渡口跑。

敌机掠后的江畔，江水拍打到岸边时翻腾起来的噗噗声清晰可闻，等待的人群比任何时候都井然有序。很幸运，炸弹并没有在这一片爆炸。他们一团一团簇拥在一起，从天而降的灾难让他们意识到团结的重要性，这种聚集能够减轻他们心理上的恐慌。

没有人再因为上船的先后顺序而争执，即使每一个人都盼望早点儿，他们不敢发出太大的声音，唯恐过度的声响会引起日本人的注意，把炸弹投下来。

如果把此时的场景定格为一幅长卷，那么这幅巨作，无疑是史诗级的。作品上的每一条生命不过都是模糊了面容的一个个小小黑点，声音、图像皆为虚妄，不论他们的身份高低，唯一所求，不过是苟延残喘地存活下去而已。

王富如一尊雕像，屹立在原来的岗位上。黑点虽小如尘埃，对于爱着他们的人来说，却重于泰山。

"王富哥。"金绮梅欢喜地揉揉眼睛。

"金小姐，怎么刚去又回？"王富问话的同时，转过弯来。还用问吗？当然是为了他而来。

"我……来看看。"金绮梅微低了头，她的眼角晶莹。江风袭来，乌黑的头发在她脖子间顽皮跳跃，如黑夜白昼那样分明，"我来看看，有没有什么帮得上忙的。"

王富不敢多看金绮梅那一片雪白的肌肤，别过脸朝江中心看："再过一刻钟，'新镇江号'就要到了，现在船少人多，每趟必超载，原本只能容纳四百多人的'新镇江号'要上六百人才会起航，因为人流冲撞得厉害，有些老人小孩必会与家里走散，你看到这样的，就把他们集中到我这里来。"

"好。"金绮梅答应，看着黑压压的人群，喃喃地问，"这种日子什么时候才能结束？"

"今天是日本人首次轰炸，有了第一次，就会有第二次。"王富说，"就像天民在信里说的那样，从今往后，只怕再无宁日。"

"天民来信了？"金绮梅有点儿激动。她跟陈天民虽然只有一面之缘，但是他的一举一动、一言一行都如烙铁一般留下印迹，挥之不去。她固然明白他以死报国的心意，但是她企盼那一天永远都不要到来。

现在，他能给王富写信，至少说明，他还活着。

"是！天民在信里说，他只要在天上多待一天，就要想办法多打落一架敌机。"

"王富哥，天民哥在天上杀敌，我们在地上，是不是也得跟他比一比？"金绮梅提议。

"说得好！我们跟他比一比。"面对暗沉沉的浩浩江水，面对江面上缓缓显出轮廓的一轮孤月，王富读出一种天地之悠悠的悲怆。同时，自然之景的苍凉与宽宏，也让他顿生了一份豪气，他仰天道："天民，我和绮梅在这里多守一刻，就要多放一艘船渡江。等把日本人赶出中国，我们数数，是你打落的飞机多，还是在我们手上渡过的船多！"

"天民！我们要把这里的难民全部运到安全的地方！你要活着回来！"金绮梅被王富的情绪感染，胸中似也涌动着一股无法浇灭的热火，哪怕这一天的到来遥遥无期，哪怕根本就等不到这样的一天，哪怕他们灰飞烟灭，也绝不后悔这一刻！

江水滔滔，无穷无尽，历史的道路究竟会延伸至何方，没有人能给出答案。

这天过后，日军投掷炸弹的次数越来越频繁，崇实女中彻底停学，镇江开启了防御模式，商会的工作反而更加繁忙。

晚上，王富看到陆小波办公室的灯还亮着，不放心地走了进去。

果然陆小波还未离开。

"到底是哪里出了问题？"灯下，陆小波正对着一张地图嘀咕。

"陆会长，这么晚了还不休息？"

陆小波毕竟是一位上了年纪的老人，几天折腾，他厚厚的眼镜片后那双眼睛已经布满血丝。

"回家也睡不着，索性在这里想想透。王富，你陪我看看。"陆小波指着一张地图，让王富跟他一起。

这是一张普通的镇江地图，图上被陆小波打了几个红圈圈。

王富看了看那些画圈的地方，有了数："陆会长您在画这几天被日本人轰炸的地点？"

"有没有觉得哪里不对？"陆小波颦眉。

"第一天，炸的是江边大华饭店；第二天，是铁路西站的一段；昨天，是中华路的几间民房……这日本人也忒狠了，尽拣人多的地方下手。"王富依言凑过去，地图上的圈圈让他又一次回忆日军轰炸的惨痛经历，他痛苦地一拳捶在桌子上。

"你说到重点了，之前，日本人一直在城外投放炸弹，镇江城区没什么伤亡。最近却弹无虚发，每次都投掷到重要地段。你说，他们还没有攻进来，城里哪里人多、哪里人少，是怎样得到的讯息呢？"陆小波忧心忡忡地自问。

"您的意思……镇江城内有人做日军内应？"

王富并没有陆小波那样的警觉性，但是当陆小波将这一关节点开，王富立刻赞同了他的观点："岂有此理！这种生死关头还有人做奸细，要是被我抓到，一定把他抽筋剥皮。"

"这只是推测。"陆小波扶了扶鼻梁上的眼镜，他的眼睛又干又涩，"要真的有内奸，也不是我们商会和红十字会能处理得了的。"

"如此精准的袭击，不会再有第二种可能。"王富斩钉截铁地说，"不能这样坐以待毙，我出去看看。"王富本来也是劳累一天，现在却睡意全无。

"明日再说吧，你也够累的，而且这么晚，万一再有敌机……"陆小波不无担忧。

"您既跟我说了这件事，我是躺下也睡不着了。"王富言罢，一阵风似的旋了出去。

陆小波看着远去的王富，像是看到了年轻时候的自己。

夜黑风高，王富出门便打了个寒噤，他的思绪随之清醒。刚在陆小波那里逞了一时口舌之快，出了商会，又觉得全无头绪、无从下手。在伯先路上转了半天，街道无人不说，连两边的居民房也都黑漆漆的。

并不是镇江人有早睡的习惯，而是特殊时期，大家都不想成为敌机的轰炸目标。

哪有像我这样满大街抓奸细的，王富自嘲地想，走路的脚步也凌乱了。

"哎哟，好疼。"一个个头不高的男子冷不丁与王富撞个满怀，"你走路不长眼睛吗?"

"你这嘴欠的，明明是你撞的我!"王富心情本就不佳，遇到一个强势的，戗起来。

"咦，这声音怎么耳熟?"男子说着就朝王富贴过来。

王富也觉得像是认识的人，两人于是往对方的方向凑。

这一看都笑了，真是大水淹了龙王庙，这个人是陆小波的另一个下属——银行内勤毛小兵。

毛小兵个头不如王富高，更没有像王富一样在茅山习武的经历，两人相撞，吃亏的当然是他。"我说王富哥，这么晚了你还出来乱窜。"毛小兵一边揉着肩膀一边抱怨，"被你撞得疼死了。"

"恶人先告状，是你撞我在先不说。"王富拧了拧毛小兵的耳朵，"我不该出来，那你出来干吗?"

"出来玩啊!"毛小兵麻溜地回答。

"这个时候出来玩，骗谁呢？"王富说着手上多用了一分力气，忽然想到什么，一把揪住毛小兵的衣领，"不会你就是奸细吧？"

"奸细？什么奸细？"毛小兵被这么抓住，还扣上一顶大帽子，顿时急得直跳，"你把话说清楚，不许污蔑我。"

"日本人最近的轰炸点都集中在人群聚集的地方，肯定有奸细透露情报，你这么大晚上的出来鬼转……"王富怀疑地看着他。

"王富哥，你放手，别冤枉好人。"毛小兵知道王富这个人做事较真儿，他要觉得自己像奸细，就会往奸细的方向查，哪怕最终查出来不是，家里的祖宗三代也被他刨得不得安宁，索性坦白，"怕了你了，我说好了。我也不想夜半三更溜出来，只是我进了家门就被我娘管着，一步都不给出，我都要憋出病来了，只好趁她睡了翻墙溜出来玩。"

"一派胡言。"王富本来只是怀疑，听到这种解释，简直就是认定，"现在人人闭门不出，谁还有心情玩，更不要说你这种大晚上的跑出来玩！"

"我说，你这就不讲理了。你不会，但不代表我不会。像我这种喜欢到处窜的，三天不出门，还不如死了算了。"毛小兵赌咒发誓，"我要是说谎，天打雷劈。你实在信不过，就跟我到中华路走一趟，我干哥这会儿正眼巴巴地盼着我呢。"毛小兵苦着一张脸。

毛小兵是个大孝子，他的亲爹死得早，因为家庭负担大，又兼嘴巴碎不讨姑娘喜欢，一直也没能成个家，守着老母和两个弟弟相伴相依。基于这个原因，陆小波才让他干的内勤，反正老人员新人员都能被他拽着唠上半天，同事关系融洽。这样的性格，真为了玩豁出命去也不好说。

王富想通这一层，松开手："对不住啊小兵，刚才是我太冲动。"

"你知道就好。"毛小兵摸摸衣领，不高兴地说，"衣服都被你拉皱了，我娘今天熨的，被看见又得盘问半天。"

"哎……"王富被说得过意不去，伸手想帮他去抚领子。

"别，别，你粗手笨脚的，饶了我吧。"毛小兵拒绝，他对王富刚才的话题起了兴趣，"你说的奸细，究竟是怎么回事啊？"

"是这样的……"王富把陆小波的推测与毛小兵说了。

"真是猪狗不如。"毛小兵听到轰炸一事可能与城内奸细有关的时候，头发都竖了起来，"你跟我一起到玖贵哥家去，他交友广泛，镇江没有他摸不清的事，我们把这事告诉他，让他去查，一准能摸出点儿蛛丝马迹。"

王富压根就搞不清毛小兵的"干哥"是个什么人物，但拗不过他生拉硬拽，兼之回去睡着的可能性也不大，索性跟他同去。

"你们找对人了！"中华路的平房里，微弱的烛火下，白玖贵一拍大腿，脸因激动而通红。认识了兄弟毛小兵带来的新朋友王富，他一半是气愤，一半是得意。气的是昨天中华路被炸，毁了好几个家庭，炮弹稍微偏一点儿，自家也灰飞烟灭，只以为是倒霉，不想却是奸细造成的人祸；得意的是，因为渡江一事，王富近来也算是镇江名人，这样的人物来求自己想办法，白玖贵觉得特别长脸。

"虽然我白玖贵无钱无权，身边却有一帮过命的朋友。在镇江，别说大奸大恶的奸细，就是一只老鼠他们也能帮我揪出来。"他夸口说。

王富为人务实，不善言辞，见白玖贵油嘴滑舌，把牛皮吹得上天了，更加不信任。

"王富哥，我哥的本事可不是吹的，当初金亦恭金大夫的精诚医馆开业，门可罗雀，多亏我哥看不过眼，喊了我们一帮弟兄，又是敲锣打鼓又是给他送匾，还帮着在左邻右舍中到处宣传，金大夫的生意才好起来。"毛小兵看出王富并不相信，立刻列出佐证。

这时候，白玖贵的女人轻手轻脚地走过来给他们添茶水。

女人黄黄脸儿，年纪估摸着至少得有三十岁，一看日子就不充裕。王富跟着毛小兵来的时候，她正在给屋里的孩子讲白蛇传，与他们打了个招呼后，又进屋继续讲，那孩子不过四五岁。王富听她叫那孩子"小文"。

"还有这事？"王富没想到毛小兵竟然扯上金亦恭。

"确有此事。不过，这事主要还是金大夫的医术好。"屋里的女人忽然发声，"那年，我们小文得了咳疾，看了好多大夫都看不好，多亏金大夫妙手回春，别看他年纪轻，几服药就治愈了，诊金也收得不多。"她说完狠狠剜了毛小兵一眼，因为白玖贵诊金没给多少，但是请这帮敲锣打鼓的兄弟喝酒吃肉，倒是花去了一笔不菲的开销。

"是，是，金大夫医术高明，当时只不过是精诚医馆刚刚设立，没名气才没有人。"毛小兵深知嫂子这一剜的含义。

"那就拜托您，帮忙搜搜奸细在哪儿。"王富觉得这个女人说话倒是个靠谱的，兴许白玖贵还是有那么点儿本事的，这个时候，需要发动任何可以发动的力量，把奸细给抓出来。

"包在我身上！"白玖贵爽快地答应了，仿佛奸细近在咫尺。

奸细脸上又不刻字，现在一点儿线索都没有，包票打得跟什么似的，太不靠谱了，我还是自己想办法吧。王富看着这个说话能有一分真就不错的家伙，话刚出口，又有点儿后悔了。

第十三章 锄 奸

王富难得错一回。

几乎在离开白玖贵家的同时，他就决定忘记这个人，此人在毫无线索的情况下，包票打得贼快，能信才怪。接下来的几天，他暗地里发动商会的小弟兄寻求帮助，毕竟敌暗我明，动静一大就抓不着了。当然，奸细脸上不刻字，白忙几天，还是没抓着。

就在王富几乎不抱希望的时候，白玖贵带着消息来了，跟他一起来的还有毛小兵以及一位王富未曾见过的人。

"这位是我的兄弟小黄。"在商会，白玖贵将小黄介绍给王富，"他说发现了一些异常，我让他当面跟你讲。"

"镇江城就这么大，现在到了晚上，家家户户都是黑灯瞎火。唯独这一家，晚上总弄出些花花绿绿的光，可奇怪了。"小黄把这几天的查探做了一番汇报总结。

"说来说去，到底是哪户人家？"王富看着这位好卖关子的朋友，说半天也没个重点，确实是与白玖贵一个路数的。

"好了，该说什么说什么，奸细抓到，镇江人记你头功。"白玖贵做出口头承诺。

"哦。"小黄转入正题，"有我们的兄弟发现，每天晚上十点钟以后，伯先路 8 号的小洋房二楼，都有不一样的彩色亮光闪现，非常蹊跷。"

"德珍诊所？"这个地点让王富始料未及。虽然他跟蒋爱义有数次摩擦，但是蒋德珍多年的人品口碑在镇江是毋庸置疑的，他不信蒋德珍会干这样的事情。

毛小兵的嘴巴也成了"○"形，时间匆忙，他之前也没有听到详情，诧异地说："做奸细的人，不是没钱就是没名，总得事成之后图点儿什么，蒋家一样都不缺，不应该啊。"

"王兄弟，我也觉得这事有点儿不可思议，但是我的小黄兄弟也绝不会说谎，德珍诊所离这儿不远，我们不如晚上一起去看个究竟。"白玖贵说出自己的想法。

这也是唯一的办法。

即将入冬，天黑得早，加上家家户户欲求自保，晚十点钟，已是万籁俱寂。白玖贵、毛小兵、王富三个男人守在德珍诊所附近，连一处休息的地方也找不着。

"二位哥哥，咱们还是回去吧，等多久了也没见前面这洋房有动静，兴许是小黄看花了眼。"毛小兵没料到持久仗打了几个小时，越夜越冷，他衣服穿得少，牙齿咯咯响。

"小黄一向稳重，不会乱传消息，我们既来了，就把事情做到底，索性等这一夜。"白玖贵说。

"这么久？"毛小兵一副有气无力的样子。

"打起精神来。"王富低喝一声，直觉告诉他，坚持到最后，很可能有实质性的进展。

毛小兵在他的一喝之下挺了挺胸，片刻，仍像瘪气的皮球，提不起精神。

"现在四下没人，我们不能打草惊蛇，且耐心忍一忍，逮着奸细，你就成镇江为民除害的少年英雄。"白玖贵出言相劝，他真真假假，鼓励兼吹捧。

哪个血气方刚的少年受得了这样的刺激，黑底下，毛小兵的思维世界里，自己俨然成为一个英雄。"其实也没那么冷，我受得住。"他说。

三个男人以一棵法国梧桐树为掩护，再次专心致志地看守着目标。

这是一幢三层小楼，第一层是诊所；第二层则部分是诊所，另一部分是露天小阳台；第三层是花园。白天，来往行人经过的时候，可以看到厚重的大理石石柱花饰像爬山虎似的从一层延伸至楼顶。楼顶有四时鲜花，因而成为整个江苏省唯一的"空中花园"。里面的屋子多达四十间，以红砖砌成，偶杂青砖，壁炉、烟囱一应俱全，相当漂亮。相传十年前，蒋介石和宋美龄便是在此定情。

现在，诊所的两扇大铁门紧闭着，铁门上两只衔着环的上古动物，在寂寂夜色里岿然不动，为主人看家护院。

"咦，那是什么？"德珍诊所二楼的露台上，发出一团团微光，一会儿是红绿色，一会儿又是黄紫色，在夜幕里转瞬即逝，妖艳美丽。毛小兵妒忌道："德珍诊所可真有钱，这个时候还有闲心买烟火放，也不怕日本人看到。"

"那不是烟火，是信号弹。"王富目色冰凉地盯着炫目的光芒，"谁能想到，德珍诊所这样的名门望族，出卖了整个镇江城！"

"信号弹？他妈的！这家真是奸细啊？"到底是少年热血，毛小兵撸起袖子就要向前冲，"咱们上，把他们给抓起来！"

"回来。"白玖贵一把拽住毛小兵，"你敲门，人家就让你进去？"

"那我们怎么办？"

"当然是守在这儿，防止里面的人出来。"

"那得守到子丑寅卯？"毛小兵怒道，"他们要是赖在里面睡觉，我们就干等一宿？"

两人相执不下，王富思索了片刻，说话了："小兵说得也对。这样，你们在这儿守着，我去向保安司令部报个信。"

白玖贵颔首，达成一致。

保安司令部在西津渡工部局，即镇江英租界的旧址。

1929 年，陆小波收回英国人盘踞七十年的镇江租界，为示纪念，建成保安司令部，算是半官方半自治的武装组织，值此非常时期，它起着维护秩序的重要作用。

司令部戒备森严，昏暗的灯光下，身穿土黄色制服、扛着长枪的士兵高大魁梧，与他们一样神情肃穆的还有门口两只石狮子，国家已是存亡关头，他们仍要站好最后一班岗。

行步至此，王富停住了，因为守卫不肯放他进门。

虽说这个地方与商会有着千丝万缕的联系，但王富不是陆小波，脸不能当通行证。

此时再去陆宅必然不合适，奸细又随时可能逃脱，怎么办呢？他急得直转。

"这不是王富吗？"一个人拿着一叠文件走到王富的面前，用粗壮的声音说，他的身材与守卫的士兵一样高大，所不同的是他并没有穿制服。

"你是？"王富看了看这个人，猛一下想不起来。

"有一次我去商会给陆主席送东西，是你帮我带的路。"

"徐威！"王富大喜过望。

去年春节放假前，商会的人走得差不多了，有个小伙拎着礼盒跑进办公楼，说是上头刚交代给陆会长送过来，看着冷冷清清的楼栋，怕是人都走光了，任务完不成，急得豆大的汗珠直往下掉，正好撞到一人顶全家、还没有启程回茅山的王富，将这小伙子领到陆小波家中，解了他的燃眉之急。

小伙子就是徐威。

谁能想到一面之缘，派上了大用场。

"你来得正好，我有重大情报。"王富匆忙说。

"哦？项处长在里面，随我一同进去吧。"徐威认识王富，不敢耽搁时间。

说来也巧，徐威今天并不当值，只因为司令部的负责人项志庄要一份材料，让他急送过来，才有了这场偶遇。

"你们这群饭桶，都给我滚！"

一声狂嗥，几个士兵哭丧着脸，被撵出一间办公室。

"战况不好，项处长最近总上火，咱们小心点儿。"徐威轻轻地在王富耳边吩咐。

这段时期，日军对镇江如有神助的精确轰炸让项志庄头痛不已，他的情绪也随之阴晴不定，手下人可遭了殃。

徐威整了整衣服，挺直身子，站立在门口，用力喊一声："报告！"

"什么事？"

"项处长，我是徐威，送您要的材料。"徐威隔着门汇报。

"进来吧。"项志庄的声音缓了缓。

于是徐威领着王富走进处长室，项志庄正深深地陷在皮椅里，他脸上的神情沧桑且疲惫。

"这是谁？"项志庄看王富脸生，原本黝黑的脸上忽然乌云密布。

"项处长，这位是陆会长的爱将王富，他有重要的事情要见您。"徐威一边说着，一边将手上的材料递给项志庄。

"哦，陆会长怎么不先来个电话？"项志庄没见过王富，但名字还是听过的，语气不再生硬，毕竟陆小波的面子还是要给的。

"我怕耽搁事，直接跑来找您了。"王富回答，他将今夜守在德珍诊所前的见闻告诉了项志庄。

"妈的，我说日本人的炸弹怎么跟长了眼睛似的，指哪儿打哪儿！"项志庄手指关节握得嘎嘎作响，杀人的心都有了，"在我项某的眼皮底下，竟有这样吃了熊心豹子胆的人！徐威，叫上几个人，带着枪，跟王富跑一趟，不对，我去！"

"得令！"徐威双腿一并。

在王富的带领下，项志庄、徐威以及三个宪兵飞速到达白玖贵和毛小兵守望的那棵光秃秃的法国梧桐树旁。

"保安司令部项处长、徐威，白玖贵白大哥、毛小兵兄弟。"王富一口气介绍了两边的人，以节省时间。

四双眼睛短暂地对视了一秒，算是互相认识了。

"那信号弹持续了一盏茶的工夫就消失了。"白玖贵以尽量快的语速告诉项志庄，"不过德珍诊所就这一个铁门，到现在也没有人进出，所以，人应该还在里面。"

"走，敲门去。"徐威二话不说，大踏步走到诊所铁门，抡起拳头就砸。三个宪兵也跟上去，雨点般的拳头落在铁门上，"哐啷啷、哐啷啷"，响声震天。

"开门！"徐威冲里面喊。

"别敲了，这都半夜了，我们不接诊。"过了半晌，一个苍老的男声隔着铁门慢吞吞地回答，是蒋家的看门人老陈。

"我是保安司令部的项志庄，不是来看病的，麻烦你把门开开。"隔着门，项志庄用洪亮的声音说。

"哎哟！"铁门里头的老陈被吓到了，听声音差点儿摔倒，好不容易站稳，匆匆趿着鞋渐渐跑远，"我去向老爷通报一下，您等等。"

伯先路 8 号这个门牌不仅有德珍诊所，还有一幢用以居住的二层洋房，为了保护主人的隐私，沿着马路只能看到诊所楼，现在老陈到另一幢房子里去找蒋德珍了。

门外，项志庄不耐烦地踱来踱去。

"哐当"一声响，诊所庞大的铁门被打开，黑色的幕布被扯出一道整齐的豁口。

蒋德珍手持拐杖，腰杆笔直地立在门口，一身挺括的藏青袄子，正式得如同会客，虽然他头发花白，显得又老又瘦，但是小小的身躯里自有一股威严的仪态，让人不能随便对他。看门的老陈立在一旁，弓腰为主人拿一盏烛火。

"蒋大夫，很抱歉这么晚打搅您。"面对蒋德珍，项志庄用词谨慎，"我是项志庄，今天我们接到举报，说贵诊所有异动，我不放心，特地带人过来查看一下。"

碍于蒋家在镇江的名誉以及地位，项志庄隐晦地避掉了一个"搜"字。

"德珍诊所晚上从不营业，除了老陈看门，也无人居住，你们兴师动众来这么多人，我家是犯了什么法？"蒋德珍目光炯炯，一一扫过每个德珍诊所门前的人，他看到项志庄，看到徐威，看到跟着他们的三个宪兵，看到白玖贵、毛小兵，最后，目光落到王富的身上。

"有人看到诊所二楼在往外发信号弹，您也知道最近形势紧张，我们司令部必定要重视。"徐威嘴上客气，头却试图往门里探，他需要赶快进去，不想和蒋德珍浪费口舌。

"蒋老爷，"王富之前在茅山见过蒋德珍，相信对方也一定认出了自己，干脆一人做事一人当，"是我，我跟我的两位朋友路过的时候发现那里有信号弹发出来。"

"胡言乱语，诊所楼二楼根本就不住人！"蒋德珍气得胡子跟着嘴唇一起抖动起来，"我一家老老小小都在后院的房子里睡着呢！老陈，你说是不是？"

蒋德珍欲让老陈做证。

老陈的脸抽搐了一下。

这个微小的表情让蒋德珍起了疑心。

"老陈，晚上有人来过诊所楼？"蒋德珍一脸严肃地看着老陈。

老陈咳嗽两声："老爷，二少爷晚上来了一趟。"

"他来干什么？"蒋德珍心里一紧。

"二少爷说有东西落在诊所楼了。"老陈战战兢兢地回答。

"我每天从早到晚都看不到他人影，能有什么东西丢在诊所楼里。"蒋德珍顿生疑云。

"蒋大夫，时候不早了，说来说去，都不如让我们看一下放心！"项志庄的耐性已消磨殆尽，圆睁着眼睛，要是蒋德珍再不合作，他就要用强了。

"唉！"蒋德珍纵然万般不情愿，也只好叹口气，退后给项志庄让路。

一队人以最快的速度冲上了诊所楼二楼发射信号弹的那间房，而诚如蒋德珍所言，房子里空无一人。

"开灯。"像德珍诊所这样高级的地方都会安装电灯，项志庄一时找不到开关，命令老陈。

老陈不情不愿地打开了灯闸。

有了光，大家就看出来这里准确地说不是诊室，而是一间空旷的休息室，东南西北各放着四张钢丝床，供病人休憩。不过现在床上连被褥都没留，只露着灰灰的钢丝颜色，床头各有一个简单的木头茶几，用以放置书报杂志和水杯等物品，现在也是空无一物。

床与床之间，用海军纹的简易布屏风隔起来，目的是保护病患的私人空间，这玩意儿可以随意移动，方便调整布局。

"这里已经闲置很久，自从去年……"蒋德珍不想提及自己的伤心事，"我上了岁数，不能熬夜，很久都不接收住院的病患了。"

房间总共也没几样东西，一眼就可以看到任何一个角落，唯有一张猛虎下山图对门挂着，老虎身后画了几笔竹子，身上绘了几朵祥云，嘴上的胡须稀稀拉拉，不像从山上下来的，倒像从《山海经》里出来的。

"看来人已经转移，我们还是别浪费时间，到其他房间去搜。"项志庄扫了一眼，准备撤。徐威、白玖贵、毛小兵以及三个宪兵也依次退出。

王富走在最后一个。

"啪啪啪。"什么东西敲打着墙壁发出声音。

王富立刻退回去看，是墙上的画系在一根绳子上，绳子挂在一根钉子上，风一吹，画就轻飘飘地飞起来，对着墙壁甩几下。

"王富，还是快走吧。"毛小兵敦促，他怕证据被转移，到底一直看守着德珍诊所的是他和白玖贵。

王富充耳不闻，总觉得什么地方不对，他朝画上的猛虎注视良久，心中一动："等一下。"

他走过去，将画从墙上取下来。

挂画的墙壁雪白一片，似乎看不到什么异样。

他用手敲击墙面，果不其然，这块墙壁发出了一种空洞的响声，他眼睛一亮，推了推墙砖，砖头是松动的，他顺利地取下了一块。

毛小兵惊呆了。

"回来，有发现！"毛小兵冲已经迈出门的人喊道。

等大家全部折回的时候，王富已经取下了第四块砖，隐蔽在墙壁中的绝密之所显露了出来——这是一块刻意留出的空壁，大概有两尺宽、三尺长，用以储藏重要物品而不易被人发现。由于处理得精巧，空壁的边缘跟墙壁融为一体，肉眼看不出破绽，只有用手细细触摸时，才会感受到细若蛛丝的纹路。

当大家将与猛虎下山图面积差不多大小的砖块尽数取出，一台厚重的古铜色发报机和一把信号枪的全貌展现出来。

"这是怎么回事？"蒋德珍记得当初建楼时并没有设计这个空壁，看来，有人趁他不在动了手脚。他不由向老陈怒喝："枉我这么信任你，把诊所楼交给你看守，竟会出这样的事！你不给我解释清楚，就别留在蒋家了。"

"老爷！"老陈的双腿不自觉地战栗，"都是二少爷干的，我什么也不知道啊……"

这段时间的晚上，蒋爱义隔三岔五让老陈打开诊所楼的门，说有事要办，老陈不放心，偷偷跟上来看，只见蒋爱义神秘兮兮，又挖洞又粉墙，也不知道搞些什么。

蒋爱义素来不靠谱，这点儿破事与他平时的所作所为相比，只能说是寻常，老陈没打算惊扰蒋德珍，岂知惹下大祸。

这位为蒋家效忠了一辈子，已是风烛残年的老人，听到主人的呵斥，像孩子那样呜呜哭起来："您千万不能撵我走，我跟着您几十年了，除了这儿，还能上哪儿？"

"你糊涂啊，怎么能为这个逆子隐瞒？"蒋德珍又急又气也于事无补。

"你们要干什么？放开我！私闯民宅，小心我告你们去！"伴随着一阵乱糟糟的嘈杂声，蒋爱义被宪兵们扭送过来。他睡眼惺忪，紫色绸缎寝衣在身，一路骂娘一路扭动，显然是刚从被窝里揪出来的。

"给我老实点儿！"一位宪兵对着他的后脑勺给了一拳。

蒋爱义本想反抗，一抬眼看到屋里全是人，顿时傻了。

"你这个畜生。"蒋德珍上去给了他一记响亮的耳光，"你生在镇江养在镇江，怎么能做出这种绝八代的事，就不怕全城的人把你活活掐死？"

蒋爱义听到蒋德珍话里有话，一个冷战，睡意全消，慌忙不迭向墙壁看去——猛虎下山图被扔在地上，墙壁被敲开，发报机和信号枪尽数取出，他顿时面如死灰："爹，救我！"蒋爱义自知不妙，向父亲求援。

170

"这些东西是哪里来的？"

"是我的日本师父给我的。"

"日本师父？"

"您身子不好很久了，也没人教我西医，我就自己找了一个，是他叫我干的。"蒋爱义辩白。

听蒋爱义这样说，蒋德珍才记起，好像确实是有这回事。蒋爱仁去后，他常觉力不从心，家中杂事一概不管，后来，蒋爱义对他说要痛改前非，继承家业，又声称拜了一名日本籍医生为师，正在学习。

彼时时局稳定，镇江又是省会城市，本来就充斥了各国人士，蒋德珍未将此事放在心上，谁想到儿子的"学习"，会演变成国家间的阴谋。

"爹，我就是想做点儿事，让大家能看得起我。您想，我帮了日本人，等他们进城了，自然有我好处。如果他们能给我个官当，您就不会再这样对我……那时，我、我可以让您带我到金小姐家提亲……"蒋爱义为自己辩白。

"做点儿事？为了儿女小情，你宁可把镇江给卖了？这里可住着你的同胞，住着与你血脉相连的兄弟姐妹！"蒋德珍心如刀割。

金家小姐，金家小姐，是什么前世冤孽。一行清泪沿着蒋德珍瘦削的面庞淌下来。事情到了这个份儿上，这个不肖子是保不住了。

"爹，我错了，我只是一时被爱情冲昏了头脑，以后再也不会了。"认识到问题严重性的蒋爱义语无伦次地求救。

"爱情？蒋少爷，恕我直言，就算你得逞，金小姐也不会嫁给卖国求荣的走狗！"一个冰冷的声音说。

如此直接的言语深深刺伤了蒋爱义，因被宪兵押着，他只看到说话人穿着一双黑色棉布鞋，他吃力地抬起头，沿着布鞋往上，看到深蓝色西裤、黑色外套，最后，才是说话人的脸。

"王富。是你，又是你，为什么每次都是你！"蒋爱义对王富恨之入骨，这种身份的穷小子，有什么资格来教训他这个蒋家少爷？更可气的是，从几次的事情观察下来，金绮梅还对他青眼有加。

是的，都怪他，正是他的出现才坏了自己的好事。

妒忌与愤怒冲昏了蒋爱义的头脑，他发出动物一般"嘶嘶"的低吼，就在一刹那，他怒从心头起，恶向胆边生，如有神助般地挣脱了宪兵的束缚，一跃而起，向王富扑去。

"我跟你有什么仇什么怨，你要处处跟我作对。今天，就算我死，也要拉你垫背！"他伸手去掐王富的脖子，要与王富来个鱼死网破。

可蒋爱义再发狠，毕竟是长期养尊处优的少爷，怎么会是王富这个茅山长大的粗野孩子的对手。在众人还未看清楚是怎么回事的当口，王富一拉一扣，不费吹灰之力，轻松反扭住蒋爱义。

宪兵再次把蒋爱义控制起来。

"事到如今，你还不知悔改？"蒋德珍看着业已疯狂的儿子，深知回天乏力。

"带走！"项志庄一声令下，要将蒋爱义押送回去审讯。

"官爷，留步！"伴随一声哭喊，一名四十来岁的妇人在蒋爱珍的搀扶下出现，她穿一身紫色缎面衣裤，身材匀称，体态雍容，保养得极好，只是脸色煞白，泪珠大颗大颗往下落。

与她们同来的，还有一个十来岁的孩子，是蒋家最小的孩子蒋爱礼。

"官爷，让我再看看我的儿子。"她乞求道。

"娘。"看到她，蒋爱义像换了一个人，"娘，我要走了，夜深了，别着凉。您多保重。"他哀号。

即使是十恶之徒，也有属于他们心中最为柔软的地方。

"儿啊，儿啊……"妇人摩挲着蒋爱义的脸，泣不成声。

"爱珍、爱礼，我走了以后，你们要好好地伺候爹妈，知道吗？"蒋爱义自知劫数难逃，嘱咐弟弟妹妹。

"哥……"蒋爱珍虽然不喜欢这个哥哥，可现在是生死离别之际，十分难过。

倒是蒋爱礼，像个男子汉那样冷静，他说："哥哥你放心吧，我会把爹娘照顾好的。"

最伤心的人莫过于蒋德珍。蒋爱义自小不上进，本应严加管束，但他想到家里的事业最终会由蒋爱仁继承，蒋爱义的吃喝玩乐蒋家完全负担得起，就对这个儿子放纵了。养不教，父之过，从某种程度上说，正是他的疏忽，才让蒋爱义走向了万劫不复的深渊。

悔之晚矣。

保安司令部里，蒋爱义对自己通敌叛国的行径供认不讳，次月初七的晚上，被插了竹签子，拉到城外江边枪决了。

连丧两子，蒋德珍痛不欲生，德珍诊所从此停业。所幸，蒋家最小的儿子蒋爱礼，思想积极，要求进步，成年后不但继承了父亲蒋德珍的医术，还加入了中国共产党，走上了爱国救国之路。

第十四章　去　国

日本人的轰炸眼线蒋爱义被灭，镇江城为之一振。

喜讯不断，11 月 22 日，国民政府军事委员会下令拆毁镇江以东铁路，阻滞日军进攻，并宣称，从 12 月开始，国民革命军八十七师、一〇二师、一一二师、一五六师将驻守镇江，誓死保卫省城。

消息传来，群情沸腾，每个人都觉得，驻军的到来会保障镇江的安全，他们很快就会回到原来的生活。

金宅也同样充斥着欢乐的气氛。

傍晚，金亦恭在回家的路上买了一包花生米，又让张妈炒了几个小菜，算是庆祝。

金亦恭前脚进门，王富后脚到达金宅。

虽然金家人都知悉王富与金绮梅的感情，但是他还没有不请自来的先例，这次，算是破例了。

"稀客稀客！"看到王富，金亦恭眼角眉间溢着笑，"今晚我正想找人对饮。"

"有喜事？"

"驻军要到了，怎能不喜？"

"我的消息恐怕要让金大夫扫兴了。"王富看了看桌上的菜肴，神情凝重。

"这话怎么说？"

"金大夫，陆会长让我来告诉您，明晚七点，'普济号'最后一次发船，他将会乘这一班船离开镇江，如果金家也要走，七点前渡口见。"

"陆会长要去哪里？什么叫最后一次发船？"金亦恭的情绪从天上跌入谷底。

"到今天为止，需要渡河的百姓已经全部运送完毕，陆会长说他是时候去泰州养老了。明天的'普济号'专供商会成员乘坐，待归来之时，它将和'新镇江号'一起沉入长江。"

"沉船？这也是陆会长决定的？"金亦恭倒吸了一口凉气。

"嗯。陆会长已经决定了这件事。他说，不能让这两艘船落入日本人的手中。"

这两艘船不但是目前镇江长江航道客运的主力军，而且价值不菲，驻军即将到来，陆小波却决定离开并沉船入江，他对时局之走向，竟如此悲观吗？

金亦恭不敢深想。

王富继续认真转述陆小波的话："陆会长请您慎重考虑，因为不上明天的船，以后再想走，就没有那么容易了。"

家在这里，医馆在这里，他要怎么抉择才好？

驻军会这么不经打吗？会将大好河山拱手让人？金亦恭陷入了沉思。

"金大夫，我还要到其余的商会人家去，就不逗留了。"王富微微一揖，准备告辞。

金亦恭点头，忽又抬头，对一直沉默的金绮梅说："绮梅，你快到外婆家去一趟，问问舅舅他们是否想走。"接着又对张妈说，"张妈，瑶瑶身体不便，有劳你到我的丈人家中走一趟，也问一下。"

于是金绮梅跟着王富双双走出金宅。

"你要跟着陆主席走？"一到哥哥、嫂子耳目不能及的地方，金绮梅就紧张地问王富。她刚听到王富和金亦恭的谈话，坐立不安，又不方便直接问，好在金亦恭给她创造了机会。

"没有没有，陆主席对我和对你们一样，是任我去留的。"王富急忙解释。

"那你是去是留？"金绮梅不满。

"其实我始终一个人……"王富吞吞吐吐地回答。

"一个人？一个人待在茅山当你的道士算了，干什么到镇江来！"金绮梅怒目切齿。她本以为她的王富哥是应该与她共同进退的，哪知逼了半天，一句想要的话也没有听到。

"师父说我心不够静，天生就不是做道士的料，不如跟着陆会长出来闯闯。"王富尚不能理解女儿家的赌气之言，蠢蠢地如实相告，纵然如此，金绮梅粉嘟嘟的嘴唇还是越噘越高。王富只好求饶："金小姐，这事，你先别问我呀，我觉得还是先问问金大夫你们的去留……"

一语惊醒梦中人，金绮梅这才想起来哥哥还没有对金家的去向做最终决定，王富又该如何表态？

然而她很快板起脸来："你怎么走这么慢，不怕耽误陆主席的事情吗？"

"既然这样，那我先告辞了。"王富只得一溜烟跑开。他搞不懂，一贯美丽温柔善良得体的金小姐为什么忽然变得这么不讲道理了。

一个小时以后，金绮梅和张妈陆续回到金宅。

经过商议，柳家决定由柳慈航带着老外祖母及家人跟随陆小波到泰州。毕竟老太太年事已高，万一日本人攻进来，是受不起惊吓的。柳慈海则留守镇江维持生意，静观其变，可进可退，也算是一个比较折中的安排。

徐贤仁则不一样，他膝下无子，一个守寡的大女儿还跟着他们老夫妻住在一起，离开镇江，就等于放弃了慈仁堂，这是比他的生命还重要的东西，所以他怎么也不肯走。

"亦恭，那我们呢？"听到两边不同的反馈，徐璐瑶将决定权交给丈夫。

金亦恭以手扶额："若走，我一手经营的精诚医馆就算废了，况且，爹还在镇江。若不走，你和绮梅……"他看看妻子隆起的小腹，她怀孕已经有五个月，他希望她平平安安地将这一胎生下来。

"少爷，我听兰兰说，怡和山那儿的孤儿院是史蒂夫先生的德国教友开的，插着德国国旗，日本人就算来，也不敢冒犯。城里的人家都在想办法把女眷送过去，只是僧多粥少，进不了。"张妈信息颇灵，"您此前帮小史蒂夫少爷治过病，要是向史蒂夫先生开口，他应该会帮这个忙。"

日军空袭镇江后，外国人都搬到了云台山的英美领事馆寻求庇护，史蒂夫家也在其内，他们的家佣兰兰则每隔几天到西津渡的史蒂夫宅打扫一次卫生，张妈的消息，就是通过兰兰得来的。

"你们可愿意住到孤儿院？"金亦恭觉得张妈的主意不错。德国是日本的同盟国，如果家里两个女人的安全能够保障，他还是更倾向于守住精诚医馆的。

"要是史蒂夫肯帮忙，能不能……把爹娘和姐姐一起带着。"徐璐瑶犹豫了一会儿，提出要求，毕竟，这样一来，人多了一倍。

"我试试。"金亦恭回答。

沉默的是金绮梅，有关怡和山孤儿院的话题引起了她对女中的怀念，因为孤儿院就在女中附近。她仿佛看见偌大的校园里，娇艳的花朵自开自落，热血般朱红的木窗套分外惹眼，教室里空荡荡的，一个人也没有，并且会永远这样空荡下去。

她感受到了世间无常莫测的变幻。

夜幕降临之时，商会迎来无比重大的时刻——会长陆小波将带着商会的一行人离开镇江。

一轮孤月漫不经心地挂在天上，在中华五千年的历史长河中，它一直平等地笼罩着人间的快乐和忧愁，不偏不倚。

"普济号"安静地泊在江边，带着金属质感的庞大身躯发出淡淡的光泽，像一名全副武装的钢铁战士。过去的几个月里，它协同"新镇江号"将途经镇江或者是要从镇江外逃的难民总计四十余万人安全地运送到各地，今天，是它最后一次出征。

柳老夫人头发花白，脸庞爬满皱纹，有些地方甚至开始泛黄。她的子女都很孝顺，活到这个岁数，也没有什么需要操心的事情了，皮肤反而出奇地像初生婴儿那样光嫩，如果不是必须离开，她会成为镇江最幸福的老太太。

177

"我都这个年纪了，为什么还要与我的骨肉分开？"她一手拉着金亦恭，一手拉着金绮梅，眼睛还看着柳慈海，哭成泪人。由于怕冻着，她被裹得严严实实。

她不想走，但是之前中华路被轰炸时，那种恐怖的场景让她几天都精神恍惚，她自知再这样下去就会要了她的老命。

"娘，我们只是出去避避风头，您看，陆主席也跟我们一起。"柳慈航扶牢母亲。

陆小波正在岸上抽烟，王富则帮他把行李搬上甲板，因为这是专为商会留的最后一班船，所以并不拥挤。

"陆会长，只有这些吗？"王富搬完，问。

谁能想象，一个在镇江乃至江苏商界叱咤风云的人，除了同行的家眷家仆外，随身仅有四五只皮箱。

"当初我出来做事，东西都装不满半只藤箱。"陆小波平静地说。

淡白色的烟雾从他的食指出发，袅袅散开，有的飘向空中，有的则钻进袖笼，他的缎面衣袍柔软而沉实，一如他这一生的时光：从一个学徒到商会会长，镇江的无数重大事件都与他息息相关，他的血脉早与这片土地融为一体，他以为一定会终老于此。可造化弄人，奋斗到这个岁数，竟要背井离乡，归期遥遥。

陆小波心潮澎湃，他将手中的烟重重扔在江畔的石子上，用脚狠狠踩了踩，说："都是些身外之物，不需要许多。"

只是掩饰他的难过。

"你真的不跟我走？"陆小波最后一次问王富，就在刚刚，王富告诉他自己的决定。

"是，我留在这里。"王富说，他用眼角瞟了瞟金绮梅。

陆小波大笑，临行前的这一发现挥去了他心中不少阴霾。"窈窕淑女，君子好逑。"他为王富高兴。

当初，惠心白把王富交给他，是因为惠心白认定陆小波能给予王富更广阔的发展空间。现在，国家大势如此，个人求个平安已是万幸，王富若能收获爱情，也是幸事一件。

"祝福你们，保重。"陆小波说。

男人间的情谊一贯如此，哪怕心里再多牵挂，放到嘴上，也就是几个字。

"嗯。我一定替您看好商会的门。"王富眼睛发涩。

"不用。"陆小波挥手道别，"王富，商会没什么可看的，若日本人真的来了，你保住自己的命，东西随他们去拿。相信我，不管他们拿走多少，最终都将化为清水，只有回到我们中国人的手上，才会是源源不断的财富。"

王富的脸憋得红红的。

"留得青山在，不怕没柴烧。"陆小波踏上船头，随着轻拍向岸边的江涛，抛下最后一句嘱托，"遇到日本人，按我说的办。"

王富没有回答。

汽笛一声长鸣，催促着离别的人。

"呜……""普济号"发出最后的信号，船动了起来。

"王富，答应我！"

王富不情愿地点点头，朝陆小波挥手。

"哥，照顾好娘，家里有我呢。"

"外婆，保重！"

与此同时，柳慈海、金亦恭、金绮梅也对着船上挥舞起手臂。

这天夜里，金绮梅躺在床上，一声巨响钻入耳朵，随之，猛地，她的身体一沉，落入水中。她迅速下坠，速度越来越快。周遭的水流不断变幻，光影横斜，凌波熠熠，水滑过她的脸、脖子、身体，灵敏的感官让她记住每一个细节。不过，她并不觉得冷，因为她已变得坚硬如铁。

咚，她撞上了什么，被回震了一下，她牢牢地定在那里，环顾四周，漆黑一片。江畔，滚滚沙砾俱成前尘往事，滔滔江水成为静止的世界。

一阵心悸，她睁开双眼。

还是在金家，在她的房间里，熟悉而安静的地方，只是方才的梦境历历在目，以至于不像是梦，而仿佛是一种先兆，一种离家去国、乐土

179

难回的悲戚。

不远处的浩浩长江，"新镇江号"和"普济号"这两艘钢铁之躯，在疲惫地运送了几十万难民之后，在运送了以陆小波为首的商会人员之后，已被沉入江底。

次日，史蒂夫应金亦恭的要求，与孤儿院院长联络，院长回复，金亦恭的家人将是他接纳的最后一批中国人。

"我老了，又只是个开药材铺的，日本人难不成会抢我这条老命？"当金亦恭代表徐璐瑶邀请徐贤仁一同进入孤儿院时，徐贤仁拒绝了。

"老头子在哪儿我就在哪儿，他们总不至于为难我这个老太婆。"徐夫人只肯跟随自己的丈夫。"让珊珊跟你们去吧，照顾好她。"她加了一句。

在她看来，只有女儿徐珊珊——这个年轻漂亮的寡妇是有危险的。

12月4日，金绮梅、徐璐瑶、徐珊珊、张妈和许仁一起来到德国孤儿院，金亦恭和王富一路护送，并帮助搬运日用品。

同日，日军开始侵犯镇江、丹阳交界处的马陵镇。

德国孤儿院建在一片荒凉的山野之间，这是一座男孤儿院，直线距离与崇实女中很近，不过作为女中的一员，金绮梅从未踏足过，毕竟，这附近头顶上杂乱的树枝和藤蔓无序地混杂在一起，脚下，随时可能踩到无碑荒坟。

孤儿院周边的土地被平整出来，开辟出几畦菜地，由于偏僻，养了好几条身材高大的看门狼狗。

孤儿院的院长姓莫，是个矮个子小老头，他的眼睛和头发都是与黑色接近的深褐色，加上身形瘦小，乍一看会让人以为是中国人。他在这里快二十年了，其间虽然得到外界的各种援助，但孤儿院还是消耗了他所有的时间和金钱。他至今孤身一人，除了孤儿们，只有胸口的那枚十字架与他相伴。

"你们几个是我能收留的最后一批人了。"莫院长操着一口纯正的中文再次重申，"这段时间来了好几拨，有二三十个人，我再也收不了了。"

"非常感激您我的朋友，我想她们在这里是安全的。"带路来的史蒂夫看着孤儿院门口高高飘扬的黑红金三色国旗，向莫院长致谢。最近，莫院长特意换了一面醒目的新旗。

"只要不随便出去，我确定这里比外面安全一百倍。"莫院长说。

一群孤儿刚刚下课，活蹦乱跳地从教室蹿出来：清一色的男孩子，都穿着统一的布衣服，小的只有七八岁，大的则跟成年人差不多高，他们好奇地看向新来的人，有一个还朝金绮梅挤了挤眼睛。

金绮梅暗暗数了一下，总共二十个。

他们鱼贯而出，跑回各自的宿舍，不久再度集合，手上都拿着工具，大的拿着锄头，小的拿着铲子，一齐向菜地走去。

"这里的孩子，学习之余，也做一些力所能及的劳动。"莫院长解释，"其实几个大孩子已经可以出去工作了，但是现在人们四处逃散，工厂纷纷倒闭，我只好把他们继续留着。"

莫院长一面说，一面为他们引路。

金绮梅他们最终被安排在后门口的两间平房里，一间房用来烧饭吃饭兼放杂物，一间充当卧室，因为空间有限，卧室是通铺。

安顿好以后，金亦恭和王富旋即告辞，医馆和商会都很多事情需要打理，离不了这两个男人。

住下来的人里面，首先要照顾的是徐璐瑶，她挺着大肚子，必须有足够的空间，所以即使是通铺，也把最大的地方给了她。

接下来是分工，张妈负责家务并照顾许仁，金绮梅则协助张妈做杂事和照顾许仁。

相形于金家三个默契的女人，徐珊珊显得格格不入，她瘦弱苍白，精神萎靡，举止无力，甚至，有点儿神经质。虽然她面容精巧，但是为了给蒋爱仁守孝，永远只穿白色衣服，好像她一辈子都要沉浸在丧偶的悲剧角色里。

金绮梅对徐珊珊屡次追随亡夫而觅死未成的事早有耳闻，虽然还没有经历过婚姻，但是她想，即使她与王富结婚，王富意外先她而去，她也不会效仿徐珊珊，因为生命的意义不止于一个男人。

181

想到这里，她更不愿意与徐珊珊多待，在收拾停当后，就独自走出去透气。

"金小姐！"金绮梅没走几步，李平镜发现了她。

他对金绮梅印象深刻，因为她既是金亦恭的妹妹，又是王富的女朋友，前者帮他母亲看病，后者帮他母亲采药。

"你也住这里？"金绮梅感叹，镇江真小。

"我不住，老婆老娘住，我只是隔三岔五过来看看。"李平镜喜忧参半地说，"这里的位置留给城里的女人都不够，男人就更别提了。我也是因为经常给孤儿院送烧饼，家里的女人才能住到这里。"李平镜说着，用手指指与金绮梅住处仅一墙之隔的土屋。

"唔、唔。"说话间，李平镜怀里一个小小的孩子发出声音，他穿一件喜气的红袄，正把拳头塞在嘴里吮。袄子虽然有点儿旧，但孩子仍嫩得像一摊水，十分可爱。

"哦，二条抗议了。爹说错话了，男人也能住，二条就是男人。"李平镜说着，将怀里的小人举了举，面向自己，头碰头地对他说。

"二条。"金绮梅抿嘴。镇江民俗，用阿猫阿狗等低贱的称呼给孩子取名，好养易长，但是用麻将牌点数的还是第一次听到。

她还记得冬赈那天，李平镜在慈仁堂带着他的母亲看眼疾，说他的夫人有喜了。一晃，孩子都这么大了。

"这娃娃长得真俊。"

李平镜得到金绮梅的认可，心满意足，捏一捏孩子的下巴："看，二条，金小姐都说你好看呢。"

孩子张开嘴巴，发出一阵咯咯的笑声，仿佛附和金绮梅此刻的开心。金绮梅看到他的嘴巴里秃秃的，一颗牙齿也没有长。

"平镜，你在同谁说话？"一个女人走出来，浓眉大眼，衣服上打满补丁。她的胳膊和腿稍显粗壮，胸部也饱满得有些过分，但毫不影响她的美。这个女人有一种健康之美，与徐珊珊那种远离人世的冰冷形成鲜明对比，金绮梅顿生好感。

"阿兰，你快过来，我给你介绍一下，这位是金大夫的妹妹，金小姐。"李平镜向妻子说。

阿兰显然知道金大夫是谁，所以很客气地朝金绮梅一笑，算是打招呼。金绮梅发现她的嘴丰满浑厚，很好看。

"吃饭了。"李平镜的母亲在屋子里招呼儿子媳妇。

"娘，你出来看看这是谁？"李平镜朝屋里喊。

"谁？"李母问着，脚就迈了出来，看到金绮梅，激动地握着她的手攒到自己手心，"是金小姐呀。你看，我的眼睛好了，什么都能看清楚了。谢谢！谢谢你！"

"不客气，不客气……"金绮梅不适应这突如其来的热情，毕竟给李母看病和抓药的都不是她。

"金小姐，你可真有福，两个男人都这么能干！"李母一脸羡慕。

"两个男人？"金绮梅过了半天才明白李母所指的是金亦恭和王富，"王富哥他……"金绮梅的脸通红，"不是……"

"可平镜说他是你的……"

李平镜见老娘口无遮拦，赶紧龇牙咧嘴打手势，脸都变形了。

"……朋友。"李母看情形不对，赶紧把"未婚夫"几个字咽了回去。

"娘，快吃饭吧，我饿得慌，待会儿还得回去卖烧饼呢。"李平镜怕老母亲说多错多，找个借口将她"推搡"进屋。

"金小姐，来跟我们一同吃吧，尝尝我的手艺……"

"不了不了。"金绮梅双手直摇，这位老太太婆妈的事情太多，她不想跟她在一起。

好在，李母客气了一番后，不再坚持，阿兰也挽着李平镜的胳膊回屋了。

金绮梅看着这一家人的背影，失了一会儿神。她的母亲已经不在这个世界，哥哥也有了自己的家，她不可能永远跟哥哥在一起的。她的一生，看不透还有多长的路要走。她非常羡慕李平镜，他虽贫苦，却拥有她尚未拥有的东西。

第十五章　沦　陷

在金绮梅住入孤儿院一周后，国民革命军镇江防守部队奉命撤退，"调"往龙潭。

他们也留下了一些"防御"物资，比如大市口、观音楼一带，由煤油木箱、米店大箩之类的容器装了煤炭渣，筑起半人高的沙堆，挡在道路上。

空城寂寂，墙壁上"保卫镇江""积极抗日"之类的白底黑字大海报，随着寒冷的天气翘起了边角，像一场自嘲，让这个城市更加暮气沉沉。

凌晨，东南方向响起了枪炮声，声音由远而近，越来越密，如同稀疏的小雨转向倾盆大雨。

持续到中午的时候，大队穿着黄绿色军服的日本人踏上了这片土地，他们的靴子擦得锃亮，衣服整整齐齐。

"报告队长，前面就是北固山！"一个小兵站定，向他的长官汇报。

真是个好地方。

队长内山英太郎驻足而立，无声的感叹从他胸腔里发出来。他的脖子直直的，身材修长挺拔，嘴上两撇八字胡，眼睛挑衅似的凝视着周围。

他在很小的时候就读过《三国》，书里有关武力和权谋的故事，引起了他对战争的狂热。现在，他得偿所愿，踏上了故事的发生地。他骄傲地看着脚下的城市，对于他和他的国家来说，这注定是将记入历史的一刻，从这一刻开始，这个在中国历史上具有重要地位的城市就将由他这个日本人统治，他将是这里新一代的王。

他要在这里实现他的宏图伟略，为他的祖国源源不断提供各种取之不尽的物资，这些假想让他激动到战栗。

"冲啊！让我们把太阳旗插到最高处！"内山英太郎高高挥舞起手臂！

身后的士兵，学着他们的统帅，在一片欢呼声中将刺刀抛向空中。

听到第一声枪响以后，莫院长就再也不能入眠，他索性起床，叫醒几个孤儿一起去收拾杂物间。

杂物间是孤儿们用来放置劳动工具的地方，而几乎无人知晓的是，在杂物间的地下，有一间地下室，那本是灾荒之年储存粮食用的。现在莫院长准备用这个地方来安置孤儿院的女人们——战争年代，年轻漂亮的女人都是危险的。

这群女人里面混杂着两个孩子——许仁和二条，因为他们比较小，离开母亲不能独立生活。

"日本人来了，你们都进去吧，一旦情况好一点儿，我就会让你们出来。"莫院长打开地下室的通道。

莫院长的话，是要求也是命令，大家挨个往地下室走。

在迈向地下室台阶的一刹那，徐珊珊忽然中邪似的尖叫起来："我的笔，我忘记了我的笔！"

她的声音像一根锐利的针，划破沉闷的天空。

"什么笔？"徐璐瑶已经走入了地下室，扭头问徐珊珊。

"爱仁送我的那支。"徐珊珊低语，"千万不能被日本人拿走。"说着，她转身，跑了出去。

"姐。"徐璐瑶吓了一跳，下意识地跟在徐璐瑶后面跑，被手疾眼快的金绮梅从身后抱住："嫂子，您有身孕，不能乱动，要去我去。"

"啊呀，都什么时候了，你们这些如花似玉的姑娘哪还能出门呢？要去，也是我这个糟老太婆去。"张妈急得跺脚。

张妈的话如一瓢冷水，泼醒徐璐瑶和金绮梅。金绮梅冷静下来，她认识到无论是嫂子还是自己都不适合离开孤儿院。可怕的是，徐珊珊已经急急忙忙冲了出去。

金绮梅也不想张妈冒险，但徐珊珊是徐贤仁托付给金亦恭的，总不能对她的生死不闻不问。

"张妈，你千万小心。"金绮梅只得默许由张妈去找徐珊珊。

于是张妈紧跟徐珊珊，大冷天的跑到汗流浃背，还是赶不上徐珊珊的脚步。

"珊珊小姐，你等等我！"两人差距越来越大，张妈无力地朝徐珊珊叫着，可是徐珊珊充耳不闻，别看她平时病歪歪的，这时候却有使不完的力气。

这可不是疯魔了？张妈束手无策。她的年龄不能与徐珊珊相比，一路跑下来，口干舌燥，大气都喘不上来，只好倚在路边一个石碾子上面休息。她看见徐珊珊在往城中的方向跑，她判断徐珊珊的最终目的地是徐贤仁夫妇的家。

"我的笔，爱仁留给我的笔。"彼时似有什么奇异的力量在吸引着徐珊珊，她跑得不知疲倦，且对危险毫不顾忌。

可怕的事情终于发生了，日本人的进攻主力——天谷直次郎带领的天谷支队正朝镇江的主城区挺进，徐珊珊与他们撞个正着。

整个镇江，家家户户的门都关得严严实实，唯恐漏出一丝缝隙，徐珊珊冒了出来，她弱不禁风，娇嫩白皙，像是被一阵风吹来的女鬼，凄凉又美丽，却胆敢出现在光天化日之下。

目光扫过这一绝色美女的日本兵们，每一个都血脉贲张。

空气凝固。

徐珊珊感受到一种非比寻常、蓄势待发的安静，在一阵冷汗之后，理智恢复到她的身上——自己已是羊入狼窝。

她想逃，奈何已经逃不掉。

静止到窒息。

日本人狞笑着走向她，围着她打转，以便看得更清楚一点儿，她如同一尊瓷器，完美无瑕，唯独粉碎的快感能够熄灭他们身体中燃烧的欲火。

"美好的猎物。"他们用日本话交谈并点头赞许。

其中一个日本人按捺不住，动手拽徐珊珊的衣服。

徐珊珊身上起了一层鸡皮疙瘩，身体缩成一团。"不要碰我！"她尖叫着，双手环抱住自己，好像这样能够起到保护作用。

她的举动激起了日本人的亢奋，有更多的士兵走向了她……

隔着半条长巷的距离，张妈眼睁睁看着徐珊珊被里三层外三层地围住，发出阵阵哀号。

一切无可挽回。

"你们这群天杀的畜生！放开珊珊小姐！"张妈厉声叫道，这声音被日本人的喧嚣所覆盖。因为愤怒和惊怖，她的身体像筛筛子一样抖，她艰难地迈着步子，而忘了看脚下的路，结果被石子绊了一跤，趴倒在地。好在冬日衣厚，她的裤子蹭破了，内里膝盖未伤，支撑着爬起来，继续前进。

"吱"，一扇门忽然打开；"啪"，在她还没有反应过来的时候，又迅速紧闭。这一开一关的间隙，张妈被拖了进去。

"救……"张妈才喊了一个字，嘴巴就被人紧紧捂住。

"别出声。"昏暗的房间里，一个人挨近她的耳朵警告，"你再乱喊，我们两个都得送命。"

张妈吓得手脚发软，不能动弹。

周围一片混沌，如未开的天地，张妈适应了好一会儿，才看到一个形容陌生、高大结实的小伙儿，他那样黑，像是盘古开天辟地时蹦出来的"泥人"。

"泥人"大口地喘着粗气，不住地哆嗦，满是畏怯，因为徐珊珊的呼救声不时传到他的耳朵里。

"珊珊……"张妈拼了命地挣扎。

"我们没有办法救她，没有办法，没有办法……""泥人"的胳膊铁箍般箍住张妈，嘴里一次又一次重复着这句话，他用厚实的身体紧压住门板，为了说服张妈，更是为了说服自己。

此时安静得可以听到掉落地上的针。

187

一阵凄厉的惨叫匕首般插入张妈和"泥人"的心脏，俩人骨寒毛竖，不可想象外面发生了什么，只听到日本人爆发出一浪高过一浪的欢呼狂啸，胜似过节。

"懦夫，懦夫！""泥人"边骂自己，边用头轻叩门板，门板好像是烙铁做的，让他失控地大幅度抖动。这时候的他，背对的岂是一道门？不，他背弃的是他的正义、道德和信仰，唯有心空目盲，不听不想，才能继续活下去。

泪一颗颗落下来，"泥人"一口口吞进肚子里。

张妈怔怔地看着他，她领会到，是他冒着巨大的危险救了她的命。如果她被日本人发现，现在将与徐珊珊一样，同在日本人的队伍里，天晓得会有什么下场。

不知何时，门外响动骤停，日本人做鸟兽状一哄而散。

无尽的寂静，寂静到让人发疯。

"泥人"像哮喘病人那样，呼哧呼哧吸着气，转身，隔着门缝往外面探，什么都看不到；他战栗着一点点将门打开，门外一片死寂，还是什么都看不到；他再次吸气，鼓足勇气，将门开大一点儿，这一刻，他看到了徐珊珊。

徐珊珊脸朝地，一动不动，身上一丝不挂，下体被塞入了一个玻璃酒瓶，身下是一大摊污血。

蒋爱仁留下来的爱之笔，最终在生死簿上画去了徐珊珊的名字。

"珊珊小姐！"张妈扑往徐珊珊的尸体痛哭。她把外衣脱下来，盖在徐珊珊的身上，却没有勇气翻过尸体去看这个命运悲惨的女人留在世间的最后表情。

内山英太郎带着他的队伍到达北固山的半山腰。在寒冷萧瑟的冬季，这些日本人像无数只巨型蝗虫，把这座小山压得透不过气来。

出现在内山英太郎面前的是一扇斑驳的拱形门，门关得严严实实，门匾上写着他看不懂的中国字，门前有两棵相连生长的枇杷树，树上的叶子落的落，黄的黄，病快快的似垂暮老人。

与凋零树叶形成鲜明对比的，是系在树上的无数根彩带，它们红且艳，充满生机与活力，让人过目难忘。

内山英太郎略看了看周边，就读懂了这个地方的宗教色彩——日本也有很多类似的可供祈福的场所。

"中国人多么奇怪，这个地方破烂得可以住黄鼠狼，还在用来祈福，他们想祈福什么？"一个日本兵挑头，用手指头拈一根祈福带，藐视地说。

"他们祈福我们的到来！"不知谁狞笑着大声说，"我们就是他们的神！"

"对……我们就是他们的神！"这个"机智"的答案引起共鸣，日本人又蹦又跳，拼命号叫，兴奋得无以复加。

"嘎"，紧闭的拱形门打开，瘦小的朱怜目光冷冷，看着这一群野兽。

"一个漂亮尼姑！"眼尖的看到穿着海青服的朱怜，呼唤同伴。

更多的目光聚焦到朱怜身上。

"这里是朱家祠堂，请勿大声喧哗。"朱怜脊梁骨挺得笔直，用中国话一字一句告诫日本人。

他们不懂朱怜在说什么，不过应该是指责的话语。稀奇了，他们所过之处，草木成灰，苍生匍匐，这个女尼难道不怕？

不等内山英太郎指示，两个粗野的排头兵就朝朱怜走近。

"这里是朱家祠堂，非请勿进。"朱怜再说一次，不闪不避，气质凛然。

"有意思。"两人相顾而笑，继续逼近，他们故意放慢脚步，希望从这个女人眼中攫取到惧怕，继而看到她的顺从，这会令他们更加得意忘形。

但是他们错了，朱怜的面容平淡如水，绝没有退让的迹象。

排头兵被激怒，其中个子稍微高的伸手就要推朱怜。

朱怜反应极快，侧身转手，"嗒"一声，不但逃过了日本兵的手，并把大门也关了起来，神色自如得像临时出门办事那样。

189

她径直走到枇杷树下，站定，仰头。

自她记事时起，这两株连体枇杷树就盘亘于此，百年来，它们相伴相偎，这辈子都不可能分离。每逢春季，树上都能冒出新叶，枝繁叶茂，亭亭如盖，四季交替，连绵的信徒前来挂上祈福丝带，更让老树终年璀璨，生生不息。

今年，镇江人逃的逃，散的散，鲜少再来，枇杷树似通人性，一冬之间，树叶落尽。若说不想活的人是寻死之人，那么现在这棵树，就是寻死之树。

"树犹如此，人何以堪。"朱怜手抚树干，发出一声叹息。

高个子排头兵乘朱怜不备，偷偷把手伸向她的衣角，没想到却碰到了一团小小的火苗，如嗜血的蛇，盘踞在朱怜的衣摆。

"啊！"他触电般地缩回了手，大叫，"火！火！"他的瞳孔收缩着，惧怕地看着朱怜，而朱怜却无比的从容、镇定。

火迅速上蹿，翻腾到朱怜的整个裙裾，她的嘴角抽了抽。

内山英太郎看到了这一幕，许久，他才从震惊中回过神来。他这才会意——这个女人是想当着他的面自杀！不，这不行！这是他在镇江扎根的第一站，她若得逞，就等于昭告天下镇江人誓死也不归顺于他，这无异于给他一记响亮的耳光。既然他来了，就得让她明白，她的生死不由她说了算。

"把她身上的火扑灭，我要她活着！"内山英太郎大喊。

几个兵听到指令，开始靠近朱怜，想灭掉她身上的火。

朱怜一声大笑，忽然发力，一把把扯下枇杷树上的祈福带，朝日本兵身上扔。祈福带经过朱怜的身，开始燃烧，燃起星星点点耀眼的光，日本兵左右避让，狼狈不堪。

"这个女人是疯子！"他们恨得牙痒痒。

"就算是疯子，也要让她亲眼看到这里成为我们的土地！"内山英太郎叫嚣，比疯子更加猖狂。

朱怜身上的火焰越来越旺，眼看没向头部。

这里虽然临江，但是总不能用双手取水灭火。这时有人反应过来，喊了一声："神祠。"

对，神祠里面有容器，可以装了江水来灭火！

立刻有士兵跑去开门，离奇的是，神祠的门又紧又重，根本打不开。另一个士兵上前帮忙，还是纹丝不动。又一个士兵……直到第五个士兵加入，他们才像拔萝卜那样把门拽开。

"嘭……"

伴着一声闷响，滔滔热浪涌出，扑打在士兵们的脸上，浓烈的焦味随之散发出来，福德神祠已是浓烟滚滚，休想迈进半步。

日本人早应发现，是这个尼姑将门关得那么紧，而这道牢牢紧闭的门守住了秘密。

"你早有准备？"内山英太郎瞪着朱怜，一双眼睛想要吃人。

朱怜听不懂内山英太郎的话，但是她能读懂他的眼神，何其好笑，这里是中国人的领土，该愤怒的难道不应该是中国人吗？

福德神祠是镇江人的地方，她不会让日本人沾染这一片净土！在枪声响起的时候，她就准备好了煤油和火柴。方才，隔着厚重的墙壁，传来列兵的步伐，她悄声点燃了神祠，在打开门的前一刻，她点燃了自己。

她最后看了一眼枇杷树。"走吧。"她说，仿佛跟一个老朋友话别。

她嘴巴里发出奇怪的音节，欢快地跳动起来，像远古时候占卜的巫师那样，没有音乐，全无章法，甚至算不上舞蹈。这是一种特殊的语言，她是神的女儿，她在用声音和肢体与天地、万灵对话。

火在她身上大规模扩展，她的头上、身上，丝丝缕缕，到处洒满零星的落霞。飘散的丝带融入晃动的火焰，燃烧得更为炙热，红彤彤的火焰让她原本苍白的脸有了热腾腾的生气，她的眼里皆是笑意，她听到了世界对她的回应，她像一只身披红衣的火凤，用生命的光芒驱散灰暗的迷雾，在这片阴沉的世界里，耀目得让人睁不开眼。

日本士兵目瞪口呆。

"砰、砰"两声枪响，朱怜猝然倒地。

内山英太郎用子弹结束了她的生命。

既然她不能遵照他的意愿活，他也不能让她用她的方式死。

伴随着烈火哔哔剥剥的响动，朱怜渐渐遁地萎缩，如一节枯木。从头至尾，她没有正眼看过这些日本人。

来于尘土，归于尘土。

内山英太郎凝视着烈火中的躯体，不禁无声地质问："你们的部队已经撤离，镇江已被遗弃，有什么值得你坚守？"

"你永远不会懂！"来自烈火中的嘲笑。

在北固山被日军占领的同时，更多的日本士兵出动了，他们像苍蝇一样飞到全城各处，家家户户，他们敲门、踢门，主人不开门的，就用军刀或者斧头砍，普通百姓的木门，三两下就能轻易戳一个窟窿，许多人吓得从家里逃出来，但街上也布满日本兵，家里家外，分不清哪里更危险。

徐贤仁和妻子待在宅子里，竖耳听着外界各种嘈杂，坐立难安。

"老头子，日本人怎么跟强盗似的？"

"也不至于每一家都进吧，我们没什么值钱的东西……好在珊珊和瑶瑶……"

"笃、笃、笃"，微弱而急促的敲门声打断了老两口的对话。

徐贤仁和妻子相互看了看，想开门又不敢开，生怕来人是日本人。

"笃、笃、笃"，敲门声再次响起，"是我，老陈。"一个声音压低了说。

老陈是徐贤仁夫妇几十年的邻居，来一定有要紧事。

"来了。"徐贤仁赶紧答应。

"珊珊……在龙王巷口，老徐，你快去看看吧。"老陈欲言又止，不等徐贤仁开门，离开了。

徐贤仁的脑子"轰"一声响，心知出了大事，跌跌撞撞地走出家，往出事的地点跑。徐夫人见状不妙，也跟在后面。

巷口，在自由来往的日本兵和小心翼翼的中国人之间，徐贤仁没有找到徐珊珊，但是他看到了地上的一摊血，血有一个人的身体那么大，他似乎看到了徐珊珊的形状。

192

徐贤仁像被锤子重重地敲击了一下。

一队日本兵经过，一位瘸腿的中国青年，因为走路的时候特别慢，被拦了下来。

"站住。"日本兵用刺刀抵住他。

瘸腿青年一动也不敢动。

日本兵挑开他的冬裤，藏在裤子里面的腿有敷过药的痕迹。他的腿在一次意外中受伤，医生配了活血化瘀的药膏，使他僵硬的腿在冬天里舒服一点儿，但是在日本兵看来，这恰是遗留在镇江的伤兵的佐证。日本兵手起刀落，将瘸腿青年的腿砍成两截。

"啊——"鲜血如注喷出，瘸腿青年连声惨叫，晕死过去，他的鲜血覆盖在徐珊珊尚未凝固的陈血之上，面积更多、更大，浓重的代表死亡的血腥味荡漾在空气里。

"嘎嘎。"日本兵仰头而笑，甚为得意，杀一个中国人，跟宰一头猪无异。

"我要杀了你们！"找不到徐珊珊的徐贤仁看到这一幕，联想到了女儿的结果，举起手臂，冲向日本兵。

"嗤"，日本兵想都不想，以刺刀回应。

刺刀刺破徐贤仁的衣服，刺入他的胸膛，刺穿他的身体，日本兵冷笑，将刺刀拔出，徐贤仁倒在了地上。

什么镇江德高望重的人物、多年经营药店的长者，在日本人看来，一样是命如草芥、自寻死路的老货。

"老头子！"徐夫人魂飞魄散，伸手去扶，日本兵如法炮制，三下五除二，将她一并解决。

顷刻间，地上交叠了三具尸体，日本兵面无表情，重重地吐了一口唾沫，他们将视线转换到路边的一座大宅子，去搜索他们需要的东西。

不多久，大宅之内传出叫喊声、呼救声，然后，升腾起火焰。

这一幕幕惨剧陆续上演的时候，张妈正在"泥人"的帮助下，用一辆独轮车将徐珊珊的尸体运向精诚医馆。

她不清楚这样做是不是对，但是她只能这样，她不能让徐珊珊曝尸荒野，又不可能把她的尸体带到孤儿院，更没有胆子带到徐老爷和徐夫人面前。几经抉择，还是先找金亦恭吧，何况精诚医馆靠得也近。

她将外衣罩在徐珊珊身上，自己则穿着冬衣的内胆，"泥人"推着车，两人一起沿着墙角走路，头都不敢抬。街上全是日本兵，不得不出门的镇江人都沿着墙角挪，谁都害怕被日本兵无缘无故地辱骂或者杀戮。

"谢谢你跟我走这一趟。"张妈用袖子揩着浑浊的眼泪，声音微弱地对"泥人"说，"谢谢你。"

"泥人"不说话，像什么都没有听到，只顾推着车往前走。

车是张妈问"泥人"借的，她开口的时候并不抱什么希望，她恐怕他会回绝，因为谁都忌讳这种事，没想到他不但答应了，还愿意陪她去精诚医馆。

张妈这辈子也没有走过这么难走的路。

"少爷，少爷……"踏进医馆，张妈就哭开了。

还没有日本人攻击医馆，所以金亦恭闻声而来，他看到了徐珊珊的尸体，只觉得脊背心飕飕的凉。他见过许多病死的人，那些人出于各种病因，尸体的形状也会千奇百怪，但是没有一具尸体让他这样害怕。

现在，他知道她生前遭受的一切，他意识到，攻陷镇江的这些人，是一群魔鬼。

许久，金亦恭才调整到正常的呼吸。

张妈哭着诉说了事情的经过，"多亏这个好心的青年。"张妈指了指同行的"泥人"。

"珊珊小姐是我们整条街上最美的女孩。"不待金亦恭说出任何一句道谢的话，"泥人"走了。他自始至终没有看徐珊珊的尸体一眼，他要把徐珊珊美丽的印象永远留在脑海里。

"少爷，你说我们该怎么办？"张妈看着金亦恭，她已六神无主，"我们怎么跟少奶奶交代，怎么跟亲家老爷交代……"

"你先回孤儿院，这里交给我。"金亦恭说，他现在极度后悔没有跟陆小波离开镇江，但是后悔毫无意义，他唯有极力保持冷静，"不要对瑶瑶说一个字。随便她怎么问，你就答跟丢了。"

张妈捂着胸口连连点头："好的，少爷，我不会说的。我就怕我会一不小心哭出来，我的心口疼得厉害。"

金亦恭看着张妈松垮憔悴的脸、身上露出白色棉絮的棉衣内胆。

"张妈，你可以，你一定可以的！"金亦恭紧紧攒住张妈的手，给她勇气，"瑶瑶的肚子里还怀着孩子，你一定不能哭，一哭就露馅了。"

"少爷，我尽量。"张妈忍着眼泪说，"可是，你今晚住哪儿呢？你不能回家里了……现在太不安全，你跟我一起走吧，到孤儿院去。"

"晚些，我把这里料理一下，去孤儿院与你们会合。"金亦恭看了看徐珊珊的尸体答道。

"好，好，好。"听到金亦恭肯放下医馆去孤儿院，张妈这才一步三回头地离开，"少爷，一定要来啊！"

第十六章 被 捕

　　天色渐暗，金亦恭独自坐在精诚医馆。

　　街上三五成群的日本人"光顾"，徐珊珊的尸体让他们误以为这里已被洗劫过，骂一声，退出去。

　　现在，这里只有活着的他和死了的徐珊珊。

　　金亦恭的心太乱了。

　　这个地方，说大不大，说小不小，却是他生命的全部。他至今记得，舅舅柳慈航第一次带他过来的时候，他是多么的雀跃。因为这里将成为他金亦恭的医馆，他行医生涯的起点。

　　后来，医馆见证了他从无人问津的小医生到颇有名望的金大夫，见证了母亲的死，见证了与徐璐瑶的婚姻、许仁的出生。

　　正是因为这里承载着太多的东西，他才不忍心离开，但是现在看来，已经不得不离开了。

　　他恋恋不舍地看着这里：一桌一椅，一窗一柜，包括白玖贵送来的那块他一直觉得可笑的牌匾，都变得弥足珍贵。他要把这些都刻在脑海里，永生永世不要忘记。

　　金亦恭就这样看着，看着，像石化了一般，直到天黑得快要亮了，周围各种让人心悸的声响统统淡了，才缓缓地站起来。

　　他疯了一样，以最快的速度把医馆的桌子、椅子、凳子……只要是能搬得动的东西，都挪到一处。又搜集了旧书、报纸、开方子的便笺，摞成一堆。他划了一根火柴，"啪"，他把火柴丢在这些乱七八糟的东西上面，火腾一下冒起来。

"对不起，姐姐。"透过火光，金亦恭向徐珊珊深深地鞠了三个躬。

在这危难时刻，他只得这样决定——将徐珊珊的尸体与精诚医馆一起焚化。这件事将成为他心中一个永远坚守的秘密，今生今世，他都会对这个秘密守口如瓶，他要让妻子和岳父母，抱着一丝希望活下去。

他还不知道，徐氏夫妇业已离开了这个世界。

最后，他将唯一留下的一个医药盒背在身上，朝孤儿院的方向走去。

他不能想，不能看，不能停留，因为在他身后，精诚医馆逐渐成为一片火海。

路上不时见到无人认领的尸体、被拉杂摧烧的房屋、三三两两极度亢奋不睡觉的日本士兵，他们到处游荡，点兵点将，进了谁家谁倒霉。金亦恭的心从没有跳得这么快过，区区四五里路，他像一片扁平的影子，被风吹着朝孤儿院飘，腿脚犹似踩在棉花上。

好不容易穿过乱坟岗，看到孤儿院，金亦恭长吁一口气，觉得捡回来一条命。

"求求你，放了我吧。"

一个女人的声音。

"哇、哇……"有婴儿的啼哭。

金亦恭躲到一棵树的后面，探出头，看见一个日本兵持枪指着一个女人。女人长得眉开眼阔，蓬勃健康，她惶恐地跪在地上哀求日本人，怀里还抱着一个婴儿。

日本兵嘴里夹杂不清地说着什么，婴儿被陌生的声音惊吓，啼哭得更厉害。

"乖，娘在，不怕的。"女人尽力将孩子往贴身处搂，虽然她的声音也在颤抖。

金亦恭的心中雪亮。

饿狼见到羊，怎么可能好心放过，日本兵抢过女人手中的孩子，用力往地上一掷，孩子"吱"一下，就再没有声音了。

"二条……"女人看见孩子被摔到地上，叫得撕心裂肺。

日本兵毫不理会，持枪逼迫女人就范。

"我跟你拼了！"女人如受伤的野兽，一骨碌站起来，不要命地往日本人身上扑。

"嗷"，日本兵想不到女人敢对付他，没有防备，侧脸一痛，耳朵已被咬掉半只，鲜血淋漓。

"八格牙路！"日本兵火冒三丈，他不顾流血的耳朵，扣动扳机，将子弹射向女人。

"砰……"

锐利的声音划破冬日深夜的沉寂，女人应声而倒，在垂死间仍死死抱住日本兵的脚，她不可能再站起来了，却希冀用生平最后的力气扳倒他，为儿子报仇雪恨。

远处传来一串狗吠。

日本兵恨之入骨，对她又踩又踢。女人力气渐弱，再也不能反抗。

金亦恭忍不下去了，他俯身捡起一根粗壮的枝条，从树后一跃而出，朝日本兵的后脑勺重重抽下去。

他出现得太快太突然，日本兵来不及回头，就昏死在地。金亦恭一不做二不休，往他的脑袋上狠狠补了几下。

日本兵的脚在地上扑腾了几次，枪也从手上滑落，终于不动了。

金亦恭放下树枝，大口大口地喘着气，又屏住呼吸，慢慢俯身摸了摸，日本兵鼻息已无。

他亲手杀掉一个人，一个日本人！天啊，连他自己也想不到，他这个以救人为天职的医生有一天会成为杀人凶手！他的手不停地颤抖，但是他心里一点儿也不后悔。

他疾步走到女人身边，她已经没有了呼吸，而那个孩子，只是暂时被摔昏了。

"多亏了你的母亲，将你穿得这样厚实。"金亦恭抱起孩子说。

他听到了孩子微弱、平稳的呼吸声，他已经好久没碰过这样小的孩子了。寒冷的星光映着孩子幼小的脸，经过一天的生死考验，一道暖流涌上金亦恭的心头，他不由得把孩子朝自己的心口拢了拢。即使长夜漫漫看不到尽头，这些幼小的生命仍将是这个民族的希望。

一串急促的脚步声和可疑的沙沙声由远及近飞速而来。

金亦恭左右望了望，可惜这里除了树，再找不到躲避的地方。

想到即将面临的死亡，他反而淡然，毕竟在死之前杀了一个日本兵，值！

一束手电筒的光亮射过来。"金大夫？"来人看到金亦恭，轻呼一声。

"莫院长。"当金亦恭看到来人，松了一口气。

并不是日本人，是莫院长听到枪声，带着两只狼狗赶了过来。

狼狗发现了一地狼藉，左右窜动，"汪汪"提醒着主人。

"别吵。"莫院长喝止。

狗很听话，匍匐在莫院长的身旁，再不叫唤。

"是烧饼郎的妻子阿兰。"莫院长认出了死者。

金亦恭深感悲痛，难以想象李平镜该如何接受这一残酷的事实。

莫院长用手在身上不断点着十字架的形状，低声祈祷，完毕后，他看到金亦恭手中的婴孩，眉心动了动："孩子还活着？"

"活着。"

"活着就好。"莫院长长长地呼出一口气，"你不用太担心。"

金亦恭无奈地笑了笑，他在孤儿院前面杀了一个日本兵，给莫院长惹了天大的麻烦，这个德国人却叫他不用担心。

他想向莫院长表达歉意，却看到莫院长正吃力地搬着日本人的尸体。

"快帮我把他翻个个儿。"莫院长说。

于是金亦恭把二条放在地上，与莫院长一起把日本兵翻了个身，让他脸孔朝天。他的脸上沾满泥土，莫院长用一些树叶把他擦干净。继而，莫院长又把阿兰的身躯拖到他的附近。

"大黄、大黑，上！"做好了这些工作，莫院长一声令下，一黄一黑两条狗箭似的扑上去。

孤儿院的狼狗原是嗜血的，只因为平时用铁链拴着，才不乱咬人。

今天主人破天荒地指示它们去吃带有血香的肉体，两只狗欢天喜地。

它们奋力撕扯，尸体顷刻支离破碎，尤其是日本兵的那具，因为耳朵上和后脑勺的创面大，鲜血不断渗出，狼狗吃得格外欢畅。

"回来吧，宝贝儿。"莫院长看差不多了，召唤。狗乐颠颠跑回来，莫院长却不无爱怜地摸摸它们的脑袋，"委屈你们了。"

金亦恭只觉胸闷气短，抬眼时，正好触及莫院长的眼睛，他看着大黄和大黑的眼神里充满了爱怜与不舍。

金亦恭读懂了一切，热泪盈眶：德国是日本的盟国，大黄和大黑是莫院长养大的孩子，但是这个德国人，选择了舍弃，选择了人性与正义。

"我们走吧，他们很快就会来。"莫院长抬起头，声调里没有抑扬顿挫。

天渐亮。

金亦恭跟随莫院长的脚步，昂首阔步朝孤儿院走去，他把二条抱得好好的。

孤儿院的地下室乱成一锅粥，虽然张妈一口咬定她半路摔了一跤，把徐珊珊给跟丢了，但是徐璐瑶觉得张妈在掩饰很严重的事情。

"姐姐、姐姐她……一定不好了……"徐璐瑶恸哭，怀孕时期的种种禁忌全部抛诸脑后。

张妈经历了一天的紧张恐怖，看到徐璐瑶，总会联想起在死前念叨着"笔、笔"的徐珊珊，身上汗毛直竖，怕露馅，自行躲到角落里去。

金绮梅一个劲儿地劝嫂子，可惜效果不佳。

另一边，李平镜的母亲又准备冲出地下室。

"二条……阿兰……"她失魂落魄地喊。

因为地下室比较闷热，在里面待了一天，二条不适应，大晚上的又哭又闹，阿兰既疼孩子憋闷，又怕影响他人休息，就乘夜间带二条偷偷溜了出去，呼吸一口新鲜空气，到现在都没有回来。

"再等等，再等等。"几个女人不约而同地劝，"现在不能上去。"

"我刚才听到枪声了，还有狗叫声。"李母绝望地说。

"这里在地底下，哪能听得见上面的动静，你年纪大了耳朵不灵光，净瞎想。"一位年长的女人说，她退化的耳朵确实没有听到枪声和犬吠。

"唉，兴许是我年纪大了，老得昏了头了。"李母被这样一说，又有几分相信了，痴痴地巴望着阿兰和二条平安回来。

众人都不作声，因为其中有不少人也听到了枪响，她们默契地将某一时刻的到来延迟。

地面上，孤儿院门口的狗又一次狂吠起来，杂乱的脚步声由远而近，继而大门被拳脚砸得咣啷作响。

"把门打开!"有人放肆地叫嚣，说的竟然是中国话。

莫院长不慌不忙开了门，看到一个人带领着一队日本人，这个人尖嘴猴腮，一双眼睛像老鼠那样又黑又小，每转一次都会有坏主意冒出来。他的个子又高又细，像根麻秆，站在队伍的最前面。

莫院长轻蔑一笑，作为一名外国人，他看不起卖掉中国的中国人。

"开门怎么这么慢?""麻秆"正得势，鸡蛋里挑骨头，想给莫院长一个下马威。

"年纪大了，快不起来。"莫院长回答。

"借口! 分明是窝藏要犯!""麻秆"拳头一握就要给对方颜色看。

一把枪柄横在空中，拦住了"麻秆"的手。

"蠢货。"天谷直次郎呼喝，"他是德国人。"

"麻秆"定睛一看，发现对方虽然说着中国话，却是一个外国人。

"哎哟，瞧我这狗眼。""麻秆"反手给自己一记耳光。

天谷直次郎不耐烦看"麻秆"这种低档次的表演，挥苍蝇似的将他一拨，走向莫院长，叽哩哇啦询问。

"麻秆"直起了腰，朝莫院长喊："军爷问，现在在打仗，你一个外国人留在这里做什么?"

"我在镇江开这座孤儿院已经很多年了，不能因为打仗就丢下这些孤儿们。"莫院长不卑不亢。

天谷直次郎狐狸般地环视这里，德国国旗在操场上高高飘扬。

"军爷手下走丢了一个兵，你有没有见过?"

201

"没有。"

"军爷，他说没有。""麻秆"翻译，"我们要不要去别处？"

"就算这里没有小野君，也可能会有女人。"队伍里的日本兵说。

这句话触动了天谷直次郎，"搜！"他不客气地命令。

日本兵闯进了孤儿院。

"起来，起来。"他们进入每一间屋子，用枪杆敲打孤儿的身体。

孤儿们睡眼惺忪，对发生的一切一无所知，打着哈欠一个个排列到大厅。

没有找到小野君，也没有搜到花姑娘。

看着孤儿们青涩的脸和尚未发育完全的身体，天谷直次郎产生了一丝邪恶的念头。

"把裤子脱下来让我检查！"天谷直次郎命令，因为年纪稍微小一些的男孤儿身材瘦弱，与女子有几分类似，他要辨认是否有女子掺杂其中。

孤儿们听着这个侮辱性的命令，你看看我，我看看你。

"我保证他们都是男孩子。"莫院长上前劝阻。

"我保证他们不听我的话，枪会走火。"天谷直次郎用枪杆在莫院长肩上敲了敲，以示警告。

莫院长无法反抗。

孤儿们只得一一将裤子脱掉，听凭日本兵检查，胆小的孩子都哭了出来。

何其庆幸，孤儿院在建造伊始就设计了一间地下室，这个可有可无、不起眼的建筑，保护了前来投奔的女人和孩子们。纵然日本兵在孤儿院翻箱倒柜，到底没有重视漆黑一片的杂物间，更没有发现藏着一群女人的地下室。

"有发现！"一名日本兵把金亦恭带到天谷直次郎面前，"这个人很可疑，他带着一个很小的孩子。"

"你是什么人？"天谷直次郎问，问话又通过"麻秆"传达给金亦恭。

"我是医生。"金亦恭抱着二条，他从来没有这样硬气。

"你为什么来这里？"

"为了他。"金亦恭垂头，怜悯地看了一眼这个刚刚失去母亲的孩子。

"哦？"天谷直次郎从"麻秆"嘴里听到金亦恭的回答，饶有兴趣地看着他，"今天我遇到的都是怪事，外国老头儿为了孤儿不回国，而你，为了一个孩子到这儿。说说理由，我想听听。"

天谷直次郎仰天打了个哈哈，算是笑，不过这笑容并不友好。

"我认为这不是一件乐事。"金亦恭怒视天谷直次郎，"他的母亲在今天晚上刚刚过世，就死在了我的跟前，我不能眼睁睁着他再死去，只好把他送到孤儿院来。"

"听上去，他并不是你的孩子？"

金亦恭不语，算是默认。

"你心里在骂我们日本人很残忍？"虽然金亦恭没有点破，但是天谷直次郎大概猜到孩子母亲的死与自己手下这帮人有关，他没有猜到的是，金亦恭埋藏在故事里的女主角，就是不远处死在小野身边的女人。

"我只是希望莫院长收留他。"金亦恭没有直接承认或者否认什么，与禽兽做口舌之争并无意义。

"笑话，镇江的孤儿院非此一家，你为什么偏要到这里，老实交代，休想蒙混过关！""麻秆"阴恻恻地说。

金亦恭没料到"麻秆"的心思如此细密，一时情急，竟想不出合适的借口。

"金大夫是因为我。"一个瘦小的孤儿忽然叫起来，"我身体不好，常年吃药，金大夫每月总要来复诊一次，所以跟我们熟悉，他捡到的孩子当然会送到这里。"他的声音发抖，看得出很害怕，但还是说了，这一点增加了他话语的真实性。

"你是医生？""麻秆"大笑，一脸嘲弄，像听到一个好听的笑话，"满嘴谎言，现在哪个医馆还敢开门？说，你到底是谁？"他根本不认为会有医生在这个时候还想着治病救人。他认为金亦恭一定有隐藏的身份和不可告人的目的，他要揪出来，在天谷直次郎面前立一大功。

"不敢？有什么不敢？"金亦恭愤怒了。今晚，他固然不是为了这个孤儿而来，但是他的精诚医馆确实一直在坚持着，这一点上，他没有说谎。哪怕已将它付之一炬，他也不能忍受这样的污蔑。"救死扶伤是医生之天职，镇江还有比现在更需要医生的时候吗？你若不信，可派人到中华路打听打听，看看我金亦恭的精诚医馆是不是开到今天？"

金亦恭越说越气，驻军撤离，镇江的人民已经够惨了，为什么还有人要坑害同胞换取荣华富贵？

"你以为，所有的人都和你一样贪生怕死吗？"他最终口不择言。这句话将"麻秆"得罪得一干二净。

"麻秆"常常被日本人骂，骂到十八代祖宗，骂到认不得家，这都不要紧；但是一个转身，面对中国人的时候，他却是谁也说不得的尊贵的"人"。

"你是说，你不怕死？"麻秆"阴冷了脸。

金亦恭笑了一声，对于这种没有骨头的人，对骂都嫌脏了嘴。

"军爷，金大夫没有说谎，这些年，多亏了他，我们的阿寿才能平安度过。"莫院长接过话来，"阿寿本叫阿冒，是极寒体质，三天两头地病，很多医生都说他活不过十岁。可是自从遇见金大夫，他的身体就一天比一天好。去年，在他十岁生日的时候，我给他改名'阿寿'，希望他健康长寿。"

三言两语间，莫院长已将孩子的姓名、年纪变着法子告诉了金亦恭，以防日军稍后讯问。

"麻秆"还想再问什么，阿寿却拎着金亦恭的医药盒站到日本人面前："军爷请看，这是金大夫带来的，我们孤儿院是没有这些东西的。"

这孩子的反应之敏捷，让人惊讶。

金亦恭的喉咙又干又涩，像被什么东西堵住。

这个孤儿院里，没有一个孤儿与金亦恭相熟，但是这些幼小的孩子理解莫院长在做着什么，他们以机变和勇气，帮助莫院长要保护的人。

天谷直次郎眯起了眼睛，他左右踱步，看看金亦恭，看看莫院长，再看看阿寿。

一名日本兵慌慌张张跑过来："报告！前面找到了小野君的尸体，身边还有一个女人，也死了。"

"死了？怎么死的？"天谷直次郎气得嗷嗷叫。他并不多在乎一个日本兵的存亡，他在乎的是有人胆敢在他的眼皮子底下在太岁头上动土。

"女人是被枪打死的，小野君身上倒没有中弹，但到处是伤。"日本兵朝天谷直次郎汇报。

"带我去看。"天谷直次郎命令。

离孤儿院不远的荒坟堆里，小野和阿兰的尸体紧紧靠在一起，这对生前不共戴天的仇人，死的时候结了伴。

"谁干的？"天谷直次郎眉毛一竖。

"小野的伤痕，除了后脑勺那一块像是撞在地上的，其他都是被狗咬的。"日本兵汇报。

在孤儿院的门口，确实有几只巨型狼狗，小野的手枪还在他身边，莫非是他被狗发现，开枪袭击时激怒了狗？

日本兵向来训练有素，被狼狗活活咬死这种事，听上去有点儿玄。可若说有人力相助，就孤儿院这帮小孤儿和这个年迈的老院长……

天谷直次郎鄙视地朝莫院长看了看。

除非有其他成年男子。

"医生！那个医生的嫌疑最大！""麻秆"找到了破绽，激动地大叫，声音尖锐如同女人。

一路搜过来，唯一出现在天谷直次郎视野里的成年男子，就是金亦恭。

"毙了那些狗，带走那个医生！"天谷直次郎拂袖而去，狠戾地甩下这道命令。

第十七章　永　夜

不知过了多久，地下室的门终于被打开，一丝光亮透了进来。

"绮梅？"

是王富的声音。

"王富哥？"半梦半醒的金绮梅疲惫地睁开眼。

伴着两人的应答声，地下室的女人们像开春的动物，于长时间的冬眠后纷纷复苏。

莫院长和王富出现在众人眼前，莫院长的手上抱着二条。

"王富哥。"金绮梅扑进王富的怀里。

王富的怀抱温暖而有力量，让金绮梅得以回归现实。这些天就像一场怎么也醒不过来的噩梦，她无数次盼望一觉醒来，太阳像往常一样照在西津渡的金家，她依旧去女中上学，回家有香喷喷的饭菜。但是不会了，她似在梦魇中，憋着一股气，喘不上来也咽不下去。现在，她终于能够酣畅淋漓地哭出声，并且毫无顾忌地把眼泪鼻涕揩在王富的衣襟上。

眼看金绮梅如同一只受惊的小鸟，伏在胸口微微颤抖，少女的体香丝丝入鼻，王富既痛且恨。他很想紧紧地拥抱她，一生一世地保护她，但是，他不敢，他唯恐自己做不到。

止住澎湃的心潮，咽下那些几乎脱口而出的有关一生一世的承诺，王富悄悄地闭上眼睛，轻轻摸了摸金绮梅乌黑的发，温柔地安慰："不怕，不怕。"

天地万物有时，而此刻似无穷尽。

"二条！院长，二条怎么会跟你在一起啊？"李母看到自己的孙子，眼睛因惊骇而睁到两个大。

莫院长什么也不说，只是将二条交到了李母的手上。

"阿兰，我可怜的阿兰……"透过莫院长的沉默，李母读懂了最坏的结局，她瘫软在地上，声嘶力竭地呼喊，"让我去死，让我这个老太婆代阿兰去死！"

这一次，没有人安慰她，因为任何言语的安慰都是多余的。

镇江已成为人间地狱，每个人的心中都充斥着恐慌和悲凉。

"院长，您……看到我们家少爷了吗？"张妈记得金亦恭临别时的话，盼了一宿也没见到他，心里七上八下。见此情景，似是预见到什么不测，开口就带着哭腔，"这一夜，我眼皮跳得没停过。"

这一次，莫院长说话了："金大夫被日本人带走了。他走之前把二条带回了孤儿院。"

亦恭被抓了。听到这个噩耗，徐璐瑶的脸唰地失去血色。

"为什么抓我丈夫？""为什么抓我哥哥？"徐璐瑶与金绮梅几乎同时问出了这个问题。

"因为昨天夜里，孤儿院外不但死了阿兰，还死了一个日本兵，日本人怀疑到金大夫身上……"莫院长没有说破真相。

徐璐瑶虽猜不透金亦恭出于什么原因会在夜里赶来孤儿院，但他既带来了二条，说明他很可能目睹了阿兰的死。她深知，外表温文儒雅但内心刚毅善良的丈夫是不会眼睁睁地看着阿兰被害死的，所以她几乎肯定金亦恭与日本人的死有着千丝万缕的关系。

本就因为姐姐徐珊珊的失踪而担惊受怕了一整夜的徐璐瑶，现在又听到这么个消息，心口一颤，身子一轻，人就往后仰去，失去了知觉。

一股热血从她下身缓缓流出。

满城遭殃，德珍诊所却完好无损，说来可笑，这份平静受益于被枪毙的蒋爱义，毕竟他是日本人的人。

虽然获此"殊荣"，蒋德珍却视之为耻，自日本人踏入镇江后就彻底关闭了诊所，再不出门。

王富又一次来到这里。铁门还是那扇铁门，只是门上的动物头像不知缘由地凭空消失，仿佛不愿意正视这炼狱，只留下光秃秃的门把。

　　他喊了几次门，门终于开了一条缝，这一次不是老陈，而是蒋爱珍。

　　"王富。"蒋爱珍认得他，"你有什么事情吗？"

　　"我想请蒋大夫救人。"王富连忙说。

　　"爱珍，谁来了？"蒋德珍在屋里问。

　　"没有谁。"蒋爱珍回答。她想父亲是不高兴看到王富的。

　　蒋德珍还是出现了，他听到了陌生人的声音，他的身上只穿了一件旧得不能再旧的布棉袄，腰也弯了，背也驼了，看上去，若失去蒋爱珍的搀扶，连站立都很费力。

　　"你来干什么？"看到王富，蒋德珍颇不快，他不欢迎这个人。

　　"蒋大夫，我之前对您多有得罪，但是现在人命关天，请您放下对我的成见。"王富诚恳地说。

　　"谁的命？"蒋德珍瞟一眼王富。

　　"金夫人小产，生命垂危。"

　　"亦恭去哪儿了？"

　　"金大夫被日本人抓走了。"

　　"狗日的，这帮狗日的！"温文儒雅的蒋德珍骂出了所能想到的最粗劣的话，"我跟你去，这就去！"

　　与日本人相比，对王富的恨不算什么。

　　他磕磕绊绊往前冲，走几步，忽然停住，老牛那样喘几口气，方对女儿说："爱珍，把药箱拿来给我。"

　　"爹！"蒋爱珍使出吃奶的力气搀扶住蒋德珍的一条胳膊，生怕他发生意外。

　　"快去！"蒋德珍推开了女儿。

　　"唉……爹您站稳了……"蒋爱珍边走边回头，看到王富已站到蒋德珍身边。

　　一转眼，蒋爱珍将药箱递到蒋德珍手上。"爹，我跟一起你去。"

她说。

"不用，他在！"蒋德珍朝王富戳了戳下巴。一旦离开诊所，蒋爱珍这样的年轻女孩儿就会有危险。虽然他不喜欢王富，但是他信王富。

说完，蒋德珍将腰直了直，在王富的搀扶下，最大限度地迈开步伐，待会儿，他要身杆笔挺地出现在街上那些日本人面前。

孤儿院洁白的床上，徐璐瑶悠悠醒来，她的小腹变得平坦如初。

"亦恭，你回来啦？"徐璐瑶瘦小的脸庞露出一抹灿烂的笑颜。

所有的人皆大惊，因为此刻在徐璐瑶床前忙碌的人是蒋德珍。

"少奶奶，你糊涂了，这是蒋大夫。"张妈轻轻拍了拍徐璐瑶的手背，满怀歉意地对蒋德珍说，"蒋大夫，少奶奶太想念少爷了，您多担待。"

徐璐瑶像什么都没有听到一样，目不转睛地看着蒋德珍，一笑，再笑。

蒋德珍很不自在，但是也不方便说什么。

"娘，你疼吗？"刚才，徐璐瑶流了好多好多血，许仁一度以为母亲就要死掉了，害怕得直哭，现在她露出笑容，他赶紧用稚嫩的小手钩住她的脖子。

"疼？为什么会疼呢？"徐璐瑶看到许仁脸上的泪痕，伸出手去擦，"我们乖乖的许仁怎么哭鼻子了？很快就要当大哥哥了，这样羞不羞？"

她竟然对发生的事情一无所知。

"大哥哥……娘……小弟弟已经死了呀！"当许仁听到徐璐瑶说到"大哥哥"这个词的时候，他眼前呈现出方才那个血糊糊的肉团，姑姑金绮梅告诉他，那是他的弟弟。

"你乱说什么？"徐璐瑶脸一沉，呵斥道。

许仁吓哭了，他委屈地申辩："我没有乱说呀。"

徐璐瑶似乎明白了什么，她将手摸向自己的腹部——指尖的触觉落了空，她的心随之掉落。

"哎呀！"徐璐瑶面如土色，"孩子！我的孩子呢？"

她仓皇地看向张妈，张妈别过脸，落下两行泪，她又看向金绮梅和

209

王富，两人也不约而同避过与她相对的视线。

"亦恭，这是怎么了，我真的不知道。"徐璐瑶的手开始发抖，缺失的记忆让她感到莫大的惶恐，她没法向"金亦恭"做出解释。

"金亦恭"并不责备，也不安慰，只是侧脸而叹。

"这一定是梦。"在过度的刺激下，徐璐瑶开始呓语，"梦醒了就好了。"她边说边蜷进被子，缓慢地把头和手都往被子里缩，如同一只幼鸡躲进蛋壳。

"嫂子，你跟哥哥都还年轻，来日方长。"金绮梅隔着被子摸了摸徐璐瑶，希望她能振作一点儿。

"不要碰我，我在睡觉！"透过棉被，徐璐瑶的声音又尖又怪，像换了一个人。

金绮梅看着徐璐瑶的异常举动，想到了什么，心猛地一沉。她用眼神示意蒋德珍借一步说话，两人站到了门口。

"蒋伯伯，嫂子她现在这个情况，会复原吗？"金绮梅问。

"亦恭刚被抓，孩子又没保住，瑶瑶受的打击太多了。"蒋德珍摇头，"能不能复原——不好说。"

金绮梅呆了一呆，似曾相识的场景让她想到了十多年前的母亲。

"绮梅，好孩子，你也不要太担心。"蒋德珍于心不忍，改口说，"也许亦恭一回来，瑶瑶就好了。"

蒋德珍的解释与方才自相矛盾，想到他是在有意劝慰自己，金绮梅心里更愁。先不说徐璐瑶恢复正常的可能性有多大，光是把金亦恭弄出来，就已难如登天。

"对了，我怎么没看见珊珊？"徐璐瑶形势紧张，蒋德珍没顾得上问，直到这时才提起来。

"昨天，莫院长让我们躲进地下室的时候，珊珊姐忘了什么……派克钢笔，一个人跑出去了。"面对蒋德珍的问询，金绮梅模棱两可地说，她只不过在掩饰一个谁都能猜测的事实。

浑浊的泪水顺着蒋德珍的眼角流下来，无声无息。

"难道没有人出去找她吗？"半天，他才问。

"张妈当时追出去，临近天黑才回来。"

下面的话自不必说，若找到，用不了这么久。

"呵呵……派克钢笔……"蒋德珍仰天而叹。

蒋爱仁留洋归国时，带回来两支名贵的派克钢笔，他将它视为珍宝，甚至舍不得送一支给父亲蒋德珍，却最终送给了未婚妻徐珊珊，作为定情之物。

"冤孽，冤孽！爱仁啊，黄泉路上，想必珊珊已与你做伴了吧？"得知真相的蒋德珍捶胸顿足地哭，又诡异阴冷地笑。

张妈是在徐珊珊出发不久就追出去的，为什么没能追上，金绮梅不得而知，并且张妈归来后一脸仓皇，连外套都不知所踪，更让金绮梅感到蹊跷。不过不管怎么问，张妈都一口咬定外面兵荒马乱，到处是窜逃的难民，所以才会跟丢了。金绮梅虽然觉得有什么地方不对，也无从辩驳。现在蒋德珍这个样子，金绮梅觉得自己有逃脱不了的责任。

"蒋大夫，您节哀。"王富走过来，低沉劝慰。

他曾参与抓捕蒋爱义的事件，虽然他做得无愧于心，却有愧于蒋德珍。

"好好照顾瑶瑶，我该回去了。"蒋德珍收敛住哭和笑，成为一个正常人。他那么高傲，不允许自己脆弱的那面被王富看见。

王富的眼里闪过一丝钦佩的神色："蒋大夫，劳您稍等片刻，我交个东西给绮梅。"

王富从衣服的暗袋里取出一枚袖章来，塞给金绮梅："这是天谷直次郎发给红十字会成员的袖章，戴着这枚袖章的人，日本兵都不会碰。"

袖章纯白底色，被折叠得方方正正，金绮梅轻轻展开，就能看到正中间印着鲜红的"十"字符号，很像一面缩小的长方形旗帜，袖章上印着一个小小的阿拉伯数字——1。

"不不不，王富哥，这是你的袖章，我不能要！"看到"1"的编号，金绮梅明白这意味着袖章是按人头发放的，陆小波走后，王富暂时代管商会，编号才为"1"。

"你放心，日本人需要红十字会做事，即使我不戴袖章，他们也不会拿我怎样。"王富故作轻松，说什么也不肯将袖章拿回。

有什么事情是日本人都做不了，却需要中国人做的？金绮梅没有深想，她将袖章紧紧地攥在手心，眼睛里晶莹一片。

"走吧。"蒋德珍不耐烦小年轻的情爱，他身心俱疲，只求速速归家。

"绮梅，保重！"王富努力做出快乐的样子来告别。忽然，他大踏步走到金绮梅的面前，抱了抱她，还没等她反应过来，却已逃开，"保重。"他再一次说。

王富这一反常的举动，让金绮梅羞得不知所措。

在她的记忆里，他虽不守陈规，却从没有这样突兀过。

她看向他，一直以来，他的眼底都有粼粼光彩掠过，现在却转瞬消逝，黯淡如被雨打风吹去。

金绮梅产生出一种恐惧。

"蒋大夫，我们走。"王富毅然决然地说，他不再多看金绮梅一眼，虽然这恐怕是他此生与她相会的最后一刻。

从日本人踏上镇江的那一刻开始，王富就一次次产生与他们拼命的冲动，又一次次按捺住了。他不是贪生怕死，他只是在找一个合适的时机，让自己死得值一点儿。

今天，时机来了。

天谷直次郎派人来转告，红十字会务必安排好人手，半个月后，收拾掉城内的尸体。

换言之，疯狂的规模性屠杀，还会持续半个月。

除却这个令人不快的命令，天谷直次郎也很客气，他同时准备了六十枚带有编号的袖章，既不多一个，也不少一个，超过这个数而出现的人，随时也会成为尸体。

杀掉中国人，然后指定另一批中国人去埋葬，这个做法，未免欺人太甚！

当然，日本人并不在乎，因为他们从没有把中国人当人。

如此屈辱的要求，王富无力反对，但他也有所收获，接受了这个任

212

务，就有机会认识和接近天谷直次郎，届时，他会不惜一切代价！

他是一个孤儿，没有什么值得挂念的，除了金绮梅，好在，他跟她还没有正式恋爱过，所以即使他死了，他想，她依旧可以好好活着……

他在这时候想到了他的好兄弟陈天民，他终于理解他了，即使他们自己甘愿赴死，也希望他们深爱的女孩好好地活。

当戴着袖章的红十字会成员在镇江的街头巷尾给同胞收尸时，金亦恭已经在牢房里待了十多天了。跟那些要紧的、可疑的人员相比，天谷直次郎暂时忘记了金亦恭的存在。

"金大夫这几日吃得住得可还习惯？""麻秆"牢牢地"惦记"着金亦恭，巡视时有意光顾他的牢房。

牢房位于小街41号，地理位置靠近商会，原是基督教教堂的地下室，既没有门，也没有窗，阴暗潮湿不说，关押者还被戴上沉重的手铐和脚镣，牢饭更是有一顿没一顿的下脚料。

金亦恭把头一偏，并不搭理。

"麻秆"也不恼，而是问出了谜一般的话："金大夫可知道这些天从牢里出来的人，去哪儿了？"

每天早晨，牢房的门都会打开。这是一扇铁门，它的上半部分是乌黑色的铁条，下半部分则装饰成金黄色，在它拱形的顶上，是一个小小的暗红色十字架。一线光透进来，牢房里的一些人，像牲口一样被牵着，一级级攀向那能看见太阳的牢狱之外。"咣"，门关闭，一天的光明至此结束，那些人走向遥远的地方，再也不会回来了。

"你在威胁我？"金亦恭说。

"怎么敢呢？""麻秆"皮笑肉不笑，他是一个睚眦必报的人。

"你这个不要脸的东西！"隔着栅栏，金亦恭将一口痰吐在"麻秆"的脸上。

"我呸！""麻秆"揩了揩脸，怒气冲天，他以为金亦恭面对未知的死亡会恐惧，会匍匐哭泣，求他放他一马，谁知，他这么强硬。

"麻秆"找到一根铁皮条，用尽力气朝金亦恭身上抽去。

"啊！"源自身体的巨大疼痛让金亦恭叫出了声。

"麻秆"痛快地大笑："让你嘴欠！"

在雨点般的抽打下，金亦恭倒在地上。

"开口求我啊。""麻秆"狰狞地说，"或许我会饶了你。"

金亦恭脸上已无血色，却从牙缝里挤出两个字："休想。"而后不省人事。

金绮梅很多天无法安眠，一方面是地下室环境恶劣；另一方面，只要她闭上眼睛，就会不停地做噩梦。

这天，她打了个盹，却看见金亦恭站在自己面前。

"哥哥，你干吗站着？"太阳金灿灿的，正对着金绮梅，背对着金亦恭，金亦恭既无表情，也不吭声，就像一张剪影，单薄模糊。

"哥哥！"金绮梅觉得不对头，凑近一点儿去叫他。

这一近让她魂飞胆破，金亦恭的脸上、衣服上，到处是斑斑血迹，再看他的脸——金亦恭牙关紧咬，双目紧闭，形如将死之人。

"啊！"金绮梅大叫。

"小姐，小姐。"

金绮梅被摇醒，从可怕而逼真的梦境中回到真实世界，看见了张妈。

"又做噩梦了？"张妈神色惶惶，揣度着金绮梅梦里的情节。她的眼睛肿得厉害，一缕纯白的银发散落在她老旧的黑棉衣上，那样触目惊心。金绮梅记得，不久前她的头发还是黑的。

"并没有。"金绮梅不想给张妈压力，要是让她知道自己做了什么梦，估计一天也不够哭的。

金绮梅能欺骗张妈，却不能欺骗自己，释放着某种隐喻气息的梦境让她不安。金家，是金亦恭一手撑起来的，然而现在，金亦恭活不见人，死不见尸，全无音讯。徐璐瑶的病也看着一天天重起来。她急于想为这个家做点儿什么。

金绮梅已经通过莫院长得知，日本人的军队就驻扎在仁章路的国民大剧院，称为警备司令部。这是金绮梅之前和女同学听戏、看电影的地

214

方，灵光一闪，一个疯狂的想法在金绮梅的脑子里涌动，使她不由自主地战栗。

天蒙蒙亮，金绮梅蹑手蹑脚起了床。她看了看熟睡中的张妈和徐璐瑶，生怕她们忽然醒来。好在最近张妈很迟钝。以前，哪怕是一片树叶落下来，她都能听得见。

她用清水漱了口，拣了灰灰的发绳扎住头发，穿上一件最旧最丑、有好几个补丁的棉衣，最后，别上王富给她的袖章，一路溜出了孤儿院。

守门的狼狗被打死了，外面静悄悄的，她提心吊胆地往仁章路跑去，她记得，前一次这样忐忑，还是父亲十周年祭日，她赶去福德神祠的时候。

她走得很快很快，满地是残破的树叶，不留神踩到，脆生生裂成无数片，每响一声，金绮梅的心脏就扑通一次。有日本人不怀好意地朝她看，但是最终什么也没有发生，大概是他们看到了她的红袖章。

她最终顺利到达了警备司令部，一面日本旗帜斜插在青砖墙上，荡漾在旗上的红日刺眼夺目，让她想起那些死去的中国人的血，这些并不真实存在的凝固的血液渗透到她尚在流淌的血液中，使她手脚冰冷，愤怒又害怕。

这个地方，秋天的时候还是电影院，现在，门口是两个日本卫兵在放哨。

"我要见天谷少将。"她努力装出沉稳镇定的样子说。

日本兵咧咧嘴，他们第一次见到自投罗网的中国女人，其中一个脸上有道过寸的刀疤，笑起来尤为狰狞。

"我是红十字会的人，要见天谷少将。"金绮梅鼓足勇气，指了指自己的袖章，再次重申。

日本兵还真进去了，过了会儿又出来，带了一位四五十岁的人，他头上寸草不生，是个秃顶。

"小姐要找天谷少将？""秃顶"问，这位警备司令部的专职翻译，是个中国人。

215

"没错，我有要紧的事情。"

"你再考虑考虑。""秃顶"替这个年轻的女孩子惋惜，"不是每个人都能进。"他一语双关，低低地说。与"麻秆"不同，虽然都为日本人做事，他还保留着一丝中国人的良知。

"大叔，我要救我哥哥，必须见到天谷少将。"一声"大叔"，如同认亲，金绮梅的眼泪涌出来。"哥哥危在旦夕，如果我不能试一次，死不瞑目。"她决然地说。

"秃顶"先点点头，又摇摇头，叹了一口气，还是去向天谷直次郎通报了。

"一个红十字会的中国女人?"天谷直次郎觉得离奇，"让她进来吧。"他想看看哪个女人的胆子这么大。

金绮梅来到天谷直次郎的办公室，当然，"秃顶"也在。

这个日本的魔头正坐在一把宽敞的椅子上，他的年纪并不大，也就三十来岁，长相普通，若非身穿军装，目光恶毒凌厉，看上去跟中国人没什么差别。

"你是谁? 找我做什么?"天谷直次郎震惊于金绮梅的美，她虽然布衣荆钗，却有一股高贵的气质。

"我叫金绮梅。"金绮梅出示袖章给天谷直次郎看，"我一直帮红十字会做事。您说过，会保证我们的安全。"

天谷直次郎不承认也不否认，他知道金绮梅要说的重点还没有说。

"请看在红十字会一直为您效力的分儿上，保护我家人的安全。"金绮梅说。

"你要保护的家人是谁?"

"我的哥哥，他叫金亦恭，是一名中医医生。很多天前，他出门去给一位孤儿看病，再也没有回来。"

天谷直次郎回忆起攻进镇江城的那天，从德国人的孤儿院带回来的中医医生。

"您对我们宣传，说日本人是亲善友好的，你们会保护良民。我哥哥就是良民，我还是红十字会的人，从来没有干过什么违法的事情……"金绮梅一鼓作气，说出最终的要求，"所以，请您放了他。"

在一段时间的烧杀抢掠以后，日本人开始"亲民"，具体表现为给中国孩子糖吃并与之合影，开设扫盲课教日本字，书写各种与事实不符的大字报，营造"大东亚共荣圈"的美好假象。

"你很狂妄。"天谷直次郎毫无预兆地开口说，"别以为我不知道，你们中国的兵法当中有一计激将法。"

金绮梅显然低估了天谷直次郎的智商，她的计谋被当场点破。

天谷直次郎像一只狼那样盯着她看。

金绮梅瑟瑟发抖，她害怕他随时下令，把她拉出去剁成肉酱。

"狂妄的女人，若不是你戴着袖章，我早就将你碎尸万段！"天谷直次郎发作。

"滚！快滚！""秃顶"借势朝金绮梅吼道。

金绮梅撒腿就跑。

她以最快的速度逃出天谷直次郎的办公室，身后似有一群怪物争先恐后涌向她，随时扑到她身上，将她撕成碎片。

第十八章 营 救

昔日繁华的商会已是雨打风吹去，唯独墙壁被粉刷一新，横七竖八贴满了亲日标语。现在，这里成了镇江最大的停尸房，并且不断有尸体被运送过来。

这些人有的老有的少，有男人也有女人，有的衣着光鲜，有的则破衣烂衫，不过那都是他们在世时候的区别。现在，血和污物混杂在一起，淡化了他们的身份、性别、年龄、长相，他们与菜市场的牲口无异。

"王富，你快来!"一个戴着 12 号红"十"字袖章的人一惊一乍叫起来，呼喊穿梭于尸体之中清点的王富，"你看，这是不是徐贤仁和徐夫人……"他的声音战栗。

"哪里?"王富朝 12 号这边走。他只看了一眼，就已经确认了答案，徐贤仁六十大寿那天，他曾与这两位老人待了一整天，仁慈和蔼的他们，已变成冷冰冰的死尸。

王富的整个人都开始发抖，他恨日本人的残暴，残暴到可以肆意虐杀手无寸铁的百姓；他恨这个国家的统治者，他们如此软弱无能，将自己的同胞交由敌人宰割；他更恨自己，这两天，他和其他五十九个人不分昼夜，共处理了街头一千三百多具尸体，眼见同胞如草芥他怎么能咽下这口气?

而这一切的始作俑者，狡猾得像狐狸的天谷直次郎，虽然屡有接触，一次也未与他单独见面。

这么久了，他所期待的时机从未出现，他不愿意再等，他要去创造一次机会。

"这里交给你们了，我去警备司令部！"王富抛下一切。

他的衣袖里，藏着一把刀，薄且锋利，见血封喉，他要在生命的终点，将它刺进天谷直次郎的胸膛，为镇江城的百姓除害。

"王富，别去！"

"王富，回来！"

面对身后同伴的呼唤，王富置之不理。

"我要见天谷少将！"王富到达警备司令部，对门口的刀疤脸说。

刀疤脸名叫一熊，这段时间，天谷直次郎交给红十字会的事情大多由他与王富接洽，与其他日本兵相比，一熊有两点是迥异的，首先，他会两句简单的中国话；其次，他对人和善，不像大多数日本兵那样凶神恶煞，所以王富与他混了个脸熟。

"你，第二个。"一熊断断续续地说，"女人，第一个。"

王富的心骤然突突突猛跳，产生了一种说不清道不明的直觉，果然，一个再熟悉不过的身影从警备司令部狂奔而出——金绮梅。

"绮梅？"王富失色，她的出现与直觉相应验。

"王富哥！"看到王富，金绮梅也很诧异，但是她无暇与他多言，只是在第一时间拽住他，"我们快走！"

王富像被胶粘住，不行动，不回应。

"王富哥！"金绮梅停下。

"你先走吧！"王富并不看金绮梅瞪大的眼睛。

两人纠缠间，一辆黑色军车"咔"一声，张狂地停在警备司令部门前。

一熊对面的卫兵满脸堆笑迎上去，边开车门边点头哈腰地恭维里面的人："半仙，半仙！"

他应该不会说中国话，但是这两个字模仿得惟妙惟肖。

"唔。"一位高大的男人轻应一声，缓缓下车，丝毫没有受宠若惊的感觉，令人称奇的是，这是个中国人。

"半仙，请！"卫兵再次弓身，为他引路。

叽里呱啦叽里呱啦！卫兵见王富和金绮梅仍站着，一脸煞气地开吼。

"对不起，我们尽快走！"金绮梅连连道歉，她不想再生事端。

只是一贯比她理性、冷静的王富要做什么？

迎面一道目光朝他俩投来、顿住，是"半仙"。他戴着一副茶色眼镜，胡子很长，头发更长，像许久未曾修剪，杂乱无章，这种装扮掩盖了他的真实面容。

金绮梅暗暗嗤之以鼻，镇江的天桥底下，幕天席地的混混里面，多的是这种标新立异的"能人异士"。

"半仙"只停顿了那么一秒，便继续往前走，先与王富擦肩而过，再与金绮梅擦肩而过，以至于金绮梅疑心他是否真正停下来过。

他高而壮，四方脸，身体被宽大的衣袍遮住，也是四四方方的，所以前进的时候，活脱一块刚出炉的长了脚的馒头。

虽然形势危急，金绮梅看到这块在地上挪动的敦厚的馒头时，还是控制不住想笑。

而王富却如受电击，动弹不了，震惊、愤怒、质疑……百种情绪涌上心头，它们汇聚成一股尖锐的声音。

是他？

怎么能是他？

他为什么会在这里？

他为什么会和日本人在一起？

这些疑问注定得不到解答，混乱间，困惑的王富仿佛看到什么，忽然牵住金绮梅的手："我们走。"他带着她，不容分说、头也不回地离开了。

"天谷少将，这位就是沪上赫赫有名的张半仙。"内里，秃顶翻译殷勤地操着日本话，将"半仙"介绍给天谷直次郎。

"张半仙舟车劳顿，辛苦了。"天谷直次郎鲜少的客气。

"好说。""半仙"一屁股坐在沙发上。

秃顶翻译尴尬地笑了笑，到底是"半仙"，在他之前，尚没有国人在天谷直次郎面前如此自若。

天谷直次郎浑似无睹。

这位"张半仙"全名张大同，籍贯不详，擅奇门演命相术，算卦精准无比，在沪上混得风生水起，无数达官显贵争相邀约，天谷直次郎闻其大名，派了手下花了重金才请动他。

日本人有着奇怪的思维，他们看不起中国人，却崇尚神灵，对"半仙"这样的角色充满敬畏，尤其是能预测未来的"半仙"，天谷直次郎是不会轻易得罪的。

双方坐定，喝茶。

"久闻半仙盛名，今日相见，三生有幸。"入乡随俗，侵略者天谷直次郎对"半仙"运用了中国式的客套。

"少将前途无量，能受您召见，是张某三生有幸才对。"张大同同样笑吟吟地说。

"哦？倒想请半仙指点，我的前途在哪儿？"天谷直次郎反问。

天谷直次郎是一个极其精明的人，深知像张大同这种名头响亮的术士，既有可能真的有本事，也有可能只是沽名钓誉的江湖骗子，故此问出这个刁钻的问题，试他一试。

张大同自然明白。

其实，在镇江，天谷直次郎最大的敌人不是中国人，而是远渡重洋、与他一同到来的内山英太郎。

从表面上看，他俩同为日本人，一个指挥步兵，一个指挥炮兵，协作战斗，是亲密的战友。而事实上，从夺取镇江的那一天开始，两人的关系就发生了翻天覆地的变化，一山不容二虎，最终，只有战功最多的那个能成为镇江的王。

看着天谷直次郎急不可耐的眼神，张大同粲然一笑："前途半由天定，半待人为，可由我为少将慢慢筹划。"他并不往细了说，而是话锋一转，悠悠引向另一个问题，"依我之见，诸事皆可一缓，眼下最紧要的，是做件善事。"

"做善事？"天谷直次郎先是一愣，随即哈哈大笑，好一会儿才停，却换了一张疾言厉色的脸，狠狠质问，"你让一个军人去做善事？"

他不是一个能够开玩笑的人，只言片语间，杀机已现。

秃顶翻译暗叫不好，在一边为张大同捏了一把汗。

张大同面不改色，从容作答："我不是让一名军人，而是让一位父亲去做这件事情！"

天谷直次郎的脸瞬间变色，他的手紧张地按了按桌前的抽屉，抽屉上有锁，里面躺着他半个小时之前拆开的家书，在信中，远在日本的妻子告诉天谷直次郎，在他离开后，她发现自己怀孕了，由于胎不稳，尚未对外公布喜讯。

也是金绮梅运气好，天谷直次郎得了这个消息，心情欢愉，没有对她拔刀相向。

他确定，这信，没有人在他之前看过它，之后更没有。

"你怎么知道？"天谷直次郎又惊又怕。

神不知鬼不觉的大秘密，居然从张大同口中轻飘飘说出来，天谷直次郎怎能不震惊？

"若连这点儿事都算不出来，还敢被称半仙？"张大同的嘴角浮现出一丝令人玩味的笑，"您身负杀戮，需要为尚未降临人世的孩子祈福。"

服了，彻底服了。

天谷直次郎一阵狂喜："张大同啊张大同，有你，我前途何忧！"蓦地，他想起了张大同的要求："你告诉我，我能为我们的孩子做什么善事呢？哦，刚才那个女人要放了她哥哥，那就放了吧……"

天谷直次郎高兴地咧开了嘴。

张大同也笑了，仅凭一个小小的情报，他达到了他的目的，谈笑间，一切尽在掌握之中。

王富和金绮梅逃也似的到达商会。

"你坐会儿，我去烧口水。"王富把金绮梅安排在自己的办公室，这一路两人零交流，此时方说了第一句话。

金绮梅点头，她需要缓口气，然后有数不清的问题要问王富。她相信，王富也有数不清的问题要问她。

"王富，王富！"

水还没有烧开，楼下就有人高声呼喊。

王富从木头楼梯上探头去看，是一熊在叫他。

"天谷队长，放人。"一熊抬着头朝王富说，他不能流利表达整句话。

"放了谁？我哥哥？"金绮梅的声音发颤。

一熊点头，然后朝金绮梅友善地笑了。

他并不认识金绮梅，只是看到她与王富一起离开，才特意到商会来通知王富。

"谢谢。"金绮梅由衷地说。

一熊朝金绮梅摆摆手，走了。

王富和金绮梅一刻都不敢耽搁，铆足劲儿跑到小街，很快，他们找到了被日本人放在地上、发着高烧、遍体鳞伤的金亦恭。

"哥哥！"金绮梅泣不成声，她试图唤醒金亦恭，但是无论她怎么叫，金亦恭都不理睬。

"快，我们去德珍诊所。"王富阻拦了金绮梅无用的悲伤，把金亦恭背到了身上。

蒋德珍在第一时间给金亦恭喂了退烧药，又紧急处理了他的伤口。

被毒打后，金亦恭皮开肉绽，很多地方已经化脓，散发着腥臭，而他那百孔千疮的衣服，则与血水、污渍纠缠在一起，黏在身体上。

蒋德珍花了很大的力气，才把金亦恭这身衣服缓缓脱下来，交给蒋爱珍。

因为日军的侵犯，德珍诊所已经歇业，一个护士也没留，所以由蒋爱珍给父亲充当下手。

蘸着酒精的棉球不断拂过金亦恭的身体，每一次，他都会抽搐一下。

"狠啊，真狠。"蒋德珍一边擦拭，一边骂。

蒋爱珍紧咬牙关，托着一个搪瓷缸，接住父亲用下来的棉球，渐渐，搪瓷缸里一片鲜红。

父女俩齐心协力，终于给金亦恭换上了干净、清洁的病号服，最后，蒋德珍给金亦恭注射了盘尼西林。

一番折腾下来，两个小时过去了。

"等吧。"蒋德珍对金绮梅说，"就看什么时候烧能退下去。"

金绮梅如坐针毡，她用凉水浸湿毛巾，不断地给金亦恭擦身。

金亦恭很热，他从来没有这样热，就像有人把他架在火上烤。

"怎么这么热？"他自言自语着，从迷糊的状态中觉醒，放眼看四周。

这一看，让他立刻清醒。因为此刻的他，正置身于一片汪洋火海之中。火苗烘烘地跳跃着，一浪赛一浪，吞噬他的身体；火海顶端，尖锐如冰凌，却又妖冶灵动，伸出无数个枝蔓攀往半空，炸裂、凝固，定格之须臾，繁极如彼岸幽冥之花，冲击着他的视觉和心灵。

他惊诧于这奇异景观的时候，猛然想到另外一个问题——这是哪里？为什么似曾相识？

再三思量，金亦恭终于确定，是了，这里是精诚医馆。这火，是精诚医馆的火。

奇了，这把火明明是他放的，躺在里面的人是徐珊珊，现在，为什么会换成了他？为什么火又没有将他烧死？

金亦恭越想越不对，冷汗涔涔而下，他挣扎着爬起来想要逃，可浑身无比疼痛，似大病着，动弹不得，只能任由热浪一波又一波袭来，没头没脑没住他整个人。

"娘！娘！"他绝望地喊出声，同时自己也觉得可笑，这么大了，遇到事情，居然第一个想到的还是母亲。然而，他更想哭，他怎么忘了，母亲已经过世许久了。

"娘，我想你。"

四下里空空荡荡，金亦恭的呼喊如石沉大海，让他更觉孤寂，他感到一阵锥心的疼痛，夹杂着对母亲的哀思，不觉泪已潸然。

他很累。

一阵倦意袭来。罢了，不如追随母亲，沉睡过去吧。沉睡的人，再也不用肩负那么多责任，再也不会感受到疲惫、迷惘和无助。

于是乎，他不再感觉到痛楚，因为极致的痛楚渐变成诡异的酸麻，这种感觉让他再一次昏睡过去，他合上了眼。

"哥哥，你醒醒!"金绮梅牢牢握住金亦恭的手，面对一直不睁眼、不断说胡话的哥哥，仿佛这样做能给他传输一些气力。

待蒋德珍稍作休憩，又来查看金亦恭的情况时，金绮梅整个人已经慌了："蒋伯伯，哥哥一会儿手脚冰凉，一会儿又全身发烫，越烧越厉害。"

蒋德珍取了水银温度计来测，结果，温度计可显示的刻度内已经没有办法测出金亦恭的体温。

"不妙!"蒋德珍脸色凝重。

金亦恭的高烧是创口感染造成的，非止一两天，目前不过是整体大发作。而这种重症感染的救治，一半靠医术，一半靠天命。蒋德珍已用尽一切手段，但显而易见，效果并不理想。

"哥哥，你好苦啊!"金绮梅悲从中来，伏在金亦恭身上恸哭。

"绮梅，别哭了，金大夫什么都能听到。"一直静默的王富开口说。

"王富说得对，没到哭的时候。"蒋德珍正色道，"你如此这般，只会扰乱亦恭的心智。"

金绮梅赶紧收住哭声。

"蒋大夫，还有其他办法吗？我记得陆会长说过，您这儿有镇江最好的药。"稳住金绮梅，王富悄悄问蒋德珍。

最好的药？

啊，确实是遗忘了一支。

两年前，蒋爱仁生命垂危，蒋德珍听说国外研制出一种新药，效果极强，只是副作用亦令人咂舌，那时候，也管不了许多，花重金托人于海外购得。可叹的是，等这药漂洋过海，蒋爱仁已撒手人寰。

蒋德珍的心隐隐地疼，这支药所记载的回忆太过痛苦，他不得不忘却它的存在。现在，在王富的提醒下，他打开了记忆的门，找到了它。

"倒是有一支，还是我很久之前囤积的，比盘尼西林更为贵重。"蒋德珍缓缓吐露。

"蒋伯伯，我哥哥都这个情况了，您就别保留了。"金绮梅怕蒋德珍不肯拿出来，近乎哀求。

"绮梅，你太看扁蒋伯伯了。"蒋德珍看了看病床上的金亦恭。

这个年轻人与自己的儿子一样，都是拥有锦绣前程的大好青年，两年前，他多么希望蒋爱仁活下来，现在，他就多么希望金亦恭活下去。他迟迟不下手，实在是因为不忍下手。

"这药，镇江没人用过。"蒋德珍告诉金绮梅，"它没有中国名字，因为国内根本没有这种药。我买回来，是准备以爱仁眼瞎或者耳聋为代价换一条命，甚至于，换不回一条命。这是一场赌局，没有胜算的，你懂不懂我在说什么？"

金绮梅连连后退，她终于了解到事情的严重性。

这种药的后果是不确定的，如果用，则意味着金亦恭将成为第一个试验品。

用，还是不用？金绮梅心乱如麻，踌躇难定。

"绮梅！"蒋爱珍手里挥着一样东西匆匆进屋，"这是从亦恭哥哥的衣袋里发现的。"

蒋爱珍将它交给金绮梅。

一张只有巴掌大的画。画面上，自来水笔寥寥几下勾勒的无相之佛端坐地上，铁窗稀疏，数朵梅花逸出窗外，飘飘洒洒，似逃离牢笼。

再无其他。

金亦恭的衣服是破的，画是新的，是有人伺机放进去的。

"谁啊，费这么大周折？"蒋爱珍问。

金绮梅想不出谁会做这样的事，她端详着画上的梅花，隐约感到它们跟自己有着某种联系，但又不确定："王富哥，你说这画中人是谁？"

王富仔细地看了又看，终于破解了密码，眼圈逐渐红了。他侧过脸，不让泪水夺眶而出："是管大哥。"

"管大哥？"金绮梅一时记不起来。

"方才的那位'半仙'，你不觉得眼熟吗？"

方才的"半仙"……

金绮梅仔细回忆着那位"半仙"的长相：四四方方，高高大大，敦实浑厚。脸上，是浓墨重彩的胡子；头上，是茂密繁盛的黑发。这些外部要素转移了金绮梅的注意力，让她认不出他。通过想象，她剪掉他的头发，扯掉他的胡子，去除一切掩人耳目的伪装，露出真相本身。

"呀！"金绮梅惊叫，"是茅山的管眷国大哥。"

想通这一层，金绮梅又一次认真看这小画，她注意到，"佛陀"的脸是方形的，虽没有绘上面孔，却描着络腮胡子，正是管眷国本人的写照。

"佛陀，是管大哥自己；梅花，是我……"金绮梅从画中读出点儿什么。

铁窗牢固，佛陀盘膝，此地乃死局；飘逸的梅花，片片飞洒，恰似书写了一个"逃"字。

"他是告诉我们，他必定会牺牲，而我们得赶快走？"金绮梅看破天机。

"梅花朵朵，非止一片，他在用自己保护尽量多的人。"王富一脸悲戚，"没想到管大哥与天民一样，早决意赴死。"

茅山一别，管眷国抛弃妻子，杳无音讯，何去何从，成为谜团。而今再见，谜底已然解开：丢掉一切，才能获取全新的身份，才能打入日本人的内部，世间再无管眷国，世间只有"张半仙"。

"在警备司令部那会儿，你起初不肯跟我走，后来改变主意，是不是因为管大哥？"金绮梅豁然醒悟。

"是。"

当王富看到"张半仙"的一刹那，情绪激动，无法自已，他想要冲上去抓住他，揍他，质问他，但是最后一线尚存的理智让他控制住了自己——他不能轻举妄动，这是日本人的地盘。

就在王富胡思乱想之际，管眷国下垂的右手朝他微微摆了摆，这是一个暗示、一个信号，他在对王富说："停！"

227

意欲一命换一命的王富迟疑了，管眷国并不是贪财之辈，退一万步说，即使管眷国缺钱，以他三寸不烂之舌，大大方方挣就是了，断无更改姓名、诡异行踪、移换装容的道理。所以王富大胆得出结论，管眷国要做的事是秘密的、不可告人的，所以他才会临时决定与金绮梅先行离开。

现在，他完全了解了管眷国为自己选择的道路，本质上，这是一条与陈天民并无二致的道路，不同的是，陈天民是光明正大与敌人作战，死后会得到一个英雄的名号，而管眷国，只能做一个默默无闻的牺牲者。

王富虽不知管眷国使用了什么样的方法让天谷直次郎放掉了金亦恭，但是有一点他是清楚的——不久之后的某一天，当管眷国的身份暴露之日，就是天谷直次郎反攻倒算之时。

"蒋伯伯，这药，给哥哥用吧！"形势凶险，金绮梅亦退无可退，她要和老天赌一把，这是哥哥金亦恭的命运，也是整个金家的命运。

"亦恭，亦恭！"迷蒙睡梦间，金亦恭听到了母亲的呼唤，真切如在耳畔。

金亦恭强撑着睁开眼睛。

"起来，不要睡，不能睡！"声音缥缈，却也坚定。

还是这片火海，还是这样灼热，母亲的声音是从哪里来的？

"娘，娘。"他四下里寻找母亲的身影。

"亦恭……"这一次，母亲的声音若即若离，若有似无。

金亦恭循声望去，透过重重烈火，微弱的视野中，七彩莲花座上，隐约端坐一人，垂眉顺目，面容依稀。

"娘！"金亦恭朝她喊。莲花座上的母亲是那样切近，清晰得好像儿时那样。

然，佛像眉目分毫未动。

"娘！娘！"金亦恭喊得更大声。

佛像仍是未动，只是眼角唇边的弧度，似乎有了微小的改变。

金亦恭泪目，他不再说话，只是痴痴地等着，等她明眸善睐，看一看自己。

而佛像并没有投来一瞥，甚至于，她不曾抬头。

金亦恭急了，想凑近一点儿，倏地，空中骤响袅袅梵音，佛像周身陡然遍插数根巨烛，熊熊燃烧着将他与佛像隔开，使他盘旋而不得近。须臾，香火之焰上腾三尺，更高更盛，烟雾弥大，佛像的面容则益加模糊，恍惚间，金亦恭看见她脸上闪烁的泪。

她就是母亲，是前世的、今生的、来世的母亲。纵然她不看他，纵然她已经改变了模样，金亦恭还是认得她。母亲是佛，是护佑万千子民的佛；现在，她千里迢迢，远道而来，只为护佑自己的孩子。生生世世的轮回，岁岁年年的因果，不管不问，只为此刻。

金亦恭潸然。

"啪啦，啪啦，啪啪啦啦"，仿佛是为了配合金亦恭的情绪，一场甘霖飘摇而降，雨渐趋磅礴，梵音与金光受到惊扰，水中倒影般晃动、模糊，佛像、香烛逐一熄灭，片刻间，那些空灵的声音，挟着那位母亲佛，尽数褪去。

一切归于空寂。

一切皆是幻象。

燥热退却，世界归于平静，金亦恭"噗"地吐出一口鲜血，泪如泉涌。

心中酸楚，肉身却通畅。

"嗒"。

一滴水落在脸上，冰凉。

"娘。"金亦恭哼哼一声，伸手去拂，中指无力地抬了抬，又落回原处，继续沉浸于他的梦。

"哥哥！"金绮梅摸了摸金亦恭的手，又摸了摸他的额头，喜极而泣。"蒋伯伯、爱珍，哥哥的烧退了，他的手刚刚动了一下！"她即刻将喜讯通知在隔壁小憩的蒋德珍和蒋爱珍。

金亦恭被"吵"醒了，从长久的睡梦中醒来。

这一次已是黄昏，光线黯淡，蒋德珍、蒋爱珍、金绮梅、王富在他

229

面前排了一个弧形，相较于之前的梦境，此刻的真实世界反而更像是梦。

"亦恭啊，感觉还好吗？"

"亦恭哥哥，你醒了？"

"金大夫！"

几个人七嘴八舌聚拢过来。

金绮梅则抽抽搭搭哭起来，在金亦恭昏昏沉沉的一天一夜里，她多么怕再也救不回他。

金亦恭的耳朵闷闷的，他看到每个人的嘴唇一张一合，却听不到声音，宛若哑剧。

"你们在说什么？"金亦恭顾不得口干舌燥，问。

金绮梅止住哭泣，心下一凉："哥哥，我在叫你，你听得到吗？"

"你们在说什么？"金亦恭又问一次。

他失聪了。

第十九章　离　乡

"好，好！"一片寂静中，蒋德珍给金亦恭做了检查，事毕，拍手感叹。

"蒋伯伯，您怎么能这样呢？"虽然蒋德珍救活了金亦恭，但是此言此举，还是让金绮梅满心愤懑。

"绮梅，你不要对我有意见。"蒋德珍的眼睛是湿润的，"我是真心叫好。亦恭救回来了，没有眼瞎，没有腿瘸，能动能说话，还是一个完整的亦恭。这样的结果，难道不够好吗？"

金绮梅直了直背。

近日里，她总想着哥哥命苦，金家运衰，怨天尤人，愁云惨雾，但这一切，与连丧两子的蒋德珍相比，何足一提？哥哥虽然失聪，嫂子虽然出了问题，但毕竟，家在，人全，她该知足。

"蒋伯伯，谢谢您提点。"金绮梅回过味来，"哥哥目前的情况，可能经受一些颠簸？"

蒋德珍知她目的，不像普通医生嘱咐病人慢慢休养，却说："逃命要紧，不伤筋动骨死不了。"

王富与金绮梅心有灵犀，更是一点就透："事不宜迟，我去孤儿院接金夫人。"

"哪里会合？"金绮梅问。

王富看了看表，已经是六点，这个天天黑得早，他估摸着金亦恭需要休息的时间，又估摸着去一趟孤儿院的时间，说："九点钟，江边码头广玉兰树，我们在那里会合，然后去找余伯。"

时间安排已是很紧张了。

"不见不散。"

"不!"王富忽然对自己的意见做出否决,"还是八点我先过来,等金大夫一切安好,再同去找余伯。"

"如此婆婆妈妈,要坐等日本人来抓吗?"蒋德珍鄙夷地说,"这么点儿破事,定就定了,改什么改!"

王富知是说他,也不好辩,涨红了脸:"蒋大夫,我只是担心金大夫虚弱,沿途又有岗哨,绮梅一个人招架不住。"

"虚弱?喝两碗粥就能走动,至于岗哨……"蒋德珍顿住,"我就不信,若亦恭成为天花病人,哪个日本人敢盘问不休。"

"多谢蒋大夫。"王富不再多言。他深知,蒋德珍这一番言辞,已经相当于打了包票,他听蒋德珍的,不用再多跑一趟。

"我这就去煮粥。"蒋爱珍说。

王富又一次上路了。

这是一次毫无把握的出行,他做事一向谨慎,虽不说步步为营,至少也能成竹在胸,但这一次,他没有把握让徐璐瑶温顺地跟他走,他没有把握许仁不哭不闹,他没有把握这一路上不遭遇日本人,甚至他对该带着这一家人逃到哪里去也是茫然的。

但又能怎么办呢?天谷直次郎的尖刀似乎一点一点朝他逼近,他不能坐以待毙。

"你还不走?"

孤儿院里,已有人早王富一步。

史蒂夫夫妇正在孤儿院与莫院长话别:"我们没有想到日本人这么凶恶残忍,决定明天就带小史蒂夫离开这里。"

"走吧,不要让孩子幼小的眼睛看到这些杀戮。"莫院长赞成史蒂夫夫妇的做法,但同时表示,"至于我,已决心与孤儿院共存亡。"

"不回德国吗?"露西的语气略有焦灼,她真心希望莫院长这个老朋友也能走。

"也许,这里才是我真正的家。"莫院长认命地说。

232

天大地大，德国纵好过这里百倍千倍，他的心，却在中国扎了根，牵绊在无数他养育的孩子们身上，再也拔不开了。

"莫院长、史蒂夫先生、史蒂夫夫人，恕我不礼貌地打断你们。"王富插话进来，他向这几个人逐一鞠躬致歉，"承蒙你们这些日子的照料，现在，我要带走金大夫的家人。"

"你们找到亦恭了吗？你们要到哪里去？"史蒂夫接连发问。

"金大夫受了伤，在德珍诊所，刚醒过来，我得把他的家人带过去。稍后，我们想离开镇江。"王富简明扼要地说。

"你一个人带这么多女人和孩子？"露西用一种不可思议的眼神看着王富，她已经断定这是一个无法完成的任务，"这太凶险了！"

"总得试一试。"王富苦笑。他总不能将躺着的金亦恭再带来孤儿院。

"我们帮你。"夫妻二人异口同声地说。

王富感动得说不出话。

所有的人仍在地下室。金亦恭被抓走后，日本人又两次光临孤儿院，再无所获。

揭开伪装的地盖，王富见到了徐璐瑶，她正抱着二条哄睡："摇啊摇，摇啊摇，摇到外婆桥，外婆叫我好宝宝……"

"这？"王富看到安睡的孩子，为之一怔。

因阿兰惨死，二条失去母亲的照料，每晚哭闹。恰逢徐璐瑶痛失爱子，无法自拔，张妈就向李母"借"二条安抚徐璐瑶。蹊跷的是，二条一到徐璐瑶怀里也不闹了，徐璐瑶抱着二条也不疯了，一对假母子甚是安稳。

"嘘，别吵我的儿子。"徐璐瑶已经不认得王富，只是微笑着冲王富摆手，笑容空洞平和，因心中无事，她的气色反而比之前好了不少。

许仁在一边看着，并不反驳，战争让他早熟，也让他学会了少说话。

最苦的是张妈，徐珊珊死去，金亦恭被抓，徐璐瑶失常，每一件事情都令她心焦，人瘦得脱了形。更可怕的是，昨天早上她醒来后，金绮梅也不见了。

"要是有少爷和小姐不好的消息，就别告诉我了。"

张妈看到王富一个人，误以为他是来通报死讯的，一说话眼眶就红了："就算他们都不在了，我也得照顾好少夫人和小少爷。"她强忍着悲痛，自己给自己打气。

"张妈，您想岔了，金大夫和绮梅都还活着。"王富为金家这位仆人的忠心感动，"金大夫伤病初愈，绮梅在守着他。"

"你没骗我吧，都活着？"张妈双唇颤抖着，用她的双手拉住了王富的双手，这个消息太意外了。

"嗯，不骗您。"

"啊，啊，老天保佑。"张妈舒了一口气，整个人都松垮了，她双手合十，对着四方到处拜，"多谢救苦救难如来佛祖，多谢大慈大悲观世音菩萨……"她把各路神仙感谢了一遍。

"张妈，您晚点儿再到庙里拜，我们现在要去与他们会合。"王富对张妈说。

"好，好，好。"张妈一迭声地答应。"少奶奶，把二条还给他奶奶，咱们要出去了。"她转而去抱徐璐瑶手里的二条。

"还？"徐璐瑶睁圆了眼睛，把二条往自己怀里拽，"这是我的孩子。"

"少奶奶，您看清楚，这是二条。"张妈口气温柔得像劝一个孩子，"我们要走了，不能霸着人家的孩子！"

"什么二条不二条？张妈，亦恭刚出门几天，你就合着外人来骗我们的孩子？"在徐璐瑶的世界里，张妈俨然成了一个背叛者，她真的生气了，"我不会让你得逞的，亦恭还要回来给他取名字呢。"

她把自己流产的事忘得一干二净。

"你看这……我们怎么走啊？"张妈焦急地看着王富。

"你们要走？"

李平镜的母亲一直木头人一般坐着，不管是王富的到来，还是张妈和徐璐瑶的对话，都不曾触动她分毫，现在，一个"走"字入耳，让她主动开口问话。

"我们要抓紧时间离开镇江。"张妈告诉李母，这也是王富刚刚告诉她的。虽然王富与金家还没有什么实质性的关系，但通过这段时间的接触，在张妈心里，他俨然成为金家的一员。

"金夫人、张妈，求你们把二条一起带走吧。"李母忽然跪倒在地，"砰砰砰"地磕了三个响头。

"使不得，使不得，快起来说话！"张妈慌不迭地去扶李母。

"起来，起来！"徐璐瑶虽糊涂，也隐隐知道以李母的年纪，不该行此大礼，在一边帮忙大力搜她。

"金夫人、张妈，求求你们答应我吧。"李母说什么也不肯站起来，一定要金家人答应她的要求，"我一个人，是养不大二条的，请让他跟随你们。"

"我们带走二条，你可怎么办？"李母眼泪干涸，张妈却哽咽，没有哪个奶奶愿意与自己的孙子骨肉分离，李母此举，该有多决绝，遂劝她，"不如你带着二条好好过，等平镜回来。"

"平镜是不会回来了。"李母神情木然地看着远方。

虽然她没有得到确凿的消息，但是她猜得没有错。日本人进城的当天，就扫荡了整个镇江，到李家的时候，他们看中了烧饼炉，想带回军营，李平镜哪肯让出吃饭的家伙，扑上去抢夺，挨了一枪。

短短的一天时间，伯先路上俊俏的烧饼李就与他的妻子黄泉相见了。

"我养不了二条，我也要走……"李母凄然道，"我要为我的儿子媳妇报仇。"

"你这又是何苦，你已年老力衰，打不过日本人的。"张妈再一次劝李母，"留在孤儿院吧，和二条一起，保护好你们李家的血脉！"

二条尚不通人世，躺在徐璐瑶的臂弯里听着两个女人的谈话，兀自咿咿呀呀吮吸着小拳头，悠然自得。

李母看着二条，垂下眼泪："孩儿们都先走了，我又怎么活得心安。打，是打不了，但是我还有用，我可以为那些上战场的孩子们洗洗涮涮、缝缝补补，我要看着他们把日本人赶出去！"

满屋寂然。

这许多个日夜，李母心不能安，夜不能寐，行尸走肉一般。她唯一的牵挂只是二条，现在，将二条托付给徐璐瑶，她相信徐璐瑶会像对待亲生孩子那样对待他，她再无牵挂。

那一年的台儿庄，李母奔波于漫天炮火之间，为流弹所击，卒，年四十五。

八点半，伯先路。

一个穿着密不透风的姑娘，推着一辆独轮木车，车上，躺着一个男子，男子的脸上盖着一块布。

他们通过伯先公园，往江边的方向前进。

伯先公园的矮墙处，昏暗的电灯下，探出一面凝着一坨红血的白色旗帜。

墙的两侧站着两个岗哨，一个日本人，一个中国人。中国人负责问询，日本人负责监督。负责监督的日本人脸上有一道刀疤，正巧是一熊。

"站住！"中国岗哨对推车的姑娘喊。

姑娘依言停下。她看了看一熊，笑容僵在脸上，心却是虚的。她怕下一秒一熊就走到她面前，问：金小姐，你推的这是谁，你又要去哪儿？

那一切就完了，她和金亦恭，以及所有参与到这次逃亡中的人，统统完蛋。

然而，一熊纹丝未动。

按说，查岗放哨这种事，中国人干活、日本人站着是很正常的，否则，还要中国人干什么？但这次，金绮梅认为一熊的表现就很不正常，他似乎在刻意回避她，一句话都没有问她。

"这么晚要去哪里？"中国岗哨尽责地问自己的同胞。

"我哥只剩了半口气，他嘱托我，把他放到长江去，省得脏了家

236

里。"姑娘说。

"还有这种事？我瞧瞧。"

本着怀疑一切的原则，中国岗哨伸手揭开男子脸上的布。

男子的满头满脸都是凸出的红点，胀大到饱满，每一颗好像都在溃烂，涌出浆液。

"啊！"中国岗哨唬得弃布在地。

"忘记给您说了，我哥哥得的是天花。"金绮梅淡定地说，"正因为撑不过今晚，我才想推他出城。"

"滚，快滚。"中国岗哨嫌恶地怒叫，"去，把你哥哥推到长江里去！"

金绮梅喜出望外，头一低，心中暗道一声好险，发力猛推金亦恭，终于安全过关。

如果中国岗哨胆敢把手探入金亦恭的鼻子处，就会发现，这位奄奄一息的病人，其实气息充足，所谓的天花之症，也不过是有点儿相像。蒋德珍用了一些药物，让金亦恭的脸上和身上起了与天花形似的红疙瘩，他相信，在夜色的掩护下，那些能出卖国家、最爱惜自己不过的人，不会冒哪怕一丁点儿的危险去试探真假。

中国岗哨的反应，完全在蒋德珍的预测范围之内。超出他预测的，是一熊的存在。

一熊没见过金亦恭，就算见过，以金亦恭今天的尊容，一时半会儿也认不出。但他一眼就认出了金绮梅，她非常漂亮，在一天前曾去过警备司令部，又是王富的女朋友，这三个原因加起来，认不出是不可能的。好在，这位日本人，自觉主动地与金绮梅达成了某种默契，是不管不问而为她放行的默契。

她心知肚明，他手下留情。

数十年后，金绮梅再度回忆起这件事情，她客观地告诉她的后人，日本人并非全是坏人，他们中间，有人虽跟着部队来到中国，却秉持了人类最基本的善良，但是，对于那场战争，她永远也不能原谅。

在金绮梅走后十分钟，又有一批人成群结队地向岗哨走过来，他们

237

分别是一位穿着教士服的外国教士、一个抱着婴孩的中国女人、一手牵着孩子的老年妇女以及一位青年男子。

而走在最后的青年男子，一熊也同样是认识的——他是王富。

与金绮梅的忐忑不同，王富的表情轻松自然，他完完全全地不认识这个日本人，从来没有认识过。

一熊心里有些数了，这是一个有预谋、有步骤的逃跑计划。

"站住，怎么这么多人？"中国岗哨又一次率先站了出来。

"这位女士的丈夫，前两天投江了，"史蒂夫从容不迫地指着徐璐瑶介绍，"这让她神志不清，每晚都会发作一次。现在我去江边给她丈夫的灵魂做祷告，让他安息，希望她也可以就此平静下来。"

"这家不是中国人吗？"中国岗哨半信半疑。徐璐瑶抱着孩子一直笑，疯是真疯，但镇江城信奉基督的人家不多，这件事情上，他得问一问。

眼看中国岗哨往细里问，王富递给张妈一个眼神，张妈不顾天黑夜冷、年事已高，松开牵着许仁的手，一骨碌躺到地上。

"我的儿子已经死了，媳妇又疯了，难得史蒂夫教士肯帮我去超度儿子，你拦着，不是要我的老命吗？"她蹬着腿哭诉，以示抗议。

中国岗哨看这一家人，疯的疯，撒泼的撒泼，都不好纠缠，遂不再与张妈计较，却指着王富道："那这个人又是谁？"

如此纷乱，居然能觉察出王富的角色介绍还是空缺，不得不让人钦佩。

"这是我的小儿子。"张妈答。

"你的？"中国岗哨不信，与王富英俊的容颜相比，张妈长得委实寒酸。

王富还在飞速思索怎么回答这个难题，史蒂夫却不干了。

"有完没完。"史蒂夫龇牙咧嘴地朝中国岗哨吼道，"问东问西，是想让我在这里过夜？"这个好好教士，终于在临别中国之前，利用自己洋人的特权嚣张了一回。

中国岗哨吃瘪，怯怯地看一眼一熊，想寻求援助。

一熊不愠不火："别给天皇添乱。"

中国岗哨见无人撑腰，瞬间像被抽了筋似的软塌下来，放行。

干枯的广玉兰树下，金绮梅扶着金亦恭，焦急地等着。

"金大夫、金小姐，看到你们真是太高兴了。"史蒂夫再见金家兄妹，由衷地说。

"谢谢您，史蒂夫先生。"金绮梅知道史蒂夫是为保驾护航而来的，感激不尽。

"亦恭，你回来啦！"徐璐瑶许久不见丈夫，喜不自胜，抱着二条，讨好似的给他看，"亦恭，你看，我们的孩子。"

她的记忆已经缺失，认为二条是她的亲生孩子。

金亦恭疏离地看了看徐璐瑶、二条，眼睛飘忽到不知名的地方去了，宛如对待一个陌生人。

"亦恭，你怎么不理我？"徐璐瑶感觉到丈夫的漠然，又伸手去摸他的脸，"亦恭，你的脸怎么了？"

"少夫人，少爷受了惊，还没全恢复过来呢，别吵他。"张妈见到金亦恭如此这般，也是心如刀割，千万个问题想问，但就当前形势，她只能强作镇定，以大局为重，倒过来哄徐璐瑶。

不得不说，疯也有疯的好处，徐璐瑶没有脑子深究张妈给出的解释是否合乎情理，只听见金亦恭，这个她的生命里大如天的男子不能受吵，即刻噤声。

"呀，金大夫这是染了什么病？"借着昏暗的月色和零星微弱的街灯，史蒂夫在玉兰树下看到了金亦恭和金绮梅，准确地说，是看到了他们的人形轮廓，就匆匆迎上来，直至徐璐瑶问金亦恭的脸怎么了，他才注意到这令人毛骨悚然的一幕。

"先生莫怕。"金绮梅宽慰，"我哥哥的脸洗几次就会好。"

史蒂夫听她这样说，方知是权宜之计，跟着松了一口气。

"不过，我哥哥在监狱里受了刑，耳朵聋了。所以他听不到您在说什么，希望您不要介怀。"金绮梅解释，她不想让这位苦心帮忙的邻居不愉快，虽然从此他们将天各一方。

"金大夫……"史蒂夫真心实意为金亦恭感到惋惜，"老天实在太不公平了。"

面对这样的评论，金绮梅竟无力反驳。

在这场惨无人道的战争中，公平是不存在的，问题是，惊天巨变的始作俑者难道是老天爷吗？

史蒂夫见夜色愈沉，匆匆话别，他已圆满完成了任务，明天，将回归他的故乡。

历经一段时间的分离，金家人再次聚首，成员多了二条和王富。

"我们……去找老余？"他与金绮梅对视，征求她的意见。

这是一段一旦决定就无法更改的关系。此番一逃，他就成为金家的人，或者换个说法，她就成为他的人。

"我们，去找老余！"金绮梅矢志不渝。

"笃、笃笃"，在王富的带领下，新的一家子有序走到江边，屋子还是那个屋子，夜却是这样暗沉寂静。

"老余！"王富的喉头紧着，今夜，渡江成与不成，只看运气。

没有应答。

王富的心有些发虚。

之前，商会需要鱼的时候，他一定会来这里买，一则价格公道，二则老余孤苦，也算救济，几番来去，两人成了忘年交。

但是历此战乱，他已经有一段时间没有见过老余了，他是逃走了，还是遭遇了什么不测？

"老余，在吗？开门！"王富再一次低切地叫门。

呼喊声仍像轻石投入深河，没有回响。

放在平时，老余在与不在，对他而言关系都不大，他知道小船存放的地方，也懂得桨和舵的使用，只要辨清方向，一定能到达目的地。

而今夜，他手上握了一大家子，老的老，小的小，疯的疯，病的病，万一在夜晚的江中出了什么差池，他一个人是应付不来的。

他忽然理解了金亦恭，是责任，让这个比自己大不了几岁的人寡言与犹豫，这个人从来没有像他这样毫无束缚。

等待是煎熬的，各种心灵上的拉扯，使王富的身上渐渐有了汗意。

莫非今夜注定要冒奇险？

当他踌躇着准备离开之时，一声微小的"吱呀"声，门悄然开了。

老余端端正正站立在眼前，就像从地下冒出来似的。

"老余！"眼见他活生生在面前，王富又惊又喜。

"几个人？"老余半句废话也无。

"你怎知道……"

"你个小兔崽子，能有什么好事给我。"老余脾气照旧，即使心存善意，嘴巴也说不出好话。现下他用不着问了，因为他已经看清了人数——五个大人、两个孩子，目测他的渔船，一趟足够。

"到底是拐着这位小姐了。"当老余看到人堆里有金绮梅，念念有词。他不过是名辛劳的鳏夫，见王富这位小友的一生有了着落，祝福大于艳羡。

冷风刺骨，沉沉夜幕笼住长江，遥远处，偶有星点跳跃的渔火缀饰，恰一曲无声之渔歌子，以微弱之光执着对抗这满城黑暗，如泣如诉，哀婉动人。

"去哪儿？"老余拨动第一下桨，问。

王富与金绮梅面面相觑。

筹谋整天，忘了定夺这最关键的一环。

"扬州、江阴，还是别的什么地方？总不能让我带着你们在江上漂吧。"老余又好气又好笑，年轻人办事到底不牢靠，都什么时候了，该定的事还没定，却先惦着把他给弄出来划船。

王富的头脑飞转。他与在江阴的陆小波前阵子还有书信来往，不过最近断了联系；扬州听说也被日军占了，去的话，又入新的虎口……

为了不被怀疑，此行除了银圆和法币，没有行李。

怎样才能求得一个地方，既离镇江不远，又能躲避日本人，举家安心度日？

"到我大侄子家里借住吧。"张妈开口，"我大侄子是江心洲的农民，房子大，地方偏，靠岸就到。"

张妈是镇江人，准确地说，是镇江江心洲人。她虽然一辈子跟着柳伶儿，没有婚嫁，没有生儿育女，但好在她在老家还有侄子。

当听到张妈这个天才的建议的时候，王富决定，江心洲，就是它了！

江心洲位于镇江东，四面环江，是一座江中小岛，岛上盛产水果蔬菜，还有一望无际的芦苇荡。

江心洲很美，也很穷。

人都怕穷，不过这个时候，穷却成为最好的掩护色。攻下一座岛，需要花费无数成本，而攻下了之后又没有收益，这是盘算精明的日本人不会做的。

老余见选定地方，发力撑桨，凭着几十年练就的娴熟技艺，一叶渔船，稳稳当当穿梭于江中。

遥远处，传来切切的歌声，极低极细：

离我故乡兮，思不能绝；
望我故乡兮，只有痛哭；
念我故乡兮，何时能返？

在金家逃离的同时，天谷直次郎暴跳如雷。

近期，他几次派兵扫荡，无功而返不说，还遭到周边零星的抗日武装伏击，虽然规模不大，但也死伤数人，丢尽了脸。

"情报如此详尽，吉时也都是算过的，为什么还空手而回？为什么？"他在司令部拍桌子踢椅子，把下属挨个骂过去，"你们这群废物！废物！"

见他发火，底下的人一声不敢吭，唯恐言语不当惹祸，挨上一枪。

唯有一人窃喜，他等待这个时机已经太久。

"少将，既然吉时都算过还是讨不来吉利，我斗胆问一句，是吉时出了问题，还是算吉时的人出了问题？""麻秆"相信，疑问一旦抛出，那个人必死无疑。

"是他？"天谷直次郎心领神会，"你查过？"

"他对镇江颇熟，不像出生沪上的样子，我暗地里派人拿着他的照片打听，在丹阳建山乡那一带，有人认出了他。据说他原姓管，是个术士，约半年前，离家弃子，不知所踪。""麻秆"说出结果。

"早不禀报！"天谷直次郎怒扇"麻秆"一掌。

总得有人当出气筒。

"麻秆"嬉笑着捂了脸，他恨金亦恭，更恨三言两语就救走金亦恭，并且抢了天谷直次郎恩宠的"半仙"，现在，他等着看他们的下场。

正如管眷国画给王富的小画中所预言的那样，他被关进了曾经关押过金亦恭的牢房，不同的是，这次没有人会救他。

历经了灌水、电击、老虎凳，管眷国被折磨得死去活来，却始终不吐一字，天谷直次郎无奈，亲自光临牢房。

"告诉我指使你的人，我立刻放了你。"天谷直次郎表演着顾恋旧情的怜惜。

"没有人指使我。"

"如果你不供出他们，我会杀了你。"天谷直次郎面露凶光。

"哈哈哈哈！"管眷国张开血口，轻蔑地一笑，"我既决意来，就没打算活着走！"

"你这又是何必？你又能得到什么？"天谷直次郎百思难解。

管眷国笑了，用尽了最后一分力气说："你不会懂。"

他的笑声回荡在漆黑的监狱里。

2月10日，管眷国被碎尸而卒，时年四十一岁，人头被日军悬挂在镇江南城门上示众三日。

8月，日军方面得到消息，陈毅曾出现在茅山。13日，天谷直次郎派二百余名日军踏入乾元观，为了逼问陈毅的下落，他们先后烧掉松风阁、宰相堂，道士们的殿宇和住房也未能得到保全，最后，他们把观里的十三名道士和五个打柴的农民捆绑着按倒在地上。

天谷直次郎让手下的士兵端着刺刀和机枪对准这些人，"不说，就一起死!"他警告道。

"怕死不是中国人。"一位道士高昂着头颅。

"你叫什么?"

"行不更名坐不改姓,惠心白是也。"

最终,十八人全部遭到日军的杀害。而最后死去的,是十七人,金鸡因为伤口较浅,并未致命,于尸山血河中自行苏醒,他含泪掩埋了师父的尸体,投奔革命去了。

第二十章　归　来

在张妈的带领下，一群人摸黑来到张家侄子的门前。

"庆儿，庆儿。"张妈抬手拍门，呼唤她的侄子张庆，不想木头门虚掩着，一推即开，迎面一股浓浓的霉味扑过来。

人去屋空。

"张妈，一个人也没有，看上去好像空了一段时间了。"金绮梅说。

张妈叹息一声，如此乱世，就算至亲迁移也未必会通知，何况是侄子。她熟门熟路找到了蜡烛并点了起来。

房子虽然简陋，好在空间够大，木床也有几张。

几日来的紧张，让诸人身心俱疲，谁也顾不得谁，大家倒头便睡。

淅沥小雨踏梦而来。

木头门破破烂烂，几处漏风，张妈翻出一张旧竹席，挂在门上充当卷帘，让风的入侵不那么放肆。

即便风雨飘摇，日子还是得继续过。

而金亦恭从始至终没有开口说过一句话。

他活像一块木头，醒的时候，睁着眼睛；累的时候，闭上眼睛。喂他水，他就喝，喂他饭，他就吃。如果不喂，渴着饿着，他也不会吭一声。金许仁叫爸爸，徐璐瑶叫亦恭，金绮梅叫哥哥，张妈叫少爷，他都闭目塞听，偶尔睁开眼睛，也是神情呆滞，好像受伤的不是耳朵，而是脑子。

"小姐，我看少爷这个样子，像丢了一缕生魂，咱们想办法找个道士来，给他招招魂吧。"第二天，雨停了，张妈在野地里拾掇出些许荠菜拿回来挑拣，同时和金绮梅说出自己的想法。

王富用从镇江带来的法币与岛上的农家换吃食及日用品刚回，正喝着水，听到张妈此番"奇思妙想"，呛得连连咳嗽，好一会儿才缓过劲，笑着摇头："我本就是茅山道士，可哥哥这毛病，若自己不打起精神，招十场魂也没用。"

他虽未与金绮梅完婚，却也已经改口叫金亦恭"哥哥"了。

张妈气得连翻白眼："你这个毛脚女婿，还没正式进我们金家呢，就这样嚣张。小姐，你管管他！"

她一面说，一面从王富手中取过换来的米和面粉，准备包荠菜圆子。

金绮梅本想替王富申辩两句，又怕被张妈反咬，说嫁出去的女儿泼出去的水，只得含糊其词："依我看，哥哥只要想听，什么都听得到。"

金绮梅此言非虚，以金亦恭的聪慧，只要说话人把语速放慢一点儿，稍加揣度场景和唇型，连蒙带猜，就能"听"明白。

面对三人的争论，金亦恭眼里没有丝毫波澜，仿佛一切都与他无关。

很快，张妈的圆子包好，下锅、煮沸、浮起、装碗，腾腾热气一缕缕冒出来。

金亦恭闻到了一股熟悉的香气，那是泥土孕育的瑰宝，那是大自然的恩赐。

中医这一辈子都在与土里的、地上的、树上的东西打交道，镇江人有冬至吃圆子的习惯，圆代表团圆。

"哥，你不能总躺着，吃过圆子，我们去屋外转转。"金绮梅端了一碗到金亦恭面前，连日阴雨使得屋中霉味加重三分，金绮梅怕影响金亦恭食欲，顺手拢起竹席卷帘。北风呼啦吹进来，空气清冽爽快起来。

金绮梅用勺子搅动圆子，让热气尽快散去，圆子在小小的天地里翻动来翻动去，沉下去，浮上来，再沉下去，再浮上来，像在游戏。

向屋外看得出神的金亦恭，眼中噙满泪水。

"哥哥，你怎么了？"金绮梅吃了一惊，连忙朝金亦恭注视的方向寻去。

卷帘之外，残墙之内，立着一株红梅。

雨打风吹，满树花朵折损无数，余下的怯生生迎寒而生长，一一绽放，虽小却密，楚楚动人。

曾几何时，在寒冷的冬天，无依无靠的两兄妹蜷在一起，看着院子里灼灼盛开的红梅。红梅如火，驱赶四周的阴冷，燃烧他们的内心，仿佛说，即便前途茫茫，也永远都会有希望！

"倒有几分像扬州家里的那一株。"金绮梅心潮起伏。

"是。"金亦恭听不到，但是他知道金绮梅在说什么，只答了一个字，便哽咽不能再言。

当他亲手将精诚医馆付之一炬，毕生最大的梦想也随之而幻灭。尔后，妻子疯了，孩子没了，自己聋了。他想，这就是命吧，余生再无意义，自生自灭或者破罐子破摔都行，唯独不会得到拯救。

偏偏于此刻，红梅再度出现，如一把开启灵魂的钥匙，适时拨动他封闭的心门：那年，风雪飘摇，人心不安，父亲夭于盛年，有一株红梅，历经岁月而不畏风霜，坦荡盛放于天地间。彼时彼刻，他的生命来到一个分水岭——此前，是安然富足的小公子，此后，是勇挑重担的金家血脉。

若干年后，又有这样一株红梅，顶着无数的花骨朵儿被打折被毁灭的危险，执着于本心，一意奔赴盛开之使命。两株梅树，虽非一时一地之物，却能完美融合，在时间与空间的维度上传达生命之不朽，带领他洞悉一种宿命的启示——不是放弃，不是沉沦，而是重建一个无比强大的心的家园。

娇柔如斯，亦能不屈不挠，陪伴他度过生命之中的每一次磨难，何况是有血有肉的人？

这一刻，金亦恭顿悟了：身陷泥沼、贫寒困顿，都是借口而不是理由。耳朵聋了，心还活着，依旧能"听"到来自这片广袤大地悠远的呼唤。身体的器官，视觉、味觉、听觉，乃至于生命，都是可以被夺走的，但他对自己、对师父、对母亲许下的承诺，以及那负载着承诺的被称之为初心的东西，只要坚守，就能不断超脱万物，永恒且不朽。

他应该沉静下来，哪怕只是在一个孤零零的小洲上，哪怕前方会遇到各种困难挫折，他依旧可以一心一意、心无旁骛地做一个好医生。

"君自故乡来，应知故乡事。来日绮窗前，寒梅著花未？"金亦恭再开口时，已是泪流满面，已是脱胎换骨，"绮梅，我们就在这里定定心，安个新家吧。"

1950 年 3 月，江心洲。

春天里，马兰头、枸杞菜、菊花脑等野菜绿油油大片地长，滩地里的野水芹、芦蒿薹、野茭白、荠菜更是鲜嫩。这个岛虽然穷，却妙在有不少天然药材，能让金亦恭继续尽一个医生的本分。

一晃，金家待在岛上已经是第十二个年头了。

"金大夫，快给我这腿弄点儿药，我急着下地呢。"一位白发苍苍的老人口型夸张地比画着，这多年，他知道如何用嘴巴与手势相结合的方式让金大夫"听"懂他的诉求。

他小心谨慎地卷起裤腿，皮肤自小腿处开始溃烂，延伸至脚踝、脚趾，发红的肉从不规则的裂口露出，像龟裂的土地，瘆得慌。

这种病，俗称老烂腿，用现在的话说，是静脉曲张或浅表静脉炎的并发症，不少上了年纪的人都患有此症。此病若不经治疗，只会更加恶化，且病程顽固。在金亦恭到来之前，岛上的患者苦不堪言也只能忍着，毕竟，没人为他们医治，他们也没有钱医治。而在金亦恭到来之后，所有的问题迎刃而解。金亦恭通过长期的反复实践，就地取材，自创出一种成本低廉的药物，以白芨、桔梗、生甘草、老鹳草、蒲公英等物捣烂如泥，混合黄酒少许，调匀外敷。这药颜色混沌，卖相不佳，却能有效控制病程之蔓延，让病患少受苦楚。

此药方之最佳配比由金亦恭掌握，在十几二十年后，被纳为"金氏秘方"之一。

"老田，你这腿又不是一两天了，忽然着急起来。再说，又有多少地需要你种？"金亦恭与岛上的居民已真正意义上融为一体，各户的情况都了然于胸，故有此问。

以总数论，江心洲的田是不够农家人分的，毕竟是个岛，芦滩面积占了一半，适合耕种的良田本就不多，何况少到可怜的田地，还大多为岛上的地主所掌握。田老伯虽然姓田，却无几分田可种。

"今时不同往日，政府刚来我们家丈量过土地了，说我家地少，要分些地给我家种哩。"老田激动得唾液横飞，"只要真的给我地，我就算爬也要把地种好。"

金亦恭看他这样有雄心壮志，忍俊不禁，侧头吩咐身边一个十多岁的少年："去把昨天熬的药膏拿过来。"

"是，爹。"少年面无表情地起立，背着金亦恭时，眼睛却向老田斜睨，低低嘟囔着发泄不悦，"我跟小祖捣了两天才成的药，你来就拣个现成的便宜……"

"哈哈哈哈……"听到这样的抱怨，一阵肆意的大笑，由远及近而来。

"谁在笑?"老田左张右望。

人未到声已先至，少年也朝门口呆望。

金亦恭虽耳不能闻，也感受到一股强大的气场，搅乱了屋内的气氛。

这时，一个花甲老人出现："许仁，你都这么大啦，嗯……该十五了。"

"你是谁? 你怎么会认识我?"这位素未谋面的老者是金许仁从未见过的。

"我认识你的时候，你牙还没长全呢。这张脸，跟你爹十几年前一模一样。"来人走到许仁面前，爱抚地摸了摸他的头。

许仁没见过这等阵仗，被唬了一下，望向父亲，希望从父亲这里获得解释。

四目相交之时，金亦恭几近失声："陆会长……"

来人的头发胡子已经全白了，身形不似从前那般壮硕，脸庞亦消瘦了许多；然而他的腰杆依旧笔挺，笑声依旧洪亮，出现的时候，也永远如青年人一般充满朝气。

他就是独一无二的镇江商会会长——陆小波。

"亦恭，我总算找到你了！"陆小波上前一步，紧紧握住金亦恭的手不放开，"我回镇江后，托了很多人都没有寻到你们的下落，前几天才有人告诉我，江心洲常住着一位姓金的医生，相貌医术如何如何，除了耳朵不好使这一点与你对不上，别的丝毫不差。我疑心，特意过来看一眼，果然是你！"

再次相见，陆小波难掩激动之情的同时，也更为关心金亦恭的健康状况："你的耳朵……"

金亦恭知道陆小波想问的，他微笑着点了点头："是真的。陆会长不用担心，虽然我听不见，但是大概能知道您在说什么。"

金亦恭把当年全家逃难的经历向陆小波简要述说，交谈间，王富、金绮梅也来了，他们两个人的身后，跟着两个年岁相仿的男孩儿，金绮梅的手里还抱着一个扎着辫子的两三岁女童。

"陆会长，我这是在做梦吧。"时隔十二年，王富又见到了对他有知遇之恩的陆小波。

"王富啊，恭喜你，终于如愿以偿了。"陆小波促狭地笑了。

金家兄妹的基因真是强大，金许仁就是金亦恭少年时期的翻版，而这刚进来的两个男孩子中，那个稍小一些的与金绮梅眉目又有八九分相似，更别说她手上抱着的女孩子了。

比较玄乎的是另外一个男孩子，既不像金亦恭、金绮梅，也不像徐璐瑶或者王富，陆小波竟判断不出这是他们兄妹俩谁家的孩子。

王富人到中年，依旧容易害羞，被陆小波一提旧事，又红起脸来，带有愧色地向这位老人道歉："会长，对不起啊，最后没帮您看牢商会，躲这儿来了。"

"本应如此。"陆小波做派不改，依旧是大手一挥，"你若与日本人顽抗，固守商会，除了白白丢掉一条性命，再无用处，人不应该食古不化。我早说过，留得青山在，不怕没柴烧。你看，镇江还是回到我们中国人手里了不是？"

彼离别时，王富因倾慕金绮梅，放弃继续追随陆小波而宁可冒险留在镇江。陆小波看出端倪，以一句"窈窕淑女，君子好逑"作为对他俩这段缘分的祝福。原以为此生相见无期，没想到，还能再见。

这是一位他曾经十分看好的少年，一晃间已经变成了中年。而自己则从壮志凌云的中年，悄然变成了颓颓老矣的暮年。时间就这样消逝，他已经耽误了太多的时间，看到王富，他又复活成那个中年时期的镇江商会会长，他人老心不老，还想再为新的镇江做点儿事。

陆小波道出了他此行的目的："镇江的江滨医院正在筹建中医外科，四处寻访合适的医生，我一听到这个消息，就想到你。当年你年纪轻轻就名满镇江，现在，随我回去，重出江湖可好？"

陆小波怕金亦恭不能通过自己的口型理解所述的全部内容，便在一张开方子的宣纸上写下"中医外科"四个大字。写罢停笔，用征询的目光看向金亦恭。

金亦恭狂放大笑："哈哈哈，哈哈哈……"

笑的声音飞到天上去，笑得眼泪能掉下来。

好啊，好啊，怎能不好？

从前，为了挣钱，为了养活整个金家，他没有选择病患的权利，故而也谈不上对某一种或者某一类病症的苦心钻研。在很多人看来，那时候的金亦恭，年轻有为，妙手回春，只有他自己知道他的心是虚的。真正的大家，会在某一个并不宽泛的领域，深耕十数年乃至数十年，才能超越前辈天才，取得微小的进步。

而在江心洲的十二年时间里，面对的都是些穷苦百姓，病症则类型化地集中于湿疹、腰椎间盘凸出、瘌痢头、毒蛇毒虫咬等常见问题。从城市里走出来的身形单薄、举止文雅的金大夫，经过长期磨炼，变成活跃在乡间地头、粗皮粗肉的金大夫。

为了减轻劳苦大众的身体之痛，同时兼顾成本，金大夫不断对一些旧方加以改进，收获了很多使用普通药材替代稀少、名贵药材的方式方法，他希望有朝一日，能够将这些成果传播出去。但若仅凭一己之力，这种想法无异于痴人说梦。而今，陆小波找上门来，这是老天对中医的

251

庇佑，这是母亲对他的庇佑！

江滨医院的前身是重庆北碚的国立江苏医学院附属医院，这所原属于江苏人的医院，因设立之初即逢战乱，一众师生不得已在枪炮声中颠沛流离，最终落脚在重庆北碚。对此经历，当时的院长胡定安总结："本院成立于危难之际，迁徙于艰难之中，阅时一载，院基始建。此后应如何致力于战时医育，为抗战建国尽其本位一分子之责，进而为新医学开一新纪元，以福利世界人群。"

重庆卫生条件差，医疗设施落后，后暴发因疫水而导致的钩虫病，传播甚广，附院师生齐心合力，防疫抗疫，救人无数，以至重庆人民将附院驻地亲切称为"苏医屯"。新中国成立后，苏南开展防治血吸虫病的工作，附院又有多人立功。可以说，这是一座有着英雄传统的医院。

对这样一座医院，省里的定位是建设成集医疗、教学、科研、公益等四重职能于一身的综合性医院。

筹备工作复杂到超出金亦恭的想象，当占地百亩，包含外科、内科、儿科、中医等科室齐备的江滨医院整体挂牌之时，已是 1956 年。

中医外科的条件好到金亦恭做梦也梦不到，不但有日常门诊，还有住院部。他每天穿上白大褂上班，脱了白大褂下班，神圣无比。年轻的小医生见到他喊"金老师"，年纪相仿的同事或者领导则称呼他"金亦恭同志"。因为他的耳朵听不清楚，医院专门给他配了一名小助手，当前来就诊的病患语速太快，单凭口型不能解读出内容时，小助手就写在纸上给他。

而沉浸在这种好条件中的金亦恭是发怵的，旧时代的中医主要依赖师带徒的方式传承，没有固定的教学体系，更别说专业的课程设计。像他这样，年少即能被马泽仁相中带在身边，在实践中学习医术，此等渊源在镇江乃至江苏的年轻医生中都属凤毛麟角。

而江滨医院的西医医生，半数以上是经过系统化的医学理论学习，伴有解剖学的实践经验，一些佼佼者甚至有出国留学的背景。抛开学习方式上的严谨不谈，通过仪器检查的辅助手段快速得到病情结论更是西医远胜于中医的一大优点。

这些摆在眼前的差异让已成为江滨医院中医外科名家的金亦恭产生彷徨，他不止一次地想，面对发展前景强势的西医，中医还有一席之地吗？他努力的方向又在哪里？

这时候，出现了一个声音，把中医中药的知识和西医西药的知识结合起来，创造中国统一的新医学、新药学。

噫，金亦恭被点醒了。自己这个在鬼门关走过一遭的人，怎么会如此畏首畏尾。与其质疑老祖宗留下来的宝贵遗产，不如与西医较个劲，让这些好东西发展壮大，在自己手中创造出新的辉煌。西医好的地方，就吸收进来，为中医所用；中医好的地方，就继续保留，继续改进，让它好上加好。

于是金亦恭将诸多古方反复进行临床实践，特别与西药疗效做了对比，胜过的留下，不如的淘汰，整理出了一百八十张有效验方，其中外用药一百方，内服药八十方。他给这些药方逐一取了美好的名字，比如红炉散、毛发再生町、水晶膏，等等。在这一百八十张验方中，江滨丹治腰椎间盘脱出，行水解毒丹治毒蛇咬伤，关节肿痛酊、跌打损伤酊治风湿性关节炎、腰肌劳损、跌打损伤都有奇效。

时光是最好的雕刻者，在它耐心的雕琢之下，金亦恭越来越有自信，终成一代中医大家。

这一年的夏很长，长得没有尽头。

过了秋分，桂花仍不见动静，闷热盘桓在镇江城，金亦恭却有别处惬意，他住进了新家——医院分配的职工宿舍。

医生是一份不轻松的职业，尤其是面对急诊病患时，一旦有需要，夜再黑、天再冷、路再远也得从被窝里爬起来，赶到医院，十分不便。恰逢镇江出台政策，各单位可以给员工自行建房，医院领导一合计，决定在医院西面的会莲庵街内建几幢楼房作为职工宿舍，来去方便，利于医护人员工作。

新建成的宿舍是砖混结构的二层楼，有高档的水泥外观，内部则隔成均等的面积，每户一样。这里交通便利，采光充足，冬暖夏凉，唯一的缺憾，是医院为了节省成本，楼房内部的楼梯和隔板仍采用实木制作，人在上面走，"吱嘎"一步，"吱嘎"一声。金亦恭本欲避免上下楼梯的古怪，拿第一层，可敌不过徐璐瑶喜欢，她说这声音特别像小时候家里的木头门。

徐璐瑶小产后失去了再次生育的能力，一直处于时而清醒、时而糊涂的状态。金亦恭的归来虽然阻止了她病情的恶化，但毕竟没有神奇到让她完全恢复原状。徐璐瑶把念祖，那个陆小波在江心洲上怎么也认不出来是谁家孩子的孩子——他其实是已不在人世的李平镜夫妇留存在世间的唯一血脉二条——当成了自己未能出生的小儿子。在这件事上，金家一致默认同意。金亦恭让二条随金姓，又给他取名为"念祖"，即勿忘祖先之意。

为了金家，徐璐瑶曾经付出很多，而今后的岁月，将换金亦恭照顾她。对金亦恭来讲，徐璐瑶的意见必须第一个采纳，他遂向院里定下了二层楼。作为与草药打了一辈子交道的医生，金亦恭的生命里是离不开植物的，二楼没有土壤，他就按照时节分门别类，在房内种了各色盆栽，尤以吊兰为多，这样，每天一睁眼，就能看到绿油油的东西。

这是他一生中最好的时光，家在，国在，吃得饱，穿得暖，甚至草药也开始大规模人工种植，不需要那么辛苦去采，世间再无贫苦的终极梦想触手可及。他不用再为明天发愁，只是偶尔午夜梦回之时，也会想到西津渡的那个家，以及他曾经拥有的精诚医馆。

精诚医馆早被他付之一炬，西津渡的家仍在，他同金绮梅一起去看过：墙壁已不是原来的样子，旧时佛堂悬挂的兄妹俩与母亲的合照也不翼而飞，整个房子只残存着巨大的外壳，大约本体在战乱中遭受毁坏，后又修缮再建。这种类型的房子镇江还有很多，解放后一律收归国有，政府统一分配。现在这里供自来水厂的四户职工居住。兄妹两人虽遗憾唏嘘，也觉得是个适当的归处。

在中医的传承方面，金亦恭本有意让许仁跟着他在江滨医院学习中医，被许仁一口回绝，他有自己的志向："我要去做赤脚医生，我要上山下乡，我要去'除四害'，我要根除血吸虫！"

金亦恭笑笑，既无奈，也欣慰。他的医术或者不能通过家族传承下去，但是孩子也不需要为了生计去做自己不喜欢的事，这是新时代带给每个人的选择权，他尊重这种选择。

再说金绮梅、王富夫妇。

金绮梅因为跟着金亦恭认识了不少药材，被分配到国营药房工作。王富能写会计算，到区税务局当了会计。两人双职工，单位都可以分配住房，由于税务局的职工住房在弥陀寺巷，靠金亦恭所住的会莲庵街步行只消一刻钟，夫妇俩就在王富的单位拿了房子，休息时间可以随时约着金亦恭夫妇逛一逛。

1966 年春，政府将分散在镇江南郊、宝盖山、北固山、九华山、桃花坞等地的一百三十四个烈士坟墓，统一迁移到北固山后山，在苍松翠柏中建了烈士陵园，而这块宝地恰巧就在江滨医院东面。长眠在烈士陵园里面的，有金家的老朋友陈天民、管眷国；至于朱怜、徐贤仁夫妇、李平镜夫妇这些平凡的、在墓碑上找不到名字的人，则被思念他们的人深深镌刻在心里。

夏日的晚上，一场雷阵雨扫除了空气中的闷热，兄妹两家约定在烈士陵园会合，一起走走，既可以活动活动筋骨，也可以看望一下仙逝的老朋友。

苍穹之下，晚霞绚烂，七色云彩变幻莫测，恣意飘荡着演绎出不同的形状——分散、游离、融合、撞击、重组，几次三番，出人意料地勾勒出一条长长的彩带，缠绕于英雄纪念碑之上，惹得晚间散步的诸多群众驻足而观。

"龙！龙！"围观的人们惊讶着。

"爹，你看，真的，云汇成了龙的形状！"远远地，念祖欢腾地指着天空喊，虽然他也已近中年。

说来奇怪，这个孩子比许仁更愿意陪伴在他和徐璐瑶的身边，纵然他知道这两位抚养他长大的父母并非亲生父母。

"不！小祖，这不是云，是死去的烈士们的英魂，他们傲然盘桓于九霄之上，汇成了龙的形状，在护佑着我们，护佑着这方土地。"金亦恭动情地说，"小祖，你看，里面有你的本生爹娘！"

多年后金亦恭安然辞世，年九十九，留一百八十张验方遗世，为我国的中医事业做出杰出贡献。

金绮梅、王富，于 2013 年等到了四世同堂，先后仙逝，这对患难与共的男女，在年轻时经过了无数磨砺，最终笑看万水千山。

一代商豪陆小波，新中国成立后历任镇江市政协副主席、市工商联主委、省政协副主席等职务，于 1973 年安然辞世，低调安葬于高资夹山正东村。他以毕生之力，倾注于新、旧镇江之发展，此生无憾。

2022. 7. 8 完稿

图书在版编目（CIP）数据

镇江1937 ／ 王玥著. -- 北京 ：中国文史出版社，
2023.1

（跨度小说文库）

ISBN 978-7-5205-3745-2

Ⅰ．①镇… Ⅱ．①王… Ⅲ．①长篇小说–中国–当代
Ⅳ．①I247.5

中国版本图书馆 CIP 数据核字（2022）第 179164 号

责任编辑：卢祥秋

出版发行：	**中国文史出版社**
社　　址：	北京市海淀区西八里庄路 69 号院　邮编：100142
电　　话：	010-81136606　81136602　81136603（发行部）
传　　真：	010-81136655
印　　装：	北京新华印刷有限公司
经　　销：	全国新华书店
开　　本：	720×1020　1/16
印　　张：	16.5　　　字数：223 千字
版　　次：	2023 年 1 月第 1 版
印　　次：	2023 年 1 月第 1 次印刷
定　　价：	59.80 元